小剑侠

民国武侠小说典藏文库·陆士谔卷

陆士谔◎著

中国文史出版社

海上奇才陆士谔（代序）

二十世纪初到四十年代，上海滩出现了一位奇才，他精通医道，医德高尚，曾被誉为上海十大名医之一；他著作等身，医学专著四十余种，各类小说一百余种，是当时享有盛誉的名作家。这位奇才就是陆士谔。

陆士谔，名守先，字云翔，号士谔，用过多个笔名：沁梅子、儒林医隐、珠溪渔隐、梦天天梦生、云间龙、云间天赘生、路滨生、龙公等。晚清光绪四年（1878年）生于江苏青浦珠街阁镇（今上海市青浦区朱家角镇）一个书香家庭。九岁起，跟随青浦名医唐纯斋学医，前后共五年。十四岁到上海一家当铺做学徒，不久辞退回家，在朱家角一边行医一边大量阅读医书和各种"闲书"。二十岁再到上海行医，因业务清淡，遂改业租书，购置一大批读者欢迎的小说，日间以低价出租，晚上潜心研读这些小说，不但能维持生计，而且渐渐悟出写作诀窍，先写些短篇，试着投稿报馆，竟获一再刊登。他写兴更浓，由短篇而中篇，由中篇而长篇，有些还印成单行本，风行一时。此时他认识了小说界前辈海上漱石生孙玉声，孙玉声知道他做过医生，对医道有研究，劝他重开诊所。他听从劝告，此后坚持一边行医，写医学专著和有关掌故，一边撰写小说，直到1944年因中风不治在上海家中逝世，享年六十六岁。

陆士谔一生整理、编注、创作医著和医文四十余种，对清代名医薛生白（1681—1770）、叶天士（1666—1745）的医案钻研极深，编注过《薛生白医案》《叶天士医案》《叶天士手集秘方》等重要著作，自著十余种，最重要的是《医学南针》初、二集，其业师唐纯斋为之作序，赞他"以预防为主医学，极深研几，每发前人所未发"，"以新说释古义，语透而理确"。他以所学理论行医，悉心诊治，常能妙手回春。1925年，一位广东富商请其出诊，为奄奄一息、众名医束手的妻子治病，经过半个月的诊治，病人霍然而愈。富商感激涕零，登报鸣谢一个月，陆士谔的医名由此大振。在沪行医期间，陆士谔以其精湛的医术、高尚的医德，被誉为上海十大名医之一。

陆士谔以医为业，业余还创作了百余种小说。为陆士谔研究付出过艰辛努力的田若虹教授给予高度评价："陆士谔的小说全面地反映了晚清民国时代的社会面貌、重大事件，笔触遍及政治、外交、文化、经济、军事等各个方面，展现了封建末世的一幅真实画图。""他以强烈的愤怒抒发了对社会官场魑魅魍魉的谴责与鞭笞，以感情充沛的笔锋表现了对反帝爱国志士的赞扬与尊敬，用热情洋溢的话语描述了其理想中的新中国。这一切憎爱分明的情感，铭记着时代的苦难痕迹，闪耀着陆士谔在十九世纪末、二十世纪初那个特定的历史阶段与时代同脉搏、与人民共呼吸的真挚情感。同时也热切地表达了其欲挣脱'衰世'腐败黑暗的社会及卑污风气，挣脱束缚、压抑之环境，追求美好自由新境界的愿望。他对现实的愤怒与对未来的追求融汇交织其中，感情激烈而奔放，语言辛辣而犀利，文风格调亦具有时代精神的特征。在封建制度大崩溃之前夕，陆士谔等近代小说家们的那些充满激情的篇章、声情沉烈的创作颇具现实意义。"①

陆士谔的小说不仅数量多，而且题材极为广泛，田若虹教授将其分为社会小说（52种）、武侠小说（22种）、历史小说（10种）、医界小说（3种）、笔记小说（18种）、科幻小说（2种）和纪实小说（即时事小品110则），共七类。正因为认识到陆士谔小说的社会价值，1988年起，先后有十余家出版社重印了一般读者较难看到的陆士谔小说，如《新孽海花》《血泪黄花》《十尾龟》《荒唐世界》

① 见田若虹：《陆士谔小说考论》，上海三联书店2005年7月初版。

《社会官场秘密史》《最近上海秘密史》《商场现形记》《新水浒》《新三国》《新野叟曝言》《清史演义》《清代君臣演义》《清朝秘史》《八大剑侠传》《血滴子》等十余种，其中最著名的是《新上海》《新中国》和《八大剑侠传》《血滴子》。

撰于1909年的《新上海》深刻揭露了清末上海十里洋场种种光怪陆离的"嫖、赌、骗"丑恶现象，竭力描写，淋漓尽致。1997年，上海古籍出版社将其与李伯元的《官场现形记》、吴趼人的《二十年目睹之怪现状》等一起列入"十大古典社会谴责小说"。1910年，又撰《新中国》，小说以第一人称写作，以梦为载体，作者化身陆云翔，描述梦中所见：上海的租界早已收回，建成了浦江大铁桥、越江隧道和地铁……2009年12月，为配合宣传2010年上海办世界博览会，有出版机构重印了这部小说，国内外媒体也纷纷报道，极大地提高了陆士谔的知名度。

陆士谔还以清初社会现实为背景，从1914年到1929年，十六年中写出二十余种武侠小说：《英雄得路》、《顾珏》（以上为文言短篇，分别载于《十日新》杂志和《申报·自由谈》）；《八大剑侠传》（原名《八大剑仙》）、《血滴子》（又名《清室暗杀团血滴子》）、《七剑八侠》、《七剑三奇》、《小剑侠》、《新剑侠》（以上后合编为《南派剑侠全书》），《红侠》、《黑侠》、《白侠》、《三剑客》（以上后合编为《北派剑侠全书》），《雍正游侠传》、《今古义侠奇观》、《江湖剑侠》、《八剑十六侠》、《剑声花影》（原名《侠女恩仇记》）、《飞行剑侠》、《古今百侠英雄传》、《新三国义侠》、《雍正剑侠奇案》、《新梁山英雄传》、《续小剑侠》（以上为白话长篇，多由上海时还书局出版）。

这些小说中的人物，出场最多的是康熙、雍正时的八大剑侠，即路民瞻、曹仁父、周浔、吕元、白泰官、吕四娘、甘凤池和了因和尚（俗家名吴天巍），他们是南明延平王郑成功部下，明亡后，存反清复明大志，在各地行侠仗义，扶危济困，名震天下。书中由正面转为反面的人物是年羹尧和云中燕（"血滴子"暗器发明者），起初也行侠惩恶，后来却创办血滴子暗杀团，帮胤禛夺得皇位，最后被雍正卸磨杀驴，下场悲惨。陆士谔笔下这两组人物故事当时吸引了无数读者，不仅小说一再重印（《八大剑侠传》《血滴子》竟印到21版），而且被改编成京剧连台本戏和电影《血滴子》，红极一时。受其影响，在陆士谔原著的基础上，稍后出道的民国武侠北派五大家之一的王度庐，1948年写出《新血滴子》（又名《雍正和年羹尧》）。至1950年代，香港武侠名家梁羽生发表《江湖三女侠》，吕四娘、白泰官、甘凤池和了因的形象更为生动；台湾武侠名家成铁吾更写出350万字的巨著《年羹尧新传》，使原本笔法相对平实质朴的故事奏出了华彩乐章。

最后值得一提的是陆士谔1915年3月19日发表于《申报·自由谈》的文言笔记小说《冯婉贞》，记载了1860年英法联军火烧圆明园时，北京民女冯婉贞率领数十年轻村民痛击联军，杀死近百名敌军，成为近代民族英雄的杰出代表。此文1916年被徐珂略作修改后收入《清稗类钞》，二十世纪六十年代又被收入中学范文读本。

2014年起，中国文史出版社陆续推出了"民国武侠小说典藏文库"和"民国通俗小说典藏文库"两大系列丛书，先后整理、重印了还珠楼主、白羽、郑证因、朱贞木、平江不肖生、徐春羽、望素楼主、顾明道、刘云若、张恨水、冯玉奇、赵焕亭、李涵秋等作家的全部或大部分小说，深受读者欢迎，并获研究者的好评，此番又将重印陆士谔的大部分武侠小说，从《八大剑侠传》到《飞行剑侠》，共15种，真是功德无量！望文史社编辑诸君再接再厉，将建修两大文库的宏伟工程进行到底，使这份珍贵的文学遗产永久传存于世间！

林　雨

2018年12月于上海

目　　录

小　剑　侠

小剑侠续集

小 剑 侠

第一回

横林镇父子团圆
邓尉山夫妻偕隐

　　话说《七剑三奇》的结局，是恶僧禅悦得着大骗贾五的报告，知道窦祖敦已被吕四娘、甘凤池擒住，活埋在无锡城外，愤无可泄，就把四娘的丈夫吕寿、凤池的儿子虎儿，一叶扁舟，载到江阴口，给他们脚上各套了一个坛，趁着满江星月，就要掷向江流中，举行那种荷花惨剧。

　　禅悦站立船头，枭鸣也似怪笑一声道："吕先生，甘娃娃，你们记清，明年今日，是你们抓周儿的日子，咱们爷儿俩有缘，我还吃你一碗羊肉打卤过水面呢。再见吧！"说着，提起吕寿，望准了那无情浊浪，正欲掷时，半天中一道白光，闪电似的飞来，"唰"，恶僧脖子里只觉着一凉，"咕咚"，那颗脑袋就堕下了。

　　旋见一叶下堕似的落下一个人来，不是别个，正是吕四娘。此时吕寿瞑目待死，并不瞧看。甘虎儿听得声响，张目见是四娘，大喜道："师父，你来了！"

　　吕四娘嘴里应着，两只眼却不住地瞧视吕寿道："寿郎，苦了你也。"

　　吕寿开眼，瞧见了四娘，不禁痛哭起来。吕四娘先把禅悦尸身掷了江中去，然后替吕寿除下脚上套的坛，松了绑，又替甘虎儿也解去了。

　　甘虎儿道："师父，你老人家要是来迟一步，我们性命休矣。"

3

当下吕寿已止了哭。虎儿因得庆更生，却非常欢喜。

吕寿问四娘："如何知道我们在此遭难？"四娘遂把经过的事情，来此的缘由，细细说了一遍。并言大骗贾五夫妻两口子都已获住，由甘凤池、陈美娘、甘小蝶看守着，现在常州横林镇胡元昌酒坊里。

甘虎儿道："师父，那坊主胡友芝也是个京骗子。"

吕四娘道："此种人鬼蜮伎俩，到处害人。现在既经获住，自当小小加以创惩。"遂命舟人转舵回向横林来。

来是飞行，去是舟行。舟行如何比得上飞行，行到那里，万家灯火，已经是次日黄昏时候。夫妻师徒三个人闯进胡元昌酒坊，甘小蝶瞧见了虎儿，欢喜得跳跃而出，一路跳，一路嚷："师父和哥哥回来了！哥哥回来了！"

陈美娘听得，也就迎出来了。见了虎儿，揽在怀中，心肝儿乱叫。

四娘夫妇走入，见过了礼，诉说相救情形。美娘道："险得很，真是天可怜见。"

四娘问："贾五两口子呢？"

陈美娘道："贾五夫妻，连同坊主胡友芝都关禁在那现成的木井里，我们反客为主，叫他们天天办菜供养。"说话时，凤池也出来了，大家欢笑如雷。美娘叫开饭，男女分坐了两席。

一时饭毕，甘凤池道："淫僧恶贼都已除掉，现在要惩办这几个骗子了。大家想想，有什么好法子。"

吕四娘道："我已经想好了一个主意。这几个坏东西也不值得污我神剑，且替他们脸上用火针各刺上'骗子'两个大字，用酸醋拌青黛，浓浓地搭抹上，永远不会褪色。这一个玩意儿，你们瞧好不好？"

众人都说好个新鲜玩意儿。于是吕四娘立向厨房要了一碗酸醋、一个风炉、一包青黛，并火炭、扇子等物。一时都办到，就叫甘虎儿生起风炉来。小蝶取出铁针，就炭火上煨起来，霎时煨红。

陈美娘就把木井中三个骗子提出，说明缘由，唬得贾五夫妇同那个胡友芝跪倒在地，磕头如捣蒜，求饶之声，闹成一片。

吕四娘道："你们玩得人家也够了，只许你们玩人家，不许人家玩你们，天下也没有这个理。现在我又不伤害你性命，不过替你做一个记号，挂一个招牌儿罢了，也值唬得这个样子。"

说毕，动手先把贾五用点穴法点住。四娘执笔在他左右两颊上分别写了一个"大"字和"骗"字。美娘举针即刺。刺毕，遂擦上醋、黛，一瞧时很清楚的两个字。第二个就刺胡友芝。那妇人见了，跪在地上，泪流满面地哀求。甘小蝶瞧了不忍，替她代求。

吕四娘道："且瞧我这徒弟分上，免了你这一场刺字大辱。只是从今而后，可永不准干那鬼蜮伎俩。"那妇人连连答应。

甘凤池道："我们事情已经干毕，还在这里做什么？"

吕四娘道："明儿一早动身是了。"

次日，雇了一只船，吕寿、吕四娘、甘凤池、陈美娘、甘虎儿、甘小蝶男女大小六人，同舟共济，在路谈谈说说，不觉寂寞。

陈美娘道："虎儿、小蝶不必回松江，就叫他们跟随师父学艺吧。"吕四娘应诺。虎儿、小蝶都异常欢喜。

甘凤池道："后浪推前浪，一代新人换旧人。我们几个老辈，也自该退辞了。"

这日船到苏州，大家上岸。吕寿夫妻回到家门，四邻都来慰问。仆人见主子新回，也都欣然色喜。吕寿应酬了四邻一阵，觉着乏了，遂与凤池、虎儿在内闲谈，吩咐门上，今日不会客，不论何人何事，都明日再讲。

忽轿夫秋生入报："有一个姓云的求见，那人已经来过两回，说要见吕四娘。"

四娘就问那人叫什么名字，秋生道："是个精瘦的瘦小子，叫什么云杰。"吕四娘见说云杰来了，忙命快请。一时瘦小精悍的小侠云杰，龙骧虎跃地进来，见了四娘，就问怎么此刻才回。

四娘道："你我大因寺分别之后，又发生了许多事情。"说着，甘凤池夫妇也出来了，彼此见礼，叙谈别后情形。

云杰道："我此回来苏，是奉着父母之命，拟拜从吕姑姑为师，学习剑术。倘姑姑不嫌小侄愚蠢，许列门墙，便是小侄的大幸。"说着，呈上云中燕书信。

吕四娘瞧过，笑道："我收了三个徒弟了。"

原来云杰自从那日分别，回到富顺县，完了公案，便就辞了族兄，回向山西来。此时云中燕已做了伏枥老骥，不复向时的豪气，父子相见，云杰诉知大因寺一节事，险被挖心之祸。云中燕大为惊骇，遂道："似吾儿这么本领，犹且险被杀身，可知血气之勇，实是靠不住。"遂叫他儿子投奔剑师，学习剑术。因剑侠中吕四娘虽然是个女子，发剑收剑的本领实在诸侠之上，论行辈也恰相和。若路民瞻系风池师父，又高起一辈矣。于是云中燕写信一封，叫云杰南下求师。云杰才待动身，母亲毕氏病了，不能走。毕氏这一病，好好歹歹，足病了两个多月，方才健全。

云杰起程南下，到了苏州，到吕寿家一问，知道四娘出门寻夫，已有好几个月。没法子，只得投了店等候。现在探知四娘回家，又来求见。

当下四娘瞧过来信，喜道："我收了三个徒弟了。"

云杰拜过师父，又与甘虎儿、甘小蝶平拜见礼。先进庙门三日大，甘家兄妹年龄虽小，倒是师兄师姐，云杰做了个老师弟。

甘风池夫妇住了几天，作别起程，自回松江去了。吕寿因饱经忧患，不愿再事行医，闭户读书，不问世事。吕四娘因城中嚣杂，搬到乡间去住。

在苏州城西南六十里地方，有一座山，名叫邓尉山，遍山都是梅花，那地方很是秀逸。吕四娘就在半山里结了几间茅屋，夫妻师徒小隐在此，不异世外桃源。室内窗明几净，吕寿在此研读《伤寒论》，探索仲景的微言奥旨。室外境地清幽，四娘师徒四人在那里静坐吐纳，练那七出八反的剑术。

闲中岁月，原不比闹里乾坤，一日如是，三百六十日无不如是。云杰与甘家兄妹都是有根基的人，自然事半功倍。

眨眨眼就是三年，三人的剑术都已练成，都能够身剑合一，腾空飞行，瞬息千里。吕四娘大喜，恰好周涛、曹仁父来此探梅，山中相遇，欢然道故。四娘命三个徒弟叩见前辈，周、曹两侠也都啧啧称羡。

　　周涛道："有了他们，我们也可以息肩了。"

　　曹仁父道："我也这么想呢。"

　　吕四娘道："把衣钵传给这三个，可算得托付得人么？"

　　周涛道："很可算得。据我意思，我们有剑的七个人，都可以丢开手不管，把这个花花世界，双手交给他们三个人。"

　　吕四娘道："前辈这么抬举他们，我也很欢喜。"遂命甘虎儿等过来叩谢。

　　曹仁父道："叩谢倒不消，只是从此之后，世界有不平事情，都在你们三个人六个肩儿上了。"

　　甘虎儿、甘小蝶、云杰果然过来，向周、曹二侠叩头称谢。

　　周涛、曹仁父在邓尉山中住了几天，就约吕寿、四娘出外云游。吕寿夫妇应允了，因此三个小剑侠辞师下山。甘家兄妹回松江，云杰回锦屏山。而后，吕寿夫妇与周、曹二侠，就舍此他往。

　　游到山东地方，恰与路民瞻相遇，告知小剑侠的事。路民瞻道："很好，吕元、白泰官、张福儿都约在崂山，咱们就同到那边，知照他们一声儿。"

　　于是一医四剑同伴起程到了崂山。果然吕元、白泰官、张福儿都在那里，相见欢然。

　　看官记清，这一医七剑入了崂山，就此不知所终。据说吕寿由医通仙，吕四娘等由剑通仙，都已超凡入圣，永不再履红尘。可惜陆士谔身无仙骨，命少凤根，不能排云驭气，到仙人世界去调查，只得一笔勒住，不再提及一字。

　　如今《小剑侠》正书开场，第一件就要叙述甘虎儿、甘小蝶兄妹两人在邓尉山巅静坐行术，吐出剑光。但见两道剑光，冲霄激荡，激得空中云浪，宛如春水经风，鱼鳞似的荡开去。

邓尉到松江，路本不多，两位小剑侠如闪电，势若长虹，眨眨眼就到了。径抵家门，方才收剑下堕。见陈美娘正自内而出，二人齐声呼妈，双双上前见礼。

美娘喜问："我的儿，才回来么？"

小蝶早投入她妈怀中。美娘一手抱了小蝶，一手便来搂虎儿，搂住了才问话。兄妹两人便把剑术学成，师父交代的话细细说了一遍。

美娘又问："你们师兄妹三个，师父评过没有，剑术哪一个好？"

虎儿道："师父最疼的就是蝶妹，常常夸赞她，说她将来定在孩儿与云杰之上。"

小蝶问："父亲呢？"

美娘道："你父亲北京去了，是钦召进京的。"

甘小蝶道："我父亲又不做官，皇帝老子钦召他做什么？"

陈美娘叹道："你两个孩子家懂什么。人怕出名猪怕壮，你父亲不合名声太大了，闹得皇帝都知道，所以下特旨征召他。"

欲知后事如何，且听下回分解。

第二回

甘凤池金殿献技
嘉庆帝玉尺衡才

话说甘凤池声名远震，长江南北，泰山东西，已经无人不晓，没个不知，渐传渐远，连北京地方都知道了，却惊动了一位英雄。

这位英雄生长漠北，爵封亲王，现为领侍卫内大臣，号称巴图鲁的蒙古王便是，是北方无双英雄，蒙古第一勇士。前回四娘在汉口摆擂台，他就要南下比武。经吕四娘请计翁咸，绊住蒙王身子，不曾南下。现在蒙古王闻到甘凤池声名，又动了好胜之心，在嘉庆帝跟前奏请降旨征召，要瞧瞧凤池怎生一个人物，怎生一种本领。嘉庆帝奏准，降旨江苏巡抚，叫把甘凤池妥送来京。苏州抚院奉到圣旨，不敢怠慢，派了一个候补知府到松江劝驾，又叫松江府知府同了华、娄两县帮同劝驾。

甘凤池搁不住官府敦劝，只得遵旨进京。走了一月开来，才抵北京，在打磨厂借了一家客店。陪送官员到宫门报到，奉旨甘凤池着赏给七品顶戴，着蒙古王带领引见。于是陪送官员就陪了凤池，先去谒见蒙古王。

一时走到，只见沉沉甲第，巍巍藩府，很是森严壮丽。门上站有十多名家将，雄赳赳，气昂昂，尽是挑选来的北方健儿。委员赔笑上前，说明原委。

那家将听得是甘凤池，先不去通报，问道："哪一位是姓甘的？"

委员向甘凤池指道："此位就是甘爷。"

那家将听说，把凤池直上直下盯了几眼，自语道："声名这么的大，我只道怎样一个三头六臂的英雄，谁知道也不过这么一个小子。咱们王爷真也多事了！"言下很露出瞧不起凤池的意思。甘凤池只装作不曾听得。

那委员道："烦老哥回一声，说江南甘凤池求见就是了。"

那家将接了手本入内去了。一时出来说："王爷叫请。"

委员陪凤池入内，那家将在前引导，转弯抹角，直到东厅。委员与凤池到回廊，就站住了脚。那家将掀软帘入内回过，只听得洪钟似的声音道："请进来吧。"那家将打起软帘，委员与凤池同步入内。

只见蒙古王家常打扮，身穿蜜色江宁绸四开衩箭衣，内衬枣红缎灰鼠长袍，品蓝绉绸短袄，茶青绉绸中衣，驼金缎套裤，足蹬粉底乌靴。箭衣之外，戴着个硬领，扣着一条扣带，光着头，坐在炕上。一个肉红脸，高鼻子，大耳朵，浓眉大眼，嘴上乌黑的三岩须，左颊微微几点白癜风。

委员叫凤池上前见礼。凤池抢步上前，通名叩见。

蒙古王道："你是远客，不拜吧。快起来。"

凤池见过之后，委员也上前叩见，蒙古王就高坐受礼，不过点上一点头儿，遂向凤池道："咱们坐了谈。请坐请坐。"

凤池道："王爷在上，小子哪里敢坐。"

蒙古王道："你是远客，坐了好讲话。"

凤池告了坐，斜敛着身子坐了。蒙古王问："几时到京的？"

凤池回："昨儿到的。"

蒙古王问："住在哪里？"

凤池回："住在打磨坊客店里。"

又问："几时动身，从陆路走水路走？"凤池一一回答。

蒙古王道："我已久慕大名，知道你本领端的了得。今日相逢，我很是欢喜。"

甘凤池略略谦逊了几句。蒙古王道："我知道你英雄盖世，咱们大家不必客气，较量较量如何?"

甘凤池道:"王爷万金贵体，凤池何人，敢与王爷较量。这个万万不敢从命!"

蒙古王道:"不要紧，咱们又不是上阵厮杀，且较一较气力。"遂命:"取我的硬弓来。"左右答应一声，取到一只硬弓，呈与蒙古王。

凤池瞧时，见这一只硬弓，是铁胎角弓。只见蒙古王接弓在手，笑道:"凤池，此弓足有二十石，待本藩先拉给你看。"

说着，便从炕上跳下，站在当地，摆了一个坐马势，一手执弓，一手扣弦。左手如托泰山，右手如抱婴孩，喝一声"开"，早见弓开如满月。左右站立的家将，雷轰也似价喝了一声连环大彩。蒙古王真也厉害，照这个架势，连拉了三次，把弓递给了家将，坐到炕上，脸不红气不喘，笑向凤池道:"凤池，你也照式试拉一回。"

甘凤池道:"王爷天生神勇，我甘凤池哪里比得上。"

嘴里这么说，早卸去了马褂，接弓在手，觉着那弓很是沉重，估量去，却还拉得开，也摆了个坐马式，身南面北，向上一拱道:"拉不开时，王爷休笑话，我且试试看。"说着，只一拉，早拉了个满。

连拉三拉，蒙古王也不禁喝起彩来，竖着大拇指道:"甘凤池，你真是个好汉子。咱们再园子里去比较比较。"

甘凤池道:"怎是大胆，绝不敢与王爷交手。"

蒙古王道:"我园子中有一座古鼎，约莫有几斤几两，咱们且玩着，举他一举。"

凤池听说，笑道:"既是王爷欢喜，凤池且陪着玩玩。"

当下跟了蒙古王到花园中，果见花神祠中有一座铁鼎，足有一丈二三尺高，连盖连座子，是一块铁成的。蒙古王卸去了箭衣长袍，双手抱住鼎耳上铁环，用力向上只一举，早离地一尺来高，随即徐徐放下，向凤池道:"你来了。"

凤池步至鼎边，相了一相，把衣袖一挥，独舒右臂，执住鼎足，喝一声"起"，早把偌大一座铁鼎擎了起来，满园的人都不禁齐声喝彩。

蒙古王顿时失色，当下笑向凤池道："果然名不虚传，回去准备准备，明日三更，圆明园中见驾。"

甘凤池拜辞出来，委员都埋怨凤池不该举鼎胜了蒙古王，使他老人家不高兴。凤池道："我又不要做什么官，贪图什么富贵，来去一个身子，怕他怎的。"

这日，委员陪了到吏部学习礼仪。这夜睡下，只眈得一眈。因为嘉庆帝在圆明园，凤池黑早就要见驾，住在城中不便，隔夜就下乡，在屯庄人家借一宿。四鼓起身梳洗，穿上了公服，戴上了七品顶戴，坐车到圆明园。

只见大宫门大开，文武官员到园候朝的，已经不少。园中六部、九卿、翰、詹、科、道各衙署无不全备。甘凤池就到朝房中等候。那朝房共是五间，在内候朝的人很不少，因不认识，都未招呼。

一时蒙古王进来，凤池趋前行礼，蒙古王也含笑相迎。候了一个更次，众文武都入内上朝，遂见众人纷纷退出。候到个不耐烦，才见一个太监走出宣旨道："奉上谕，七品顶戴甘凤池，着巴图鲁带领在勤政亲贤殿陛见。"

甘凤池跪下领旨。那太监道："甘凤池，你快随我来，巴图鲁已在正大光明殿后面寿山候你了。"

凤池应诺，跟着那太监，径行向内，到一所很大的宫门，门额上题有"出入贤良"四个大字，是先皇乾隆爷御笔亲题的。进了"出入贤良"门，两边都植有青松翠柏，青翠可爱。直房前面横有石桥一座，渡过了石桥，只见一所极巍峨极富丽的宫殿，金辉兽面，彩焕螭头，庭植不老之松，陛绕长春之草。

凤池见了，便不敢举步。那太监道："这里才是正大光明殿，过了此殿，方是寿山。"

凤池跟了那太监穿过正大光明殿，见一座白石堆成的假山。蒙古王笑吟吟地站在那里，向凤池道："我带你去见驾。"

当下太监先自进去，甘凤池跟随蒙古王径入勤政亲贤殿。只见陛下站着三四十个侍卫，殿上也有一二十个执事太监，却雍雍肃穆，静悄悄鸦雀无声。

凤池不敢仰视，眼观鼻，鼻观心，笔直地站在陛下。蒙古王先上殿奏过，嘉庆帝道："宣他上来。"

凤池遵旨上殿，摘帽下跪，先行了个三头九叩首礼，然后通名嵩呼。

嘉庆帝开口就问他姓名籍贯，甘凤池据实回奏。嘉庆帝道："这么大年纪，容貌还这么白嫩，你有什么异术？"

甘凤池道："微臣的法子很拙笨，不过一世老实，不脱孩子气。"

嘉庆帝道："这就叫作不失赤子之心。"

又问了几句别的话，嘉庆帝道："听得你的武艺很可以，你既老实，从实奏来，究有几多本领。"

甘凤池道："微臣粗知内功，稍解吐纳，不敢欺诳皇上。重时可以重如泰山，轻时可以轻若鸿毛。"说罢，跪伏在地，那头上的发辫，就渐渐向上竖起，霎时间竖了个笔直。

蒙古王一见大怒，这厮敢在皇上面前大翘其辫，抢步上前，独舒猿臂，只一把想把凤池揪下。不意凤池这条辫子竟是活的，蒙古王一手揪住，凤池的辫子竟会弯转来，把他绕住。蒙古王用尽平生之力想把凤池提起来，瞧凤池时，宛如生根在地下的一般，丝毫不动。蒙古王暗忖：我能开二十石之弓，能举千钧之鼎，这厮小小身躯，偏又这么的重，提来提去，宛如蜻蜓撼石柱。

嘉庆帝道："这就叫重如泰山，是不是？"甘凤池碰头称是。

嘉庆帝道："轻如鸿毛呢？"

甘凤池回头，见殿上摆有四盆牡丹，每盆里都开有两三朵花，遂奏："皇上赦微臣死罪，微臣能纵身蹿上花朵，使花朵毫不受损。"

嘉庆帝不信，道："有这么本领么？未免言大而夸了。"

蒙古王听说，也就释去了手，站在旁边静瞧。凤池磕了一个头，"唰"一跳，早跳上花盆，颤巍巍蹲在牡丹花上，两手合十，向嘉庆

13

帝做了一个童子拜观音架势。嘉庆帝喜道："你这个人有点子仙气，莫非是个拳仙么？"

凤池跳下地来，翻身就拜，口称："微臣叩谢皇上御口亲封。"

嘉庆帝道："朕要留你在京当一名侍卫，你可愿意？"

甘凤池道："微臣是草野贱夫，闲散惯了，皇上天恩，怕反折了微臣的草料。恳求放还草野，此后余年，一饮一啄，莫不是皇恩帝德。"

嘉庆帝道："你要高隐，朕也不来相强。但以后朕要见你时，可不准托故不来。"

甘凤池道："皇上加恩放归，使微臣得与太平草木，同沾雨露于圣朝，犬马余生，图报有日，断不敢托故不来。"

嘉庆帝遂下旨，赏甘凤池一个二等侍卫衔。

蒙古王见嘉庆帝这么逾格加恩，心下未免不服，遂奏："奴才愿与甘凤池较量个高下。"

嘉庆帝道："很可不必，方才甘凤池跪在金殿，你提他不动，朕躬玉尺衡才，早已判分高下。况你爵封亲王，位至大臣，胜之不武，不胜为辱。"

欲知蒙古王如何回答，且听下回分解。

14

第三回

甘凤池巧跌蒙古王
十三妹追念太师父

话说蒙古王奏道："奴才自从十一岁上出马，到今已有三十年，关内关外，漠北漠南，从未遇见过敌手，偏又出了这甘凤池。奴才甘愿跟他拼一个高下，恳求主子加恩准许。"

嘉庆帝道："朕躬一是为爱惜你，二是为顾全朝廷体制。现在该亲王既一再请求，姑通融准许。着该亲王与该侍卫，在秀木佳荫徒手较艺，均不准携带器械。朕当亲临监视，尔等其各小心在意。"

蒙古王大喜，立即叩头谢恩。甘凤池也只得遵旨。

当下嘉庆帝派两名头等侍卫引巴图鲁、甘凤池到秀木佳荫去。两人跟了侍卫，出了勤政亲贤殿，向北行去，好一会子，才抵怀清芬。过了怀清芬，才是秀木佳荫。只见很幽静的一所院落，阶下广场，细草如茵，绿茸茸可爱。四面都是合抱参天的大树，差不多是院子的屏藩。

两人都屏息静气地等候驾到。一时嘉庆帝驾到，蒙古王与甘凤池都跪地接驾。嘉庆帝升了座，下旨叫二人比较。二人遵旨。蒙古王站了上首，甘凤池站了下首，遂摆了个门户，向蒙古王拱手说了个"请"字。

蒙古王是不懂拳技的，望准了凤池，虎吼一声，奋命扑将来。凤池见了，暗地好笑，俟他临近，一闪身早扑了个空。

凤池回头笑道："王爷仔细，使猛了劲，是要岔气的呢。"

挑逗得蒙古王无名孽火直透顶门，回身又扑将来。凤池一躲，又扑了个空。两个人一来一往，在秀木佳荫草地上比赛，一个矫捷如猴，一个腾扑如虎；一个避让，一个奋追，躲躲闪闪，往往来来，宛如走马灯相似。

相持了一个多时辰，蒙古王早已双睛出火，气喘如牛。凤池暗忖：此时不下手，更待何时。想毕，遂笑向蒙古王道："王爷乏了，歇歇吧。"

蒙古王怒极，拼命扑将来，挓开两手，大有抓人欲食之势。凤池俟他临近，一偏身让过，遂起一手，在蒙古王臀上只一送，趁着那股急势，"咕咚"，早跌倒了。

甘凤池笑道："王爷恕罪，是我一时失手。王爷贵体跌痛了没有？"

蒙古王羞惭满面。嘉庆帝道："甘侍卫究竟是可儿，该亲王不知自爱，实属辱由自取。着罚俸一月，以示小惩。"二人谢过恩，随即退下。

甘凤池在京住了几日，正拟动身回南，店小二入报户部侍郎阿公爷来拜。凤池心下奇诧：我与京中贵人素无交情，怎么阿公爷忽然拜起我来？

说着时，那阿公爷已经进来了。只见是个白脸少年，长袍短褂，只是家常打扮，向甘凤池道："尊驾就是甘侍卫么？"

凤池道："素昧平生，荷蒙宠顾，不敢动问大人贵姓台甫。"

那公爷道："我叫阿迪斯，袭封一等公，现官户部。奉家慈的命，特来拜访，你我是有世谊的。"

甘凤池听了一愣，暗忖：上代从未与旗人往来，如何说有世谊？遂道："不敢动问大人家世。"

阿迪斯道："先严表字云岩，官至大学士，爵封一等公。家慈何氏。家慈说先外祖副戎公是镖师陈四爷得意门生，甘侍卫是陈四爷爱婿，你我因此有这么一重世谊。"

凤池听了，才恍然大悟，知道这位公爷阿迪斯就是女侠十三妹的儿子，十三妹的老子何副将却是陈四爷爱徒。当日何副将因恶了嫡亲上司大将军年羹尧，吃了一场屈官事，郁愤而死。十三妹仗着一身家传武艺，一口倭刀，一张弹弓，保护她母亲跳出虎穴龙潭，远走高飞，直逃到山东茌平县二十八株红柳树邓家庄，要投奔一家老英雄。

这一位英雄姓邓，名振彪，开设着镖局，闯走江湖六十多年，从不曾失过一回事。十三妹到时，恰值这位老英雄九旬大庆，兼着举行摘鞍下马典礼，贺客盈门，热闹异常。不意正这当儿，忽来一个牤牛山大盗海马周三，要报五年前一鞭之仇，向邓振彪索取白银一万两。

邓振彪大怒，立命搬出银子。银子堆了一桌子，却向周三道："我的银子是凭精力气血挣来的，你就这么轻轻松松，怕拿不去么。"说着，就亮兵器交手。

两人打得难解难分，十三妹路见不平拔刀相助，横身跳出，喝令两人住手。周三不依，十三妹就把周三打倒，立逼他向老英雄服礼。周三屈于威势，只得听从。从此邓振彪大大感恩，即欲倾家酬报。十三妹分文不受，不过与邓振彪认作了师徒，借他的年纪名望，遮盖个门户，自己却在东冈青云山结了三间茅屋，仗着那口倭刀，那张弹弓，自食其力。

彼时阿迪斯的老子阿桂为他父亲阿克敦因公获罪，监禁在淮安狱中，从京中变产南下，带着二千多银子抵桩替父赎罪，住在悦来店中，差两个驴夫到邓家庄投书招褚一官。两驴夫欲推阿桂山涧中，夺他的行囊，在土山上聚谋，恰被十三妹听得，遂跨骡至悦来店，嘱阿桂勿行。阿桂偏偏惑于驴夫之言，乘驴而行。也是天不绝人，驴在中途忽然受惊狂奔，两驴夫不及下手，抵一僧寺方才住步。

这一座僧寺名叫能仁寺，寺僧原是大盗，寺中开着黑店，平时伤害行旅，不知凡几。现在见阿桂行囊富足，自然竭力相留。留到禅堂，立刻翻脸，把阿桂绑在柱上，出白刃如霜，要挖取他的心肝。阿桂唬得魂不附体，忽空中飞来两弹，恶僧应弹而倒，遂见红光一闪，十三妹身穿红衣，单刀直入，救下阿桂，搜寻各处，尽毙诸僧。并搜得地窟，救出难女张金凤及张之父母。

十三妹见金凤幽贞婉淑，横刀做媒，配与阿桂，并厚赠黄金二百两，助阿桂救父。临别借以弹弓，告之："道经过牤牛山，有人拦住去路，可把此弓示他，言是我所嘱，叫他们派人护送到淮安。汝救出汝父后，可即派妥人送还此弓于我。此弓是我传家至宝，千万莫遗失。"阿桂应诺。

既抵淮安，告知乃父。他父亲细问十三妹音容举止，恍然道："此我故人之女何玉凤也。"官事既毕，遂亲往相访。先见邓振彪，因邓振彪介绍，得见何女，告以年大将军已被查抄。此时何母新亡，何女正欲西行报仇，闻阿克敦的话，才止此行。阿克敦即请邓振彪为媒，娶何女做媳妇。何玉凤与张金凤遂为异姓英皇，双事阿桂。

阿桂在乾隆朝立功，官至大学士，爵至一等公，直到嘉庆初年才去世。何玉凤生一子，名叫阿迪斯，袭爵为公，官为户部侍郎。张金凤生一子，名叫阿弥达，官为工部侍郎。这一段事情，《儿女英雄传》中，叙述得很是详尽。不过《儿女英雄传》，"阿"字谐音改作了"安"字。阿桂的"桂"字用会意格，改作了"玉格"两字。"桂"字拆开是圭、木，"圭"原是玉器，所以"圭"字改作了"玉"字。"格"的字义是作长木解，所以木旁改作了"格"字。阿桂表字云岩，云从龙，所以安玉格的表字叫龙媒。

看官，陆士谔怎么知道得这么仔细？士谔是珠街阁镇人，珠街阁有一位前辈，姓王名昶，表字述庵的，在阿桂幕府多年，故老相传，较为确切，自然言皆有据，事尽可证了。

闲言少叙，书归正传。当下甘凤池见阿迪斯说明来历，遂道："原来大人是奉太夫人命来的，凤池本该跟大人到府给太夫人请安，奈贱内不曾同来，诸多未便，只好恳大人转禀了。"

阿迪斯道："侍卫是英雄，又是真老前辈，拘泥些什么。别说家慈已上了年纪，咱们旗人原不计较这些。"

甘凤池见辞不掉，只得叫套车，跟了阿迪斯去。

一时行抵阿府，阿迪斯让凤池先行。阿府众家人见了凤池，都各垂手站立。上公门第，相府规模，果然比众不同。阿迪斯把凤池让至东厅请坐，家人们献上茶来。

阿迪斯道："侍卫请宽坐一会子，晚辈即去请家慈出来。"

凤池道："大人尽管请便。"

阿迪斯入内而去，霎时家人出报："老太太出来了。"

凤池急忙站起身等候，遂见阿迪斯扶了一个老太太出来，望去不过六十光景。凤池连忙奉揖相见，老太太答着旗礼，遂道："这位就是甘老前辈么？"

凤池道："老太太这么称呼，折了我甘凤池的草料。"

老太太道："我们是有世谊的，离得远了，彼此就不大走动。"

因问陈四爷之后还有何人，凤池道："先岳父只生得贱内一人。"

老太太问："令正几多年纪了？"

凤池说了年纪，老太太诧道："老前辈如何这么年少？"

凤池道："小子也虚度了七十八春秋了。"

老太太道："老前辈是有养生秘诀的。我活了八十三岁，人家都说我不见老。比了老前辈，不知差到什么地界了。"

谈了一会子闲话，老太太道："我们老太爷弃文就武，若不亏陈四爷指授，哪里有这一身绝技。就是我当日遭难，奉母投奔山东，若不仗一口倭刀，一张弹弓，也绝不能够自食其力。不破能仁寺，不杀众恶僧，断不会有这下半世的际遇。饮水思源，想起来都是太师父陈四爷的功德。"

凤池道："这都是老姥洪福，家岳父何力之有。"

老太太道："从来说拳不离手，曲不离口。我自从进了这里的门，吃着安逸饭，几十年不去玩拳技一道，竟然生疏了，现在娇养得连自身上事都要人家服侍了。"又问了一回闲话，才起身入内，叫阿迪斯好生管待着凤池。凤池告辞回店，阿迪斯又送了许多东西来，说是奉老太太之命，送与陈美娘的。凤池只得代为收下。

次日，凤池就起程南下。这一回走的是皇华驿，打从山东按站而行，从皇华驿到山东齐河县晏城驿，再经长城驿、崔家庄驿、杨柳店驿、新泰县驿、垛庄驿、李家庄驿、郯城县驿、红花埠驿，直到江南峒峿驿、钟吾驿、桃源县驿、清口驿、淮阴驿、孟城驿、邵伯驿、广陵驿、云阳驿、锡山驿、姑苏驿，径回松江故里。

回到家门，已经是腊底春头。陈美娘同着虎儿、小蝶迎接出来。

凤池一见，喜道："你们剑术学成了么？"

虎儿、小蝶都言："是师父叫孩儿们回来的。"

凤池道："师父叫你们回来的，那必是大有可观了。"

欲知虎儿、小蝶如何回答，且听下回分解。

第四回

恶举人毒计灭邻家
小剑侠巧术移泥像

　　话说甘虎儿、甘小蝶把吕四娘如何吩咐，兄妹两人如何下山的话，从头至尾说了一遍。凤池道："师父既然这么瞧得起你们，你们须要小心在意，不负所托。只要你们能够继绳前辈七剑八侠的事业，做老子娘的脸上也有光辉。现在你老子娘也老了，也该享点子清闲的福，不再管理闲事。我跟你妈劳碌一生，千辛万苦，不过博一个雁过留声，人过留名。孩子家懂得吗，一个'侠'字是很不易当的。"

　　虎儿、小蝶唯唯受教。凤池才把自己京中的事，如何陛见受封，如何比武，如何见着十三妹细说了一遍。家人团聚，自然阖室欢腾。

　　当下夫妻子女叙了几天天伦之乐，小兄妹两个就辞了父母云游四海，专干那侠义事情，随意游行，绝无定所。

　　一日，行抵江西袁州府城，在东大街上十字、中十字、下十字三条十字街逛了一会儿，忽见路人纷纷传说："咱们快到城隍庙去瞧审事，这一件冤枉官事，瞧这两个省委老爷审得出审不出。"

　　虎儿听得，知道内中必有缘故，向小蝶道："咱们也去瞧瞧。"

　　跟随着众人走去，转了两个弯就到了。只见辕门以内人山人海，虎儿向众人打听，遂有一个少年把此事始末缘由告知虎儿。虎儿不听则已，一听之后，不禁愤火中烧。

　　原来袁州城中有一个举人姓王，名叫昌镐，平日交通官府，仗势欺人，一径横行不法。因见邻人张老寡妇有田五亩，风水极好，王举人要给父母办丧事，叫人向张老寡妇让购。张老寡妇偏是固执，回了一句"祖宗之地，尺寸不可弃"。王举人大怒，暗地里布置，造下一张伪契，一面拜会宜春县知县，送了点子人情，遂把张老寡妇告了一状。

知县立刻出签，把张老寡妇的儿子阿牛捉进衙门，坐堂审问。不由分辩，将田埂断与王昌镐管业。阿牛不遵断，县官立命拘押。阿牛知道势成卵石，万不能敌，只得含泪回家。王举人立刻过户承粮，欢喜无量。

一家欢喜一家哭，阿牛回家诉知乃母。张老寡妇见传家沃产无端被人家活生生夺去，如何不要气愤。瞧王举人家势焰熏天，和官府呵成一气，官事又是打不赢的，没法子，只得坐在门口，瞧见王举人走过，就指着他的脸，提着他的名，破口大骂。王举人被她骂得避道而行，张老寡妇见王举人这个样子，索性得步进步，骂上门来，把王举人骂到狗血喷头。王举人恨到个牙痒痒的，但是终没法子止住她。

这日，王举人来了一位省城同年，陪往馆子吃了一顿。两个儿酒意醺然地回来，一路走，一路讲话。才抵家门，正与那同年相推相让，不防斜刺里冲出一个老婆子来，戟着指就骂王昌镐："这恶贼，仗着举子的势，白占人家田亩。我瞧你有好日子，万载千年传下去。"说着千贼万贼，骂个不已。

那同年就问："年兄，这是什么，容这婆子这么撒野，袁州地方难不成没有王法了？年兄的涵养功夫真也太好，若在小弟时，早把这婆子片送衙门究办了。"

王举人道："年兄有所未知，这婆子原有痴病的，小弟因此原谅她一二，不与计较。"

那同年道："当街指名辱骂，究竟成何体统。就是痴子，她家里总也有人，该叫她家里人严行管束。"

王举人嘴里应着，脸上却很是过不去。那同年住了一两日就去了。

王举人越想越恨，不禁怒从心上起，恶向胆边生，想出一条狠毒无比的毒计，当下就出去找寻赤眼鼠诸朋。这诸朋诨名赤眼鼠，是袁州城中一个泼皮领袖，光棍班头，投在王举人部下，当一员大将。王举人仗泼皮为爪牙，泼皮仗举人做护符，互相利用，狼狈为奸，真是无法无天，无恶不作。

这日，王举人亲临大驾，到卫前街一家茶坊内。踏进坊门，偏偏茶博士是新来的，不认得王举人，没有过来招呼，王举人心里已经不自在了。

及至拣了座头坐下，茶博士肩搭抹布，过来请问要乌龙要旗枪。王举人没好气，一挥手啪嗒，飞了茶博士一个耳刮子，骂道："混账羔子，称呼都没有，你问谁呀！"

茶博士忙赔笑道："大相公，别见气。"

王举人见称自己大相公，以为降了他举人的职衔，怒火中烧，一飞手又敬了他一个耳刮子，打得茶博士呆了脸，不敢发话。

此时坊主人听得有人拌嘴，三步改两步赶来，见是王举人，唬得屁滚尿流，忙赔笑赔不是，口口声声新老爷，说："新老爷别见气，大人不计小人之过。我这伙计原是个混蛋，不懂得规矩。他原是做替工的，明儿就要撵他滚蛋。"一面骂茶博士道："瞎了眼珠子的王八，还不滚开。"那茶博士只得抱头鼠窜而去。

坊主人亲自倒上脸水，又泡上一壶滚滚的旗枪茶，伺候王举人洗过脸，然后赔笑问道："新老爷今儿怎地闲，到这里来喝茶。"

王举人道："诸朋没有来么，我要找他呢。"

坊主人道："原来新老爷要找诸大相，快要到了，请略坐一会子。"

王举人喝了一口茶，才待讲话，忽见坊主人直跳起身，飞一般跑出去，直着嗓子喊道："小金弟，快去知照诸大相一声儿，王家新老爷在此等他，叫他快来。"就见一个瘦子应了一声，如飞地去了。

坊主人进来道："新老爷，我已派人唤去了。"

霎时，果见诸朋歪戴着毡笠子，穿一件青布长棉袍，袒着大襟，束一条蓝绵绸汗巾，披一件羊皮马褂，五个纽扣，一个都没扣上，拖着鞋踢拉踢拉走进来。见了王举人，叫一声："新老爷，什么风吹到这里来？"

王举人道："我特来找你。"

诸朋道："新老爷找我总有事故。"

王举人向坊主人道："我们有几句话讲，你尽管请自便。"坊主人应了一声，自去干他的事。

这里王举人悄悄向诸朋道："老诸，我新老爷待你如何？"

诸朋道："新老爷待我还有什么说，就是生身父母也不过如此。"

王举人道："我差你干一件事，你可愿意？"

诸朋道："只要我能够办，赴汤蹈火，在所不辞。"

王举人道："张家那老婆子，天天把我辱骂，可恶得很。你给我约几个弟兄，将她一顿拳脚打了个稀烂，我有几两银子酬谢你们。"

诸朋道："就是新老爷的邻舍张老婆子么？"

王举人点头应是，诸朋道："张老婆子风都吹得倒，如何经得起打。"

王举人道："原要你断送她残生性命，又不要她活。"

诸朋听了一愣，道："人命关天，可怎么样？"

王举人道："有我新老爷做主，哪怕谋反叛逆都不要紧，何况条巴人命。"

诸朋道："那就是了。新老爷，我们全靠的是你呢。"

王举人道："这个自然。"

诸朋道："这么我就去约人了。"说着，就要走。

王举人道："且慢，我还有话呢。"诸朋住了步，静候王举人吩咐。

王举人道："此去再休张牙舞爪，总要静悄悄，暗地里知照，泄露风声不当稳便。"诸朋连声称知道，出外去了。

王举人给了茶资，慢慢走回家来。将到自己门口，张老寡妇又

24

奔出大骂，王举人只是笑。忽见诸朋率着五六个泼皮，手中各执短棒，恶煞似的赶来。瞧见张老寡妇，不问情由，赶上来就打。老寡妇狂喊救命，诸朋抢步上前，一手揪住发髻，向地下一拖，张老寡妇跌倒。众泼皮短棒齐施，何消一刻，早没了气，断送了性命。

王举人见已了事，遂道："诸朋，你过来。"

诸朋走到，王举人道："人命关天，可怎么样？"

诸朋惊道："新老爷，这是你叫我干的。"

王举人道："我叫你干，有何凭据？好，好，现在你们准备吃官事去。"

诸朋与众泼皮听了，顿时面面相觑，不作一语。

王举人哈哈大笑道："玩一句就唬得这个样子。有我在，天坍的事也就过去了，慌什么，我来教给你们免祸的法子。现在快去把张阿牛叫来，只说他妈跌伤在地。"

诸朋道："阿牛瞧见他妈已死，不是要和我不依的么？"

王举人道："蠢奴！阿牛一来，咱们立刻把他捆住，众口一词，都说眼见他把他妈活活打死。拿我的名片送到县里，办他一个逆伦重罪，依律凌迟，千刀万剐剐了他不就结了么？"诸朋等都说好计，立派一个泼皮去叫阿牛。

这里众人都躲藏了。堪堪躲好，阿牛就来了，瞧见他妈直挺挺躺在地上，走近一瞧，见遍体鳞伤，已没了气，不禁大哭起来。就这哭声里，众人齐都跑出，都喊："不得了，阿牛打死了他妈。"

阿牛才欲分辩，咳嗽一声，王昌镐踱出来了。众人都道："新老爷，张阿牛打死他妈，我们都瞧见的。"

王举人道："了不得，这是逆伦重犯。仔细他逃走，快给我捆了。"

一声吩咐，麻绳现成，众泼皮立把阿牛捆了个结实。

王举人唤了地保来，叫他看好尸体，自己亲自押送阿牛到县。知县跟王举人本来要好，现在出了逆伦重案，众证确凿，又经王举人重重嘱托，说什么伦常大变，此风断不可长，知县官自然从严纠办。

从来说铁一般的硬汉，怎禁得炉一般的官刑，屈打成招，录供申详，就要请王命凌迟处死。抚院细阅详文，大起疑心，以为阿牛虽很不孝，殴母应在家中，不应在街上众人注目之地。并且遍体鳞伤，儿子殴母，也绝不至此，于是特委两个知县到袁州来复审。

两位委员一到袁州，先去谒见袁州府，然后拜会宜春县。府县都言此案经过数堂的推问，人证确凿，铁案如山，已经毫无疑义。如果翻案，不特死者冤沉海底，问官也都有处分呢。两委员听了，早存了个官官相护的念头，于是定期在府城隍庙提犯会鞫。虎儿、小蝶恰恰游行到此，打听旁人，备知底细，不禁愤火中烧。

一时两委员坐出堂来，那法堂就是城隍神的大堂，六吏三班都是向宜春县借来的。喊过堂威，调上犯人。张阿牛铁锁锒铛，朝上跪下。两个委员胸有成见，糊糊涂涂，略问了几句，仍照前拟定罪，吩咐带回监禁。

张阿牛冤愤填胸，怨气冲天地大喊道："城隍老爷，城隍老爷，我一家奇冤极枉，神灵全然不晓。神在哪里，灵在哪里，如何好受人间血食？！"

一语未了，只见西厢房砰当一声异响，突然坍倒，众人还未介意。那衙役牵了张阿牛，才欲出去，忽然两个泥塑的皂隶像自己移动，两挺夹叉挡住去路。众人大惊失色，两个委员也都毛发悚然，忙叫带回来重审。

欲知泥像如何会自移动，且听下回分解。

26

第五回

小剑侠游览百花洲
云万里调任南昌县

话说袁州府城隍庙的西厢房真会自己坍下，两个泥皂隶真会自己移动么？怕从古到今没有这威灵显赫的神明，却是虎儿、小蝶兄妹两人使的剑术。剑侠原能够身剑合一，举动迅捷，寻常人目力万难视差得及。虎儿先放剑光，切断了那巍巍欲堕的厢房正梁，把西厢房倒坍，然后兄妹两人各推一座泥皂隶像，挡住去路。问案的委员、看审的闲人都不过是些庸耳俗目，如何察得出是剑侠玩耍，都道是神明显灵，唬得个毛发悚然。

当下两个委员即叫把犯人带回，从新鞫问。张阿牛口口声声称冤枉，并言家中有同居的人，请提来一问，平日家居情形，同居的人尽都知晓。委员点头，立刻出差把阿牛同居的陈杏生夫妻提来讯问。

陈杏生夫妻到了法堂，供称阿牛侍奉他妈素来孝顺，绝无忤逆举动，这就是殴母老大的反证。再按照尸格，遍体鳞伤，又都是木器伤，断非一人所殴，又是殴母老大的反证。于是提到证人诸朋等四五人，严刑驳诘，反复推究。

诸朋等初时矢口不招，后经委员问他："你们既然做得见证，总是瞧见阿牛殴打的了？"

诸朋道："小的们确是亲眼瞧见的。"

委员道："亲眼瞧见的，为什么见死不救？须知见死不救，律有

27

明条。"

诸朋忙道："小的们瞧见时光，张老婆子已经没有气了。"

委员道："张老婆子断了气，难道他儿子还在殴打么？天下怕没有这个理。"诸朋无言可答。

委员拍案道："讲来。"

诸朋道："小的实在不曾眼见。"

委员道："你没有眼见，如何好做证人，如何好证明他是殴母？你到底用什么法子知道的？讲来。"

这几句话问得诸朋哑口无言。委员喝令用刑，诸朋受刑不住，只得供出王举人如何指使，众人如何动手，一一直言供认。委员立拿王昌镐到案，叫他与诸朋等对质。王昌镐到了此时，除认罪求恩之外，更无他语。

委员叫他画了供，遂把他详革功名，接律定罪。王昌镐是主谋犯，诸朋等是行凶犯，情真罪当，都定了斩罪。王昌镐定的是斩立决，诸朋等定的是斩监候，秋后处决。张阿牛开释出狱。断结之后，两委员立刻起程，回省复命。那袁州府知府与宜春县知县的失入处分，自有抚院具本题参，请旨办理，不在话下。

却说小剑侠甘家兄妹两人见王昌镐已经定罪，心下很是快活，遂在城内城外游览名胜古迹，如城内的宜春台，城外的化成岩、青莲洞、钓台、灵泉池、珠泉亭等，徘徊瞻眺，都各游了个遍。

小蝶见袁州风景不过尔尔，觉得腻了，便主张上南昌逛逛。于是兄妹两人从陆路起程，到了清江县的樟树镇，才改走水路。

这日，行抵南昌，恰遇着新抚院到任，南昌文武都忙着迎接抚院。满街轿马纷纷，行人尽都住步。甘虎儿同妹子就在棉花市投了一家客店，饭后无事出外闲逛。第一日到章江门外，游过滕王阁。第二日便到东湖湖畔逛百花洲。

当下兄妹两人正从苏公圃向北，要到墩子塘去，才走得三五步，忽闻背后有人唤道："前面走的不是虎兄蝶姐么？"

小蝶回头，见是同学云杰，忙道："哥哥，云师弟也在这里。"

虎儿回头，喜得直迎上去，问道："老弟几时来的？"

云杰道："昨天才到。师兄师姐来了几天了？"

甘虎儿道："巧极了，我们也是昨天到的。"

原来云杰此番依旧是跟他哥哥云程云万里到任办公。这位新抚院原是四川藩台，新奉恩旨，升任江西巡抚。云万里在四川通省州县中是干员第一，上年藩台护理督篆，在护督任上，奉旨清查乾隆五十一年以来四川欠粮一千二百余万。护督严札催促，各州县奉到宪札，立即勒限追比。粮差四出逮捕，人民骚然不宁。只云万里不肯奉行，倒禀说从宽办理。

护督大怒，召他来省，问他道："云程，你胆敢逆旨么？"

云万里打拱道："云程自知乃遵旨，不是逆旨。"

护督怒道："奉旨清查欠粮，本护督札子下后，别县都勒限追比，办得何等认真。只有你不出一差，不捕一人，还说是遵旨，不是逆旨。似此沽名钓誉，难道本护督不能题参你么？"

云万里道："护帅是最高明的，还有什么不知道。云程恭绎旨意，皇上知粮有积欠，不叫严追，叫清查，是正要清其来历，查其委曲。究竟哪欠，是欠在官，欠在役，欠在民，是应征，是不应征，总要办到个了然分晓，然后奏请圣裁。这是圣旨的意思。现在奉行的州县官，偏不肯顾名思义，只晓得把十余年的积欠，硬逼百姓一时完纳，这是暴征，不是清查了。岂有仁圣在上而有暴征之理？"

护督道："照你意思，要怎么样？"

云万里道："请宽限三个月。当部居别白，分牒以报。"护督默然。

不多几时，嘉庆帝风闻四川清查不善，下旨严饬，旨意竟与万里的话一个样子，护督就此赏识了云万里。此番升任江西巡抚，因把他奏调来省。

那云杰学成回家，见了老子娘。他老子云中燕道："我的儿，你哥哥在四川官声很好，派了三五回专差来家，要你去帮忙。你现在剑术已成，快到四川去吧。好在你能够空中飞行，倘惦我们两老人时，就飞回来瞧瞧，也很便当。"

云杰逆不过老子，立刻施行剑术，排云驭气，闪电似的飞到四川。

云万里大喜过望，恰奉到抚院奏调的公事，赶忙办了交卸，到省见了抚院，一同南下。所抚院到任第一日，恰好分宜县知县详报丁忧。抚院向藩台说了，就把南昌县调署了分宜，把云程委署了南昌。云程谢过了委，定期接印。旧官办理交卸，忙乱到个乌烟瘴气。

云杰于此俗务不很明了，简直无从下手，索性抽出身来，游览名胜古迹。偏偏凑巧，在百花洲就与甘家兄妹遇见了。

当下三人各谈别后情形。甘虎儿把袁州王昌镐一件事说了出来，说到推移泥皂隶，云杰不禁笑不可仰，遂道："你们倒已经干了一件功德，愧我碌碌因人，毫无建树。"

甘虎儿道："你我的事都是可遇不可求的，原不必忙在一时，也毋庸心存愧怍。"

当下三位小剑侠由墩子塘而北，游过北湖，反身而南到洪恩桥。游过东湖，再折而西，到水关闸。游过西湖，又到棉花市客店中坐了一会子，辞着去了。

次日，虎儿到南昌县衙访云杰，接见之下，即言："本官接任之初，就办着一桩很棘手的案子。现在我哥哥叫我出去侦探，能够侦探明白，也可以算得一件功德。"

虎儿问："怎么一件案情？"

原来南昌广润门外，有一个小小屯落，名叫红叶屯。屯中有一个姜明远，生有一子一女。子未成年，女已出嫁。一日，是明远生辰，女儿回家庆祝。明远留她住下，他女儿因家中无人照料，定欲回去。明远见天晚路远，不放心，特叫儿子狗儿陪送姐姐回家。姐弟两个各跨一驴出门，到傍晚时光，狗儿骑驴回来，带着许多小雀儿。问他姐姐送到了么，回称送到了，吱吱咯咯，一味调弄小雀儿。

隔了两日，女婿胡舜卿来家接妻。姜明远惊道："女儿当日即回，并未留住。"胡舜卿也大惊，言妻子自从那日归来拜寿之后，已有三日未回了。

翁婿两人就拌起嘴来。胡舜卿疑乃岳匿女图嫁，姜明远疑乃婿杀妻毁尸。两家都作了状祠，到南昌县衙门喊冤。县官见两造各执一词，都无佐证，所控都不足凭。但是胡姜氏的失踪却是真的，又不能不理，遂开庭集讯。

先问姜明远年岁籍贯，作何生理。又问他共生子女及人，尔女胡姜氏何年出嫁。

姜明远供道："小人女儿今春二月才出嫁，到今还未满一年。"

县官道："尔婿与尔女夫妇是否和睦？平日可常有拌嘴打架的事？"

姜明远供称："小夫妻平日很和睦，女儿也不很回家。"

官叫退下，提问胡舜卿："尔妻平日待你如何？"

答称很好。

官问："尔岳父常到尔家走动么？"

答称不很走动。

官问："尔岳父告尔杀妻毁尸，据尔供，尔妻平日待尔很好，是尔妻素无失德，尔为什么起这毒心，把尔妻杀死，并毁掉尸体？"

胡舜卿道："大老爷明鉴，小人是经纪人，娶一个妻子很非容易。并且小人妻子，人极贤惠，哪有无故将她杀死之理？岳父生辰，妻子回去拜寿，邻舍人家尽都看见。一去不来，明是岳父嫌小人贫穷，匿女图嫁，怕小人问他索人，反含血喷人，到大老爷台下诬告。"

官命退下，再提姜明远讯问，喝道："姜明远，你这坏东西，自把女儿藏过了，胆敢到此诬告。你女婿人极驯良，如何会杀人？夫妻和睦，新婚未满一年，如何会杀妻？你究竟把你女儿藏了哪里去，快快供来。"

姜明远道："这是冤枉的。青天在上，小人女儿回来，小人原要留她住下，是小人女儿不肯，说家中无人照料，小人才放她回去的。"

31

官问："你女婿家离你的屯有多远?"

姜明远道："有十二里路。"

官问："你女儿什么时候来的?"

答称辰牌时候。

官问："什么时候去的?"

答称申牌时候。

南昌县道："你就放你女儿一个而去的么?"

姜明远道："小人因路远天晚,不放心,特叫小人儿子陪送女儿去的。点灯时候,小人儿子回来,问他说已经送到了。"

官问："你儿子叫什么名字,十几岁了?"

姜明远道："小人儿子狗儿,十三岁了。"县官听供,遂饬差提姜狗儿到案。

欲知姜狗儿提到之后有何供语,且听下回分解。

第六回

黄昏杏雨血泊横尸
白日红鸾新郎惨毙

话说姜狗儿提到，南昌县问道："胡姜氏是你何人？"

狗儿回是胞姐。

官问："某日你的姐姐从你家回去，是你送她去的么？"

狗儿回称："是小人送姐姐家去的。"

官问："你是否送到她家里，入门遇见过何人？"

狗儿见问一愣，回答不出。

南昌县把惊堂木一拍，喝道："讲来。"

狗儿唬得几乎要哭出来。两旁衙役都喝："快讲实话，快讲实话！"

姜狗儿道："小人说实话是了。小人陪送姐姐到半途中，因见路旁树顶上有一个鸟窠，小人心里想窠中必有小鸟，遂爬升树顶，探手窠中，摸取小鸟，果然摸得了四头小鸟。从树上溜下，姐姐已经不见，只道她自己回去了。小人要紧顾几头小鸟，就此回家。"

南昌县道："你姐姐在途中遇着了熟人没有？"

狗儿道："遇着的是一个在府里当书办的谢相公。那谢相公也跨着驴子，并带有两个仆人，跟我姐姐一路有说有笑。"

官问："谢书办家在哪里，你知道么？"

狗儿道："小人知道。谢相公家在杏雨庄，离我姐姐家可七里许。"

南昌县道："这里头就有线索可寻了。"立派两个役人跟了姜狗儿到杏雨庄提谢书办。

不意役人下乡，问到谢家，谢家只有田佣王福，同王福的女儿春姐在家。问他主人呢，他说不曾回来过。狗儿说某日某时亲眼瞧见谢书办带了两个仆人骑驴而回。王福被驳，就一愣，不禁支吾而对。役人见情有可疑，就把田佣王福带县销差。

南昌县立刻叫人到府衙门打听，探得谢书办请假回乡，至今没有销假，请假的日期正与胡姜氏失踪的日子相符。官只道是谢书办拐逃呢，遂命提上王福。

"某日某时谢书办带一个妇人回家，你是知道的。现在谢书办在哪里去了，你可从实招来。倘有虚言，本县就要刑罚从事。"

王福道："小人是老实人，不会讲虚话。但是小人说了实话，老爷就要放我家去的。"

南昌县几乎要笑出来，忍住了，向他道："只要你讲实话，本县绝不治你的罪。"

王福道："那日太阳将下山的时光，我因女儿春姐到了舅舅家去吃喜酒，一个儿在家。正在场上做活，忽见两个人骑驴到家，一个是主人，还有一个妇人，却不认得。宋小弟、张阿祥负着行李。"

县官听到这里，问："宋小弟、张阿祥都是什么人？"

王福道："是主人的仆人。小人忙忙端整晚饭与主人吃。到半夜里，宋、张两仆告诉小人，还要到西庄去收租，主人交代先走。说着，就搬行李出门，跨着驴去了。"

南昌县道："杏雨庄不是谢书办家么，回来了就是，怎么又到西庄去？"

王福道："西庄是主人的坟园，东庄是主人的住宅。自从主人做了书办，搬在南昌居住，庄子上一年不过回来一两回。当下宋、张两人去后，不过顿饭时光，听得主人房中忽发异声。小人连忙点了灯，前往照看。只见房门洞开，走进去一瞧，老爷只把我唬得个魂不附体。只见床前尽是鲜血，血泊中躺着两个人，一个是主人，一个就是那妇人，旁边横着一把锉草刀，满刀都是血。小人这一唬，真唬极了。"

南昌县道："谁杀死的，你可知道？"

王福道："小人不过瞧见主人和那个妇人死在血泊中，谁人动刀杀死，小人没有瞧见，不敢妄供。"

南昌县道："后来怎么样？讲来。"

王福道："小人惊定之后，暗忖，如果等到天明，四邻知道，定然遭一场官事，不如趁黑夜无人知道，悄悄地埋掉了完结。小人就携了锄头，在赵家坟园锄了一个窀穴，把两个尸体分作两回背去，埋葬妥当。回来恰好天明，就舀水把房中血迹洗净。"

南昌县道："句句都是实话么？"

王福道："小人句句是实话。"

南昌县叫把王福收禁。王福叫屈道："小人无罪。"

南昌县道："你现犯移尸重罪，姑念你照实供认，待拿到凶手，本县即从宽不究，放你回家。"王福哭丧着脸，只得跟随役人进监而去。

南昌县退堂就与刑名老夫子商议。刑名老夫子道："这必是书办两仆所干。事关弑主劫财，不捉到凶手不能结案。"于是立命干役，限日拿捕宋小弟、张阿祥到案。

不过半个月开来，宋、张两仆齐都拿到。南昌县升堂严鞫，两人都供："主人途与少妇调奸，同到庄上住宿。我们因主人行为不正，偷物同逃是实，不敢杀人。"

问来问去，矢口不移。提王福与两仆对质，也无杀人证据。于是到杏雨庄发掘验尸，叫王福指出瘗尸所在。铲锄并下，一时掘开，众人齐声发喊。役人报称，死尸两具，一具是谢书办，一具是个和尚。南昌县大为奇诧，怎么妇人会变作和尚的？亲自离座瞧看，见一个和尚尸，两鬓短须已经斑白，身上并无血迹，遂命仵作如法验来。一时喝报谢书办身受五刀，手腕、手臂、足胫、心口、颈项，颈项、心口均致命伤。和尚并无刀伤。

验毕回衙，提问王福。王福言：“小人埋的时光确是个妇人，不知怎么弄了个和尚来。”

南昌县喝令用刑。王福极口呼冤，遂命与宋、张两仆一同监禁。

这一案没有结，新抚院就到任了，把云程委署了南昌。这位云大老爷偏是个多事的人，翻阅案子，见此案疑窦甚多，遂命提出在监人犯，升堂研讯。反复诘问，知道王、宋、张三人都不是要犯，杀人必另有其人。女尸忽变僧尸，其中必有曲折。遂与云杰商议，叫他到杏雨庄谢宅侦探，并叫留心临近僧寺，一个月来曾否有走失僧人的事。

云杰领命下来，正欲出门侦探，恰好甘虎儿来访，遂把此事告知虎儿。虎儿也十分称奇，因见云杰有事，未便久坐，谈了几句，就告辞回店。告知小蝶，小蝶道：“我们左右闲着，何不也到杏雨庄去逛逛？”虎儿也极高兴，于是吃过午饭，兄妹两个联袂偕行，径向杏雨庄进发。

只见板桥茅屋，疏疏几株杏树，风景很是佳胜。虎儿、小蝶缘溪而行，愈走杏树愈多，到后来一望尽是杏林，没有一株杂树了。

小蝶不禁道：“这个地方，二月里杏花盛开时光，真是个仙境。”

虎儿道：“那也不难，明年二月咱们再到这里玩一会子就是了。”

小蝶道：“找一个人问问，怕此间就是杏雨庄呢。”

说着，只见一个十八九岁的女孩子，从一家篱门内出来。小蝶上前问道：“姐姐，我问你一个信。此间可就是杏雨庄？”

那女子把小蝶打量了一会子，才答道：“这里就是杏雨庄，你找谁呀？”

小蝶道：“我们是过路之人，因闻得此间出了奇案，特来瞧瞧。”

那女子听得奇案两个字，眼圈儿一红，就进去了。

兄妹两人徐步向前，转了一个弯，瞧见云杰正在走那条路上来。两人站住了等候。一时走近，云杰问：“怎么两位也来这里？”

虎儿道：“因闲着，白逛逛。你公事办得怎样了？”

云杰摇头道：“毫无眉目。”

当下云杰就邀甘家兄妹同游佛寺,二人也就应允。于是先游进贤门外的各寺:千佛院、塔下寺、延寿寺、九莲寺、百福寺,明察暗访了一整日,都游遍了,只得分别,各自回家,一点子端倪都没有。

次日,又去查普贤寺、长清寺、多佛寺、龙光寺、天宁寺、清泰寺、地藏禅寺、延庆寺、承恩寺、恒沙古刹,依旧毫无征兆。

云杰很是闷闷,回到衙中,家人道:"二老爷回来了,老爷才在念起呢。"

云杰道:"老爷在哪里?"

家人回:"在签押房,老爷叫厨子做了两味好菜,吩咐等候二老爷回来了再开饭。"

云杰听说,回到自己房中换了一件衣服,就到签押房来见哥哥。

云万里问起情形,云杰叹了一口气,并无多语。云万里倒拿话来宽慰他,说:"办案不比他事,性急不来的,吾弟倒不必忙在一时。今天我又平反一件冤狱,是一家富户,两兄谋杀幼弟,原告就是他老子。在前官手里,两犯都已招认。我因案中情节可疑,提出细鞫,果然是冤枉的。"

云杰问:"怎么一回事?"

万里就案上翻出案卷,细细讲解。原来进贤门外有一家富户,姓杨,名麟,生有两子。长名杨仁,次名杨义,都已娶妻生子。后来杨麟忽又娶一个少妾,生一幼子,名叫杨孝。人情哀怜少子,况又是庶出,自然比众疼惜。杨仁、杨义见幼弟分去家产,心下很是不乐,平日对于幼弟未免眈眈逐逐。因此杨麟与仁、义二子不很和睦。

今年四月初旬,杨麟给幼子杨孝娶媳妇,亲友毕集,闹热异常。不意彩舆临门,新郎竟不知去向,遍觅不得。阖家子张皇失措,昕夕搜求,连着几日没有音息。后来柴房中忽发秽气,搬开稻柴,见赫然一个尸体,正是新郎杨孝。见他颈中勒有绳痕,手脚蜷伏,确定是生前被人用绳勒毙。杨麟痛心大哭,疑到仁、义两子身上,立

37

叫人把两子缚送到官，举平日阋墙情状为证。前官严刑审讯，五毒备至。杨仁、杨义熬刑不住，只得供认。

不及定罪，云万里到任。细阅招供，大起疑心。两兄既欲谋弟，何时不可下手，为什么不谋于他时，独谋于其弟新婚，亲友毕集之时。并且下手的时光，偏偏在白日，不在黑夜，一似唯恐人家不知道似的，于情理上很有不合。遂命提杨仁、杨义出监，细细鞫问：何人起意，何人主张，勒毙之绳从何而来，勒毙之前所干何事，勒毙之后所见何人，动手勒毙，是在柴房里面还是柴房外面。经这么细细一问，兄弟两人都各瞠目，不知所对。

云万里道："案关谋毙幼弟，罪名非轻，本县不厌求详，尔等慎毋自误。"

杨仁、杨义齐声哭称冤枉，供称："平日弟兄果然不睦，然并无谋杀之心。况这日我两人坐在账房，寸步不移，何能分身杀人？"

云万里道："尔弟失踪这日，尔两人都在账房未曾出去么？"

杨义道："哥哥因父亲太疼幼弟，这头喜事办得太奢费，邀我同坐账房，暗地里监察账目银钱，一整日没有出去。直到大家嚷新郎去了，没人做亲。我们听了奇怪，才出去帮同找寻的。"

云万里拍案道："这两人冤也。"

欲知后事如何，且听下回分解。

第七回

南昌县平反戕弟案
小剑侠侦探杏雨庄

话说云万里问出反证，心下快然，遂问："你们喜事账房司账是谁？"

杨仁道："是表叔余晋甫，是父亲的知己。"

云万里问明余晋甫住址，立刻派役去传唤。一时传到，问他："尔当日在账房司账，是否终日坐在账房？"

晋甫供因职司重大，坐在账房寸步不移。

问他："账房中还有何人？"

供称："还有一个写帖子的副手。"

问他："账房中就只你与副手两个人么？"

晋甫道："还有杨仁、杨义兄弟两个，怕我们舞弊似的，虎视眈眈地监察着，也这么寸步不离。"

云万里大喜，遂命杨麟把喜簿呈案。

杨麟遵谕呈上。云万里翻阅喜簿，逐一询问客谁到谁不到，谁先到，谁迟到。问过杨麟，再问余晋甫。问毕，即把众宾客的姓名开列牌上，派遣衙役分头去传。传到了，一一隔别询问。

问到一个做水木匠的章阿歪，是杨麟的邻舍，贺客中却是他来得最迟。云万里问他："你为什么来得最迟？"

章阿歪道："小人这日恰好替左近人家检屋漏，所以来得迟了一步。"

问他："在屋面上做活，瞧得见杨麟家么？"

阿歪道："瞧得见的。"

云万里道："你瞧见他家那日有什么事故？"

章阿歪道："瞧见前村的王秀才，跟新郎的侄女手搀手走入柴房去。瞧他那样子，很是亲昵。遂见新郎手执着粗纸，过柴房门登厕去。小人此时活已做好，遂下屋更换衣服过去贺喜。旁的事情没有瞧见，不敢妄说。"

云万里遂命他退下，唤上杨麟，问道："你共有几个孙女儿？"

杨麟道："大房里一个，已于去年出嫁。家中还有两个，都是二房所出。"

云万里道："二房里两个孙女，大的几岁了？"

杨麟道："大的已有十二岁，小的只有八岁。"

云万里道："此回喜事，大房里那孙女总到的。"

杨麟道："回来的。"

云万里道："前村王秀才跟你是亲戚是朋友？"

杨麟道："是亲戚。"

云万里道："跟你什么称呼？"

杨麟道："是小人的内侄孙。"

云万里道："他叫什么名字？"

杨麟道："他叫榴官，名叫王德。"

云万里道："王榴官不是正日才来的么？"

杨麟道："是正日来的。"

云万里即命把王德、章阿歪两人留下，余人一概释放回家。一面标出朱签，立提杨仁女儿孙杨氏归案讯办，限本日提到。

衙役奉到朱签，不敢怠慢，立刻赶往松柏巷孙杨氏家，把孙杨氏提了来。一时人证完全，该差上签押房禀复。万里吩咐夜饭后，升座夜堂审问。家人传谕出去，刑房书吏同衙役、皂隶人等，尽都预备伺候。万里叫厨子做两味精致菜，候二老爷回家开饭。恰好云杰回来，云万里就把平反此案的缘由告知了云杰。

云杰听了，似信不信，遂道："哥哥怎么信了一个水木匠的话，就把无辜男女拿案讯办？"

云万里道："老弟不信，停会子看我审问就明白了。"

家人上来请开饭，云万里道："就搬到这里来吃吧。"

一时饭毕，传谕升堂。云杰要看审，扮作了个家人模样，坐出堂去。云杰紧紧跟随，外面喊了堂威，云万里坐下来，案上摆着两盏明角灯，朱黑笔砚，签筒笔架位置楚楚。案旁刑房、书吏，两边皂隶、人役，站立得整整齐齐。云万里手执朱笔，在王德名字上一点，喝令带王德。两旁隶役一迭连声喊"带王德"，早有原差飞奔下堂。

霎时王德上堂，只见他金顶辉煌，穿着公服，摆摆摇摇地上来，口称："公祖在上，生员王德有礼。"

云万里道："好个生员，你既身列黉门，便该谨守卧碑，束身自好。"

王德道："生员素来谨饬，不敢荡检逾闲。"

云万里且不问话，提起精神，把他细细地打量。王德见了，不禁一个寒噤。

云万里瞧了半天，问道："王德，你可知明有王法，幽有鬼神。你所干昧心事情，打量人家不知道么？"

王德道："生员自问绝无昧心举动，公祖何所见而云然？"

云万里道："王德，本县问你，杨家喜事的正日，未末申初的时光，你在他家柴房中干点子什么事，你讲来。"

王德听了，宛如顶门上轰了一个焦雷，顷刻目定口呆。

云万里道："本县问你，你那时候跟新郎的侄女孙杨氏两个手搀手进柴房去干什么？你到底如何把杨孝勒毙的？"

这几句话把王德问到个毛发悚然，定了定神，才答道："公祖在上，生员并不曾把杨孝勒毙。"

云万里道："你与孙杨氏手搀手进柴房，大概本县不冤枉你吧？你可有这件事没有，讲来。"

两旁皂隶一迭连声喊"快讲"。王德嚅嚅嗫嗫，语不成声。

云万里把案一拍，道："王德，你不讲本县也知道。你与孙杨氏有没有奸情?"王德俯首无词。

云万里道："你不讲，本县立刻要施刑了。"

王德没法，自己除去了顶帽，把头碰得山响，哀求道："生员不该与表妹有私，只求公祖笔下超生，公侯万代。"

云万里道："只要你把如何勒毙杨孝的事细细供上，你那奸情重案，本县就不予深究。"

王德道："生员只犯奸情，未犯人命。杨孝如何致死，实不知情。"

云万里道："杨孝持纸登厕，经过柴房，你总瞧见他的。"

王德闻言，暗吃一惊，心中虽然惊唬，嘴里矢口不承。云万里因没有革掉他顶戴，未便用刑，遂命带下管押。一面知会儒学正堂革掉王德功名，一面叫带孙杨氏。

该差飞步下堂，霎时带上，喝报"孙杨氏带到"。云万里举眼一瞧，只见妇人二十左右年纪，一双三角眼，两条柳叶眉，高高颧骨，瘦瘦庞儿，眼角眉梢露有几分杀气，知道不是善良之辈。

只见她袅袅婷婷，走上堂跪下。云万里问："你就是孙杨氏么?"

孙杨氏应道："是。"

云万里道："你这万恶淫妇，犯下杀命重案，逍遥法外，倒冤陷你生身父亲、同胞叔父，身遭大辟。我问你人心安在，天理何存?你到底怎样把你叔父杨孝勒毙，快快招来，免受刑罚。"

两旁隶役齐喝"快招"。孙杨氏却不慌不忙，徐徐辩驳道："大老爷，我们妇人家名节最重，怎么没凭没据就骂小妇人作万恶淫妇?须知我也是好人家儿女，这'淫恶'两个字，万万不能承受。请问大老爷，小妇人淫在哪里，恶在哪里?"

云万里怒道："好一个利口的恶妇，你私通表兄王德，不是淫是什么?勒毙叔父杨孝，不是恶是什么?"

孙杨氏道："小妇人素来贞洁，不知私通是怎么一件事;素性善良，鸡都不敢宰一头，休说勒毙人命。况小妇人已经出嫁，与小叔父无怨无仇，何致勒毙他？大老爷明镜高悬，休信谣言，诬害好人。"

云万里道："好辩得干净。本县问你，王德与你是否有深仇积怨？"

孙杨氏道："小妇人与王表兄不过是表亲，平素淡淡不很往来，既不亲密，亦无仇怨。"

云万里道："王德与你既无仇怨，可知所供都是实话，并无半语诬你的了。他供与你有奸，又供那日与你在柴房中幽会，被杨孝撞见，深怕他泄露于人。是你起意勒死杨孝灭口，动手抽绳，也是你一个儿干的，与他全不相干。本县念你是个怯弱女子，一个儿未必有此辣手，所以提你到堂细问，这是本县一片好心，无非想开你一线生机。须知王法虽是森严，条例却很平允。两人同谋与一人独犯，定罪就有死活之分，你省得么？"

孙杨氏究竟是个女流，凭她精灵得鬼怪一般，能有几许识见，当下就问："两人同谋是死罪么？"

云万里道："两人同谋可以活罪，一人独犯总是死罪。王德供你勒毙杨孝，起意是你，动手也是你，是你一个儿所干，究竟如何，快快供来。"

孙杨氏暗忖："痴心女子负心汉"，古语真是不差。动手的时候，大家同意彼此合力，现在只图自己活命，都推在我一个儿身上。你既然这么陷我，我又何能顾你。遂据实而供。

原来孙杨氏未嫁时光，已与表兄王德私通。出嫁之后，一个在城，一个在乡，来往很是不便，彼此就暌隔了。现在久别乍逢，便如渴马奔泉，寒温得三五语，就携手到柴房。为了狎亵情急，忘掉闭门。恰值杨孝登厕，突被瞧见，深怕他泄露，两人遂动手把杨孝勒毙，藏尸在柴堆里头，走出来仍旧跟同伴们笑语，装作没事人似的。不意被云万里细心勘出，偏偏又遇着章阿歪在屋上瞧见，做了证人。现在经万里一诱，孙杨氏就据实供认。孙杨氏讲一句，刑房写一句。一时讲毕，刑房念诵一遍，问她错不错，孙杨氏回称不错。万里就命她在供上画了押，遂命提王德上堂，与孙杨氏对质。

孙杨氏一见王德，即道："王家哥哥，你既都推在我身上，休怪我直言招供。"

王德急道："你吃了问官的骗了。"

云万里喝道："法堂之上，怎容尔等私谈。王德，你不肯招认，现在把孙杨氏供状念给你听，着你与孙杨氏当堂对质来。"

刑房又念了一遍供状，王德叹了一口气，道："这也是前世冤孽，罢了罢了。"遂也直言供认。画过押，呈于万里。

万里判令分监收禁，一面把杨仁、杨义释放回家，章阿歪也开释了。结案退堂，向云杰道："老弟，瞧我分辨得还不误么？"云杰也很佩服，当夜就用剑术飞行，再到杏雨庄探听。

云杰飞入杏雨庄时，恰值二更将尽，万籁无声。只见一个黑影向王福家一溜，云杰只当是个窃贼，急急跟上。只见那汉子身量很高，走上台阶，举手叩窗，连叩数下，窗上就有灯光映出。

屋内有女人声音问："是谁？"

那汉子低声应："是我。"

屋内问："你是谁？"

那汉子道："我就是唐阿松。"

屋内道："阿松哥，深夜来此何事？我可不便开门，有话明日再讲。"

唐阿松道："又要假撇清了。春姐，你我又不是不曾有过交情的。"

云杰听得清楚，心中暗暗欢喜。

欲知探得消息与否，且听下回分解。

第八回

案中案一僧完疑狱
情外情片语解纠纷

话说云杰听唐阿松说有过交情的话，心下很是欢喜，悄步潜踪，精心侦探。只见屋中人道："奴家现已归正，前情不必提起。今晚的门无论如何开不得了。"

唐阿松道："不料你这个人竟这么的无情，我深悔那晚不曾杀掉你。"说着，恨恨而退。

云杰藏身一旁，等候唐阿松走过，紧紧地跟去。见他就在庄西末一家，走了进去，认一认房子，是三间茅屋，遂即飞行回署，告知云万里。万里即于次日派差下乡拿捕唐阿松。忽报杨麟同了两个儿子杨仁、杨义来衙求见，要叩谢老爷。云万里立命传进。

父子三人见了万里，捣蒜似的磕下头去，口称："倘没有大老爷秦镜高悬，不特死者沉冤莫雪，生者惨被极刑，就小老儿晚境凄凉，有何生人趣味！"

云万里道："从来说家和万事兴，你们弟兄两人平日欺凌幼弟，大失友悌之道，假使兄弟和睦，抚视幼弟如子，尔父也绝不会无端疑到你们。现在冤遭官事，险被杀身，都是你们自己取的，不能丝毫怨及尔父。家去好好地孝养尔父，你们能够听我么？"

仁、义两人连称："不敢丝毫怨父，此次已经再生，自当曲尽子道。"

万里又向杨麟道："你一子惨死，两子冤死，虽未倾家，已经绝

45

后。现在无子而有子，以后待到尔两子，须格外慈祥和气。"杨麟也唯唯听命。

父子三人拜辞去后，派往杏雨庄的差役已经回来，报称唐阿松已拿捕到案。云万里遂即升堂开审。唐阿松叩头见官。

云万里将他仔细端详，知道不是善良之辈，问过姓名、籍贯、职业，遂问："唐阿松，你于某日黄昏为什么闯入王福家里，手执锉刀杀人，连伤两命？你只道无人知道么？讲来。"

唐阿松大吃一惊，暗忖：我暗地里干的事，县老爷怎么会知道？这官真是包龙图在世了。唬得他目定口呆，半晌作声不得。

云万里拍案喝"快招"，唐阿松嗳嗫道："小人不曾杀过人，冤枉冤枉。"

云万里道："谢书办与胡姜氏卧在血泊里，经王福发现，他家的锉草刀扔在一边，刀上都是鲜血，不是你干的还有谁？"

唐阿松道："小人真不曾杀过人，大老爷明鉴。"

云万里道："你既然不曾杀过人，你昨夜黄昏独个儿到王福家叩门，他女儿春姐不肯开门，你为什么说'恨那夜不曾杀掉你'？我问你，你'那夜'是哪一夜，所恨是哪一事？'不曾杀掉你'，这'你'字自然是指春姐。那么你不曾杀掉春姐，总已杀过他人。你杀的到底是谁？"

唐阿松虽是惊唬，却还抵赖。云万里喝令用刑，阿松才道："小人与王春姐原是有过私情的，不意这丫头近来给了婆婆家，就翻脸无情，不与小人来往了。那夜小人酒后，偷偷地爬进她家，听得屋内有男女笑语之声，只道是春姐和别人好上，所以不许我来往，不禁愤火中烧，就她家取了一把锉草刀，奔进去斫杀。黑暗中看不清楚，只抓住一个有辫子的汉子，斫了几刀。那女的要喊，小人只道是春姐，也斫了她几刀。听得有人进来，急忙扔下刀逃了出来。次日，小人惧祸，就到亲戚人家躲了几天，昨天才回来。见春姐依旧好好地活着，她老子又捉了官里去，以为天赐机缘，黄昏时候，前往叩门。不意这丫头竟然负心，不肯开，小人恨极了，才说上这么一句话。大老爷如何会知道？"

46

云万里问她和尚的死尸哪里来的，唐阿松回不知道。云万里叫把唐阿松钉镣收禁，终以此案妇尸从何而去，僧尸从何而来，没有查得，很为闷闷。忽报姜狗儿、胡舜卿扭一个才还俗的和尚到衙喊冤，云万里立命带进。

一时带上，姜狗儿先回："小人姐姐没有死，已经找着。"

云万里听了欢喜，忙问在哪里。姜狗儿道："姐夫因姐姐尸身不见，总疑她未死，遂与小人分道寻访。昨日小人找到菜花泾地方，瞧见一个妇人在河边洗衣服，模样儿很像我姐姐。试唤一声，我姐姐抬头，见是小人，也惊涕相向。我问她为什么在此，我姐姐哭诉情由，才知小人姐姐受创并不很重，不过是一时晕去。天明醒来，恰有两个和尚经过，一个欲强娶我姐姐，怕那一个阻挡，出其不意，把那一个扼杀了，跟书办一处埋掉，硬逼我姐姐跟他去。和尚遂还俗留发，住在菜花泾地方。今日恰巧那和尚出外未归，姐弟两人遂得不期而遇。小人遂告知姐夫，扭这和尚到案，请大老爷究办。"

云万里问胡舜卿，口供与狗儿相同，遂提那还俗和尚，问了一堂，人证确凿，无从抵赖。遂把唐阿松和那还俗和尚都问成死罪，余人一概开释。

这日恰值辕期，云万里乘轿上辕，晋谒抚院。接见之下，无意中谈起平反两件冤狱的事，不免露出得意的神气。

抚院笑道："访查这件事也是利弊兼半的。你我当地方官的，你我不认识一县的人，一县的人却认识你我。所以出去私访，凭你如何乔装，如何改扮，人家一望都知道了。那神奸巨蠹，偏偏假装不认识，造作谣言，颠倒是非，布弄黑白。有时两造各遣党徒，布散道路，就是乡里小民，谁没有亲友，谁没有恩怨。访着甲党，甲自然是直，乙自然是曲；访着乙党，乙自然是直，甲自然是曲。访着他的仇人，仇人总是说坏话；访着他的恩人，恩人总是说好话。至于妇人孺子，闻见不真；病媪衰翁，语言昏聩，如何能够据为信谳。亲访犹且如此，何况寄耳目于他人。不瞒老哥说，兄弟也做州县出身，兄弟从前在湖南清泉县任上办一件案子，很是棘手。一日奉到上宪札子，内开据广西巡抚部院咨称，据桂林府兴安县知县禀称：据田绅敬材禀，清泉县民谢升曾投身绅家，为绅祖尚书公之仆，立有卖身文凭为据。尚书公故后，该仆谢升窃资潜逃。今访知该仆之孙谢嗣音在原籍清泉县，乞为行提回桂服役等因。案关行提逃仆，又是宪札，谁敢怠慢。但是这谢嗣音是本县富户，家资百万，良田千顷，不曾听得他是出身仆役，派差役去传。谢嗣音也进呈，控告勾串诬良，并控兴安附生谢临川勾串之罪，历诉谢临川曾与通谱，上代名讳俱知，因强借不遂，含怒而去，临走声言必来报复。今田敬材诬良蒙禀，适在临川怒走之后，其为勾串无疑。叩请咨提田、谢二人到衡面质等语。似此各执一词，知非质审，不能判断曲直。兄弟彼时立把谢嗣音案卷解送长沙抚院，行咨广西。不多几时，兴安县即把田敬材及案卷解送到省。省宪发下衡州府讯报，府宪委衡阳、清泉两县会审。兄弟与衡县陆明府会阅案卷。见谢升的卖身文契、谢尚书的家人姓名册、结发家人口粮簿，都有谢嗣音的父亲、叔父，列名在乃祖名下，按月领食口粮。契券这么确凿，簿籍这么分明，姓名、人口又这么悉相符合，一点子没有渗漏。提堂质审，田敬材侃侃而谈。谢嗣音不过用空言辩驳，绝无真确的反证可以证明乃祖的清白。兄弟与陆明府就明知嗣音冤抑，也难左袒。审过几堂，即将判结。嗣音出了厚资，遍延名幕名讼，商议挽救之法，都言铁案已成，无法可想。你想这一件案子棘手不棘手，难办不难办？"

万里应了两个是，遂道："不知清泉地方姓谢的老亲戚、老邻舍还有么？倘有时，只消调一调上代的丧喜人情簿，瞧一瞧往来日子，也可以做得凭据。"

抚院道："足见老哥心思精细，佩服得很。兄弟当时何尝不是这么想，无奈姓谢也是暴发户，老邻老亲都很少，查得一二家，也都是小辈。调他上代的丧喜簿，年月偏又不相符，不能为据。也是谢嗣音命该有救，恰好这时光，《清泉县志》修竣，刷印样本进来。我翻阅一遍，才知清泉县自乾隆二十二年才建设的，以前本隶属于衡阳县，因查阅谢升的卖身文契，立于雍正十一年，那时清泉未建县治，当写作衡阳县人，何得写称清泉县？一字之虚，通体悉伪。告知陆明府，陆明府深以为然，于是立提两造，再行质讯。我就举此问田敬材，敬材瞠目不能回答，再四穷诘，才供出都是谢临川谋计。于是行文关提，提到谢临川，与田敬材一同按法治罪。所以我们治狱，总要虚心研察，万不能徒恃访查。因为我是知己，所以兄弟敢聊尽朋友忠告之道。"

云万里应了两个是，遂道："宪天的教训，卑职自当书绅敬奉。"又谈了几句闲话辞出。

回到衙门，把抚院的话告知云杰。云杰笑道："抚院只当我们的察访同鼓词上的钦差私行察访差不多，又哪里知道我们有剑术飞行，并不凭信人家话语的。"

这日无事，云杰又到棉花市客店瞧甘家兄妹。甘虎儿道："正欲到你那里，你来了，省我们一趟了。"

云杰问："有什么事？"

甘小蝶道："玩了这几天，也玩得腻了，这里有师弟在此，我们白住着，行无所事，我们想别处去呢。"

云杰问："要到哪里去？"

甘虎儿道："那也没有一定，萍踪浪迹，到处为家。"

云杰道："往南还是往北？"

甘小蝶道："还是往南，想从福建、浙江一带走走。"

云杰道："一径忙乱着没有叙过，今儿偷闲，办一席菜叙叙。我也不邀别客，就咱们三个人乐一会子。"

甘虎儿道："那又何必，咱们要好，也不在乎这些形迹。"

云杰不依，亲自到馆子上定了一席酒菜，叫送到客店中，与甘家兄妹饯行。

三个人谈谈说说，很是有兴，直喝到夕阳西下，方才散去。"百劳东去燕南飞"，从此云杰就在南昌县衙门办事，甘家兄妹两人剑气冲霄，飞行南下。

欲知后事如何，且听下回分解。

第九回

金鸡村月海卖蛊药
徐州府慎言谋家财

却说浙江温州离城四十余里有一座高山，名叫仙岩。大雨之后，山上瀑布宛如匹练，这绝妙的风景，偏就是著名的古迹。凡他州外府的人到了温州，总要到仙岩逛逛。

仙岩脚下一带屯落，环山临水，都如世外桃源。并且气候温和，夏不很热，冬不很寒，一年四季都如三春时节，真是福地洞天，人间仙境。偏是这洞天福地，偏不产威凤祥麟，那几座村落，金鸡村、白凤村、银杏村，村中乡民安分守己的固多，犯法违条的也很不少。

银杏村有一个卫仲材，家传秘方，专会合制毒药。他家所合的毒药，见血封喉，奇毒无比，卖给江湖绿林，生意很是不小。江湖上凡使毒药刀、毒药镖、毒药箭，所需毒药，无不到他家去采办。卫家毒药是很著名的，并且定价划一，毫无折扣。在仲材老子手里，不过是八九换。仲材接了手，就说药料昂贵，开销不够，涨起价来。步步飞涨，逐渐高升，到此刻已经涨到十五换了。十五两银子换一两毒药，生意倒也不见减少。一因只此一家，并无分出；二因绿林中人，只要东西合用，价目贵贱是不计论的。因此银杏村卫家毒药四远驰名。

白凤村有一个陶菊屏，是专售蒙汗迷药的，陶家蒙汗药也是家传秘制，灵验非凡。长江南北，泰山东西，各处绿林，各家黑店，要蒙汗药时，总要来白凤村陶家购办。陶家所售的药，纸包上都印有太极图记号，以防假冒。

金鸡村一家姓杜，名叫月海。这杜月海最为厉害，声名也最大。他家发售的药，比众不同，却是蛊惑人心的蛊药。这蛊药不比毒药，毒药不过毒毙人家的身，不能毒毙人家的心，不过夺人家的命，不能夺人家的性。只有蛊药能够毙掉人家的心，夺掉人家的性。这蛊药不比蒙汗药，蒙汗药虽也能够蒙住人的心，迷住人家的性，不过是半日一时的事。药性一过，即能本来面目，依然举动自由。只有这蛊药，一入了口，本性立刻昧去，神迷心惑，一举一动都听受施蛊那人的命令，不服解药，一辈子也不会醒悟。所以这蛊药可算得毒药的班头，制售蛊药可算得恶人的首领。

看官，你道这蛊药是什么东西造成的？是如何一个制造法？说出来真是怕人。原来蛊药的原料都是毒烈无比的毒蛊儿，毒蜈蚣、毒蛇、毒蟾蜍、毒蜘蛛、毒壁虎，这是最要紧的五毒。此外如蝎子、虿虫、毒蜂、蝮蛇之类，都可加入。千虫百毒，搜集了来，便藏在一个大坛中，覆上了盖，一任它们自相残杀，互事并吞。等到千虫只剩一虫，便是百毒并归一毒，那就是蛊虫成功了。蛊虫既成，便就从大坛中移到个阖钵里，虔心奉养，饮以花露，饲以各种药品。更又朝朝念咒，夜夜诵经，育养到七七四十九日，那蛊虫便能神灵了。一到黄昏时分，开了阖钵，纵放蛊虫出外吸饮露水，名叫放蛊。那蛊虫飞行有一条绿光儿，横空而前，左近人家乘凉的人都瞧见的。

温州四邻养蛊的地方不止金鸡一村，就金鸡村上，也不止杜月海一家。不过杜家的蛊虫最为神灵，所以出了名。大凡养蛊的人家，一跨进门，就觉与寻常人家大不相同。它的异点，就是"洁净"两个字。洁净也很寻常，生有洁癖的人，窗明几净，纤尘不染，不过梁间檐头，总有些微尘埃。独有养蛊的人家，梁间、檐上、窗缝、门隙，都洁净得耀眼争光，微尘不染。湖南、广东、福建、浙江凡是养蛊的人家，都是如此。

那蛊虫养到一百日，就要动手合药了。按照秘方，配就药料，研成了细末，同那个蛊虫一同捣烂，和了个匀，放在有风没日处吹干。等干燥后，再入研盆，研得极细，贮藏在有盖瓷器中封固，勿令泄气。以后要用时，只消取一二厘弹入食物中给人吃了，那人的灵魂就听从命令了，叫他向东便不敢违命向西，叫他向南，便不敢违命向北。

讲到杜月海家的蛊药，更有一种特别效验，只消指甲缝中迷藏少许，趁人家不防备，向头上一弹，那人立刻就迷惑过去。因此江湖上拐匪骗马，要拐卖妇女小孩时，总少不掉杜制蛊药。杜月海家因此常常门庭若市。

一日，杜月海正在家中闲坐，忽家人入报："有一个客在村口访问主人门第，小人指引他来，现在外面候见。"

杜月海道："是怎生一个模样？"

家人道："三十上下年纪，白皙皙脸儿，瘦俊俊身材。听他口音，像是江苏徐州一带的人。"

杜月海听说，手持着旱烟袋，一边吸，一边走，踱出厅来，家人跟着。

一到厅上，见来客反着两手，正瞧壁上挂的书画呢。杜月海道："尊客何来，见我有何贵干？"

那人回头见是杜月海，忙打一恭，道："尊驾就是月海先生么？"

杜月海道："兄弟正是杜月海。尊客贵姓台甫，贵府何处，不曾请教。"

那人道："兄弟祖居徐州，姓古，名慎言。一径慕名，此番专诚奉访。"

月海谦逊了两句，即道："请坐请坐。"

家人送上茶来。古慎言道："兄弟此来，因慕名尊处灵药，成效卓著，意欲奉让点子，不识能够相让么？"

杜月海道："尊客既是正经商人，要这蛊药何用？"

古慎言道："我有奇冤极枉，不用蛊药，断不能翻冤。我们在徐州地方开设米行，已经三世，生意很不小。到我父亲手里，家庭忽遭变故，世传行基，遂被外人夺占了去。"

原来这古慎言的老子名叫古通今，克勤克俭，干练精明。那古源大米行原是徐州米麦杂粮业的魁首，经古通今的手段灵敏，眼光尖锐，做得非常发达。古慎言是通今的长子，自幼不务正业，专喜游荡。通今管教了三五回，总管他不好，就有亲友劝他，女大不由娘，男大不由爷，儿子大了，还是给他娶一房媳妇。有时父母的话不听，老婆的话倒奉行恐后。古通今听说有理，就给慎言托人做媒。无奈慎言的不长进、习下流早已通国皆知，门当户对的人家都不愿选这乘龙佳婿。没法子，只得降格求亲。到二十岁上，给他娶着了一房媳妇，模样儿还好，性情却就大大的不行，"淫妒悍泼"四个字，没一个字不占全。

　　慎言娶了亲，宛如大蛊添了翼，毒蛇生了足，比了未娶之前，加了十倍的不肖。平时慎言见了老子，还有三四分怕惧，现在竟然全无忌惮。凡是亲戚朋友，没一家不去借贷。到了借券期满，债主临门，古通今才如梦方醒，于是一家家去止住了。慎言见老子绝了自己咽喉，便把他老子恨到个牙痒痒的。古通今见慎言如此不肖，知道没有指望，付之一声长叹而已。通今五十岁上断了弦，就续娶了一个周氏为继室。周氏人极贤惠，待到慎言夫妻，不啻己出。偏这小夫妻两个把周氏瞧作眼中之钉，周氏大度包容，倒也不与计较。周氏连生两子一女，长名慎行，幼名慎德，女名慎初，倒都聪明婉淑。

　　古通今于前年一病不起，临殁当儿，见慎言不长进，慎行通只十龄，慎德、慎初更是幼小，极不放心，遂把行务托给了妻舅周子祥，并将慎初许给子祥为儿媳，重重地托了孤，要他照管行务。偏慎言十分的不恰意，跟几个下流朋友商议，说："我们这源大，虽是姓古的资本，已变了姓周的行号。老作家的没了，理应我长子承业。现在这周子祥仗着母舅的头衔，托孤的声势，霸住了不放，再隔上几年，不都变成周姓的产业么？你们替我想想，可有什么法子可以争回这座家业。"

　　那班狐群狗党就忙着献计，有劝他控官告状的，有劝他下毒谋害的，也有劝他勾通窃贼，引贼自偷的。慎言听了，六神无主，不知行哪一计的好。

内中有一个走江湖的星卜先生，自号知机子的，听了众人的话，微微冷笑，不发一言。慎言道："知机子总有上策，为什么不抒高见？"

知机子把嘴唇上三根黄鼠髭一捋，摇头道："我听你们的计策都不好，都不能行。"

众人道："偏是不出一谋的人，偏会批评人家。你说我们的法子都不好，到底不好在哪里？请教。"

知机子道："控官告状，他是母舅，你是外甥，名分上已经显分长幼。何况更有你老子的遗嘱，继母的证明，断断乎不会赢的。下毒谋害，果然较胜一筹，但是光毒死你母舅呢，还是连你继母一并毒死？一怕做事不密，反有祸患；二则毒毙多人，难保不有人起疑，不有人告发，也非安稳之策。勾通窃贼更是下策，万一失事，稳稳一场官事。那不是都不好，都不行么？"

古慎言道："佩服得很，先生批评得很是。请教如何才是善策？"

知机子道："计策呢有一条在此，包你万妥万当，手到病除。只是我们先小人后君子，先讲讲酬谢，事成之后，愿酬谢我多少？"

古慎言道："你我知己，还有什么界限，我的就是你的。"

知机子道："不是这么讲，你到底肯酬我多少？"

古慎言道："你说多少就多少，你我这么交情，难道还有什么争论不成？你快说吧。"

知机子再三不肯说。众人都道："万事逃不了公论，我们公断一句，你们听是如何。慎言哥有家无钱，差不多是没有家了。现在知机子想出了妙策，使他无家变为有家，这一份家业，虽是你老作家传下的，说一句不怕你恼的话，差不多是知机先生传给你的，就对半平分也不为过。现在这么吧，提作三七分派，有一百两银子，慎言哥取七十两，知机子取三十两。我们大众是见证，该当如何分派，悉随尊意，我们绝不计较。"

古慎言道："我再提出一成谢给众位是了。"众人大喜。

欲知知机子说出什么妙计，且听下回分解。

第十回

杜月海详言施蛊术
古慎言软语慰姚娘

话说知机子道："浙江温州仙岩金鸡村杜家蛊药是四远驰名的，只消出一回远门，购买点子蛊药，不拘茶里饭里，弹上些些，给周子祥那老头儿吃了，他那颗心立刻会转移来向你，只听你一个儿的话。凭人家如何布弄，如何劝说，如何开导，总不会听从。你哪怕放一个屁，他奉行得比圣旨还灵。既无性命的损害，又得钱财的自由，你瞧好不好？"

古慎言道："果然好极，但不知购买这药要多少钱？"

知机子道："大概不过二三百换，二三百两银子一两就得了。"

古慎言听了一默。知机子道："你嫌它价贵么？好货不贱，贱货不好，杜家蛊药最是灵验不过。"

古慎言道："我并不是嫌价贵，这许多银子叫我一时哪里去取？没钱如何办事？"

知机子道："要二三百两银子总也不难，你何不向令母舅去商量呢？"

慎言道："大凡能够取二三百两银子时，我还要这蛊药做什么？"

知机子道："我说的并不是周子祥，是你自己的母舅赖铁夫。"

古慎言道："哎呀，赖家母舅，他老人家终年靠赌为生，也不过糊口罢了，哪有钱来济我的急？"

知机子道："赖铁夫做的宝，在这二三百里内原是数一数二的。

这几天杨家赌场好不热闹，每天总有上千的人进出，场面真不小，也是赖铁夫做宝主。你们是甥舅至亲，你去央恳央恳，央他暗做一宝，打上一记，是有得无失的，岂不稳稳一注银子么？"

古慎言大喜，立刻到杨家赌场找他母舅赖铁夫。一进门，就见赶赌的人出出进进，门庭若市。门上有人伺候招接，到了大厅中，更见挤挤挨挨，万头攒动，青龙白虎之声，洋洋盈耳。

慎言排众直入，找寻铁夫。铁夫正在宝房办公，候了半天，宝场宣告暂歇，才见赖铁夫慢慢地踱出来。

慎言疾步迎上，口称娘舅。赖铁夫道："慎言，你来做什么？"

慎言道："我有一件事求教娘舅，要娘舅瞧我去世的妈面上，无论如何总要帮我的忙。"

赖铁夫道："到底什么事，你说明白了，我才好允你。"

古慎言附耳说明来意。赖铁夫只是摇头，经不起古慎言再四哀恳，缠着不肯走。铁夫道："慎言，我交代你一句话。你娘舅靠做宝为生，恃着个信字。现在允便允了你，只是你可不许再告诉别人知道。"

慎言快活道："这个自然，娘舅照拂了我，我已经感恩不浅，难道倒传布开去，害娘舅不成？"

赖铁夫附着慎言耳朵道："我只做一宝，饭后开场第七宝是青龙，记清记清！你去吧。"

古慎言大喜，称谢而出，急忙去找知机子等一班好友商借赌本。众人问他是第几宝，古慎言道："娘舅交代不能泄露天机，我如何敢宣布。"

众人道："你不说，我们有钱便不借给你。"

古慎言道："这可难死人了，我说便说，只是你们可不准再泄露的呢。"

众人尽都允诺。慎言说出了宝门，大家才七拼八凑，凑集了一百多两银子借与慎言。偏偏慎言心黑，想多赢几个钱，还四处张罗，逢人借贷。

那些亲友问他借钱何用，他回明是打宝。众亲友笑道："你于打宝一道，不知输掉过多少钱，还不醒悟么？"

慎言道："我这回可不输了，这回定可包赢。就是开口借贷，也是末一次，今后不再启口。"

众亲友见他说得斩钉截铁，知道不为无因，于是就有心机灵动的，打听他从何而来，因何而赌。霎时之间，古慎言串同宝主赖铁夫的话，早已闹得通国皆知。

慎言此时已筹借得一百七十多两银子，连饭都没有好生吃，捧了银子到杨家赌场，眼巴巴候开赌。

一时赌场大开，众赌客邀银猜宝，开一宝又一宝，霎时之间，已开过六宝。一到第七宝，古慎言快活得眉开眼笑，问道："这是第七宝么？"

众人应道："是的。"

古慎言下一个孤注，一出手就是一百七十六两，打在青龙。知机子等见了，争着下注，三十两、四十两多少不等。慎言借过钱的各亲友齐下重注，三四百两、五六百两都有，最重的注下到千两之外。场上众人更一齐跟打。这一宝的场面，有到九千八百多两银子，都押在青龙门上，整整齐齐，打成一条线。

一时场主喝令揭宝，揭开宝门，全场轰雷电似价发一声喊。古慎言见了此宝，吓得面如土色，拔出脚转身飞跑，一溜烟地逃走。知机子等一班人要找他拼命时，早已不知去向。

原来赖铁夫知道慎言这位宝货再不会严守秘密，心生一计，一面应允了慎言，告知他宝路，一面却向场主道："午后第七宝输赢进出，我全认下，场主无涉。"场主应下，却暗暗做了一宝白虎。因此揭开宝底，众人全都发喊。跟打的人知为宝主所卖，但是自己跟打上去，没法奈何，只好暗称晦气。独有知机子等一班人心不能甘，都找古慎言拼命。

慎言躲在家中三日不敢出去，第四日出去找寻赖铁夫哭诉冤苦。赖铁夫结了他五百两银子，叫他下次万不宜赌。慎言得了这一笔银子，遂向知机子问明温州仙岩金鸡村杜月海的住址，并求了知机子一封介绍信，言明众人押宝损失的钱，一俟购到蛊药，照数赔偿。众人见事已如此，也只得应允。古慎言遂取道向温州进发。

到了温州，在五马街投了一家客店，问明仙岩所在，雇轿到仙岩。到仙岩，又问了五六个信，才找到金鸡村。一入杜家的门，果见整齐洁净，瓦檐四壁，微尘不染，异样的清洁，异样的干净，知道所投不误。

一会子，杜月海出见，问到既是正经商人，要这蛊药何用，古慎言道："我有奇冤极枉，世传基业，横被外人夺去，势力又万万敌不过，不用蛊药断然不能翻冤。蒙知机子大抱不平，介绍向尊处商让蛊药。知机子说出尊处的药非常灵验，所以不远千里赶来请教。"说着，取出知机子书信交给杜月海。

杜月海瞧过，顿满面堆笑道："原来是知机先生的贵友，失敬了。"

遂问要多少蛊药，什么种类。古慎言听了一默，问："蛊药也不止一种么？"

杜月海道："哪里只一种，蜈蚣蛊、蛇蛊、蜘蛛蛊、蟾蜍蛊、壁虎蛊、蝎子蛊、蝮蛇蛊、金钱蛊都有。"

慎言道："不知哪一种蛊最灵？"

杜月海道："都灵验。"

古慎言请问价目，杜月海道："金钱蛊四百换，蜈蚣蛊、蜘蛛蛊、壁虎蛊都三百五十换，蝎子蛊、蟾蜍蛊都三百二十换，蛇蛊、蝮蛇蛊都三百换。"

古慎言道："既然一般灵验，为什么价有高下呢？"

杜月海道："合制有难易，成本有轻重，讲到灵验是一般的。我问你，你施给的人是男还是女？"

古慎言道："男该施何药，女该施何药？"

杜月海道："女子最宜蛇蛊，男子最宜蜈蚣蛊。因为女子属阴，蛇是阴类；男子属阳，蜈蚣是阳类，是同类相感的意思。"

古慎言道："那么我就办蜈蚣蛊、蛇蛊各五钱吧。"

杜月海入内取出一只楠木匣子放在桌上，开去了盖，里面却是十多个银盒子，每个盖上都有小红纸儿贴着，标明某某蛊某某蛊。月海取出蜈蚣蛊、蛇蛊两个盒子，揭开了盖，取过戥子，垫了一张纸，用银匙舀了几匙，秤准分两。又取过两个螺旋盖的小银盒装好了，向慎言道："蛇蛊五钱，三百换，三五一百五十两银子；蜈蚣蛊五钱，三百五十换，三五一十五，五五二十五，一百七十五两。两种合计共三百二十五两银子。"

古慎言听说，遂从行囊中取出六只大宝、三只小锭交给杜月海。

杜月海接来称过，收了进去，笑向慎言道："我告知你禁忌并用法。此药最忌妇女与穿孝服的人，仔细谨藏。再不能泄气，气泄就不灵验。使用时光，只消取二三厘弹在茶里饭里就得了，万不宜过重，过重就要丧命的。"

古慎言道："茶里饭里菜里都不拘，都好安放么？"

杜月海道："都不拘，都好安放。只是热的东西里安放不得，安放了就要失掉效用的。"古慎言大喜，再三称谢。

月海置酒管待，席间又密授了好些施术的符咒。慎言购得蛊药，不胜之喜。席散，告辞出门，取道回温州。在温州耽搁得一宵，归心如箭，急急动身回徐州来，一路无话。

这日行抵徐州，已经申牌时候，急忙回家。他老婆姚氏一见慎言回来，不及寒暄，先就埋怨，慎言叫她也不理。只见姚氏道："我只当你一辈子不进这个门了，索性不回来，我倒诚心诚意，端整做寡妇，也有人来哀怜。你在外边乐呀！"

慎言道："大娘娘偏又生气了，我在外面并不是闲逛，路程多么的远，去来足有二千往来的路，我也为的是干正经的事。"

姚氏道："你说温州去一趟，办好事就回来，怎么去了这许多日子？"

慎言道："谁不是办好事就回来，谁又耽搁了！温州我又不曾到过，谁又知道这么远！"

姚氏见他说得有理，才回嗔作喜道："那么倒是我错怪了你了。"

古慎言道："自家人讲什么错怪不错怪，只要你少生些气就得了。"

姚氏道："我问你，办的事怎么样了？"

慎言道："已经办到。"遂把金鸡村买蛊的事仔细说了一遍。

姚氏欢喜道："那么你先给我点子蛇蛊。"

慎言问她何用，姚氏道："给你那晚母服。你不知道，自从你出去之后，我这个身子宛如置在油锅里，成日成夜受煎熬。周氏这老婆子，使尽刁钻方法地磨折我，亏得我有命，不然早给她磨死了。"

慎言道："难不成她敢打你骂你么？"

姚氏道："索性打两下，骂两句倒也罢了。偏偏这老婆子指桑说槐，打鸡骂犬，比众的促狭，比众的刁钻，冷冷热热，叫人家如何消受。现在有了蛊，先待我出出气。"

古慎言道："且慢，我办这东西，是为你我一生的受用，并不为报仇，并不为雪恨，自然最要紧是正用。"

欲知姚氏如何回答，且听下回分解。

第十一回

中蛊毒周子祥偏心
揭宝盆蔡晓月失色

话说姚氏听了丈夫慎言的话，笑道："那自然是正事要紧。"当下两口子说说笑笑，商议了一夜。

次日，慎言绝早起身，藏好了蛊药，径投源大米行来。

走到行中，见周子祥正在里账房干什么呢。慎言上前见礼，毕恭地尊了一声母舅。子祥口中回答着，心里暗忖：慎言改了样子了，天变下雨人变死，敢怕这厮要死了么？

慎言道："外甥为了赴朋友的约，出了一趟门，母舅这里多时没有来请安，自知十分荒唐，今天特来告一个罪。"

周子祥道："请安倒不消，只要外甥肯巴图上进，令尊翁虽死之日，犹生之年，就是我们做亲戚的也瞧着欢喜。两个兄弟究竟太小，你是个做大哥的，很该做出些好模样来，给他们做榜样。不是我母舅不识趣，见一回面，唠叨一回，也无非受了令尊托孤之重，巴望你好呢。大外甥，我这一番话你省得不省得？"

古慎言诺诺连声。周子祥道："早饭没有吃么？"慎言回称不曾。周子祥就留他早饭。

慎言喜不自胜。子祥有家中送来的私菜羊羔一盆，举筷敬了两块给慎言。慎言乘间下蛊，遂还敬子祥道："母舅，我素性怕膻，不食这东西。母舅请自己用吧。"

也是合当有事，子祥举筷接来就吃。不吃时万事全休，一吃下

61

去，只见他双目一愣，身上打了一个寒噤，口说头晕得很，放下碗筷，入内睡去了。

古慎言见了，说不尽的快活。吃毕早饭，就悄悄地回了家来。姚氏接着问怎么样了，慎言道："药已经下了，效不效再瞧。"

一语未了，一个学生子急匆匆进来，道："周先生请开行过去。"

慎言知道药性已发动，忙问："周先生适才头晕，大好了不曾?"

学生子道："那倒没有仔细，现在叫我来请慎言先生过去，周先生在行里立等。"

古慎言道："请我去什么事?"

学生子道："听说商量什么要紧事情。"

古慎言喜道："我去我去，我同你一起去。"回向姚氏道："我去去就来。"

姚氏道："你就回来，我要候你消息呢。"

慎言跟了学生子直到源大米行，周子祥已候在行门口，见了慎言，一把执住手，开言道："慎言，你不要离开我，我不见了你，心中如有所失。"

慎言道："我也这么呢，咱们甥舅两个，凡事可以商量商量。"周子祥道："账房里去坐。"

二人同到账房坐定，周子祥取出账簿，揭开簿面，道："行中存货若干，存银若干，现在该如何办理?"

古慎言道："银子放着别动，宅里的人没有我的命令，来支银钱时，一概不要付。米有客来买，尽管销掉。"周子祥连连答应。

从此之后，源大米行的大权，全由慎言一个儿执掌。周氏要一钱半文，子祥都不肯付给。周氏窘迫异常，向子祥大开交涉，也无济于事。慎言手头宽裕，夫妻两口子竟然大阔特阔起来。知机子等一班人来索取酬谢，慎言应酬过了一两回。无奈这班人心无厌足，自以为不世奇勋，理该分茅胙土，要索个不已。

慎言没法对付，跟姚氏商识。姚氏骂道："兽鸟，这点子小事也值得这么慌张，稀松百解，也弄点子蛊药请他们吃了，一了百了，还有什么事呢?"

古慎言道:"家有贤妻,夫少忧患。眼前的事,怎么就想不起来,我就依计而行是了。"

一边是有心,一边是无意。无意最是易忽,有心最是难防。不多几时,知机子等几个人都中了蛊毒,都给慎言治倒了。

一日,两口子短了钱使,姚氏道:"行里新米上市,银根紧不过,从哪里去打布几个钱来?"

慎言道:"叫我哪里去打布呢?"

姚氏道:"你那赖家母舅,不会去想他个法子么?他是做宝主的,只消叫他做几宝就是了,岂不容易?"

慎言道:"赖家母舅再不要提起,上回上他的当真不小,现在你再叫我向他开口,不又上他一回大当么?"

姚氏道:"今非昔比,现在咱们有了蛊药了,弄点子他吃了,包可以说一是一,说二是二。咱们不稳稳发一注财么?"

古慎言道:"好,果然是好。只是我那赖家母舅,他全靠做几门宝养家活口,种了他蛊,我果然是好了,他的信用也就失掉了,那不断送掉他一生么,未免罪过。"

姚氏道:"我说过你这个人贫贱相,一辈子不得发迹。这么富贵逼人来的事,会得双手推出去。大凡发财人,第一要心狠,第二要肚肠硬,第三要手段辣,这三样缺一不可。除此之外,还要有明决的识见,假使识见不明,就有了狠心、硬肠、辣手段,也不过只知有己,不知有人,施出去手段,未必能够头头是道。"

慎言道:"家有贤妻,夫少祸患。我听你的话就是了。"

于是慎言暗藏了蛊药,到赖铁夫家来,踏进门,问:"母舅在家么?"

赖铁夫手执旱烟袋,吸着出来,笑问慎言:"你现在发了财,怎么倒还想起我这穷母舅?劳你贵步踏来贱地,那是很不敢当的。"

古慎言道:"外甥一径要来给母舅、舅母请安,就为子祥母舅拖住了,问长问短,虮大的事,都要跟外甥商量,被他缠住,走不脱身。今日好容易抽出身子来瞧瞧母舅、舅母，就是母舅前回借给我那笔钱，我也一径在心上。"

赖铁夫道："亏你好记性，还记得起那笔钱，我只当你有了周子祥，就没有赖铁夫了。不是我说一句计较的话，一般是母舅，很不该厚彼薄此。论到骨肉，我似乎还比他亲切一点子。"

古慎言道："这原是外甥不是，失了礼，怪不得母舅要恼。今儿我来，一是请请母舅、舅母的安，二是请请母舅的示，前回借的那笔钱，端整送来奉还，不知母舅要铜钱要银子？"

赖铁夫听说慎言来还钱，脸上顿时堆起笑容，口称："外甥，你这孩子，我早知道你有出息，咱们又是至亲骨肉，见你急难当儿，几百几百地借给你。你舅母还埋怨我，赚钱不易，不该几百几百地帮人。我说她没见识，你这孩子是有良心的，绝不会过桥拔桥，过梯抽梯，我这钱绝不会落空，她还不信。现在你还了我钱，我要拿给你舅母瞧，堵堵她的口。你母舅平时也一钱如命，几曾见我这么慷慨过。此番借给你，一是为亲情，二也为卖弄识见呢。"

古慎言应了几个是，遂道："母舅究竟要银子要铜钱，吩咐了，外甥可以遵办。"

赖铁夫道："铜钱太累赘，还是银子吧。"

古慎言道："外甥回去就派人送来。"

赖铁夫大喜，就留慎言便饭。慎言正中下怀，坐着等饭，又进去见过舅母。

一时搬出饭菜，慎言帮助搬动，见一盆蛋是冷菜，乘间下了一点子蛊药，记明是哪一块，赖铁夫一点子都没有觉着。一时归座举筷，慎言留心把这一块蛋敬给铁夫。铁夫只当是好意，接来往口中只一送，一个寒噤，蛊毒已经入腑。慎言赶快吃完饭，起身告辞。铁夫觉着头晕，入内歇息去了。

慎言要走还未走，忽见一个胖子跨进门来，问铁夫在家么。慎言认得是东门大财主蔡晓月，遂道："晓月先生找家母舅有何贵干？"

蔡晓月道："我因来了几个欢喜玩宝的朋友，纠股子组织一个宝会，想请铁先生做一个宝主，玩上几天。"

古慎言不胜之喜，遂道："晓月先生请坐，兄弟即去照知家母舅。"说着，急匆匆入内。

此时铁夫蛊性已到，见了慎言，非常亲热。慎言道："母舅，蔡晓月先生要见你，现在外面。"

赖铁夫道："晓月见我有什么事？"

慎言道："他要请你做宝主，我已替你问过。"

赖铁夫踌躇道："请我做宝主么？要去不要去？"

慎言道："这个母舅自己做主。"

赖铁夫道："我很不得主意，你瞧该如何办理？"

古慎言暗忖：蛊性发动了，真是灵验。遂道："人家诚心来请，自然该应允他。终不然使人家白走一趟不成？"

赖铁夫道："是，是，我就应允他是了。"

古慎言道："晓月候在客堂里，快出去吧。"

赖铁夫听了此话，宛如奉着九重丹诏，诺诺连声地趋步出来。

蔡晓月起身施礼，表明来意。赖铁夫一口应允，晓月遂送出一百两银子聘金来，言明宝场上赢进的钱，九八扣酬谢。赖铁夫也答应了，订定出月初二开场。

送过蔡晓月之后，铁夫拖住了慎言，商议宝局，定出了第一日十二局，亮出三局，暗宝共是九局。慎言把宝谱暗记在心。

看官，赖铁夫这宝谱，秘密异常，平时哪怕亲如父子，密如夫妻，也不肯轻泄一个字。这会子中了蛊毒，顿失本性，连这天字第一号秘密的宝谱都会与慎言商量，听慎言的命令。你道厉害不厉害，可怕不可怕。有人问在下，蛊药果然这么灵验，现下军阀专权，政客乱国，政府号令不行，人民呼吁莫应。外债山积，财政有监督之忧；贼盗如毛，间阎无安枕之日。何不多合点子蛊药给他们吃了，使他们都肯顺从民意，干些福国利民之事，不比了总统的疏通调节，人民的开会打电好得多么？在下笑道："军阀政客都已中了蛊毒，你还嫌蛊毒中得轻，要加倍孝敬他们么？军阀中的是武力蛊，政客中的是纵横蛊。这两种蛊，其实异名同性，都是金钱蛊。所以凭你释迦再世，仲尼复生，都奈何他不得。"

闲言少叙，书归正传。当下古慎言欣然回家，告知姚氏，姚氏也异常欢喜。

有话即长，无话即短，眨眨眼就是十二月初二。这一日，蔡晓月家中，宾至如归，高朋满座。辰牌时候，宝场上亮出三宝，都是青龙。到第四宝，大家抓头摸耳，搜索枯肠，猜测宝路。有打老宝青龙的，有反打白虎的，下的注都不很重，开出来却是进门。第五宝打的人就多了，开出来却是白虎，偏偏出门上是重注。蔡晓月起劲非凡，只顾收钱。第六宝又是进门，重注却又在出门上。到第七宝大家都打定青龙，瞧场面上足有二千多银子，揭出宝盆，偏是个出门。蔡晓月大收其钱，欢喜得他眉毛都开起花来。第八宝大家都道："这一回定是青龙，亮宝之后，青龙没有到过。"拼命地下重注。

欲知古慎言出手与否，且听下回分解。

第十二回

半夜突来双剑侠
中宵细审两夫妻

却说蔡晓月设局猜宝，请的宝主是赖铁夫，做出来的宝，灵便活泼，宛如生龙活虎，再也捉摸不住。赌客尽都摇头，场主无不欢喜，瞧赢进的钱，有八九千银子。蔡晓月得意已极，向伙计们道："不料开场第一天就有这点子场面，这么的热闹。不过今日的宝太凶了，也没趣味。玩这东西，自要进进出出，吃吃配配，你们听是不是？"

说话之间，场上早已做出了第十一宝。众赌客因输狠了，伸伸缩缩，大都观望不前。瞧场面上时，只有得三五个注。

蔡晓月道："我说宝太凶了也不好，如何？"

古慎言道："没人打时，我来凑凑趣。"

说着，一出手就是五百两银子，打在白虎门。揭开宝盆，正是白虎，一配三，三五一十五，共配出银子一千五百两。第十二宝，慎言的二千两银子索性不移动，都打在白虎上。一时揭开宝盆，场上轰雷也似价喝一声彩。场主蔡晓月早吓得面如土色，原来开出的宝依旧是白虎。这一回可大了，打的注是二千两，二三得六，共是六千两，合前八千两，五百两银子的本，连着两宝，共赢到七千五百两。蔡晓月白费了一天的心，正是"酿得百花成蜜后，为谁辛苦为谁甜"。

古慎言满载而归，姚氏更为欢喜，要这样，要那样，把银子水一般地花。慎言的继母周氏行里一文小钱也支不着，窘困万分。

这日，简直只撑不住了，只得自己来见慎言，开口要几两银子零用，并言："你两个弟弟去年穿的衣服已经嫌短，现在又隔了一年，哪里穿得着。转瞬新年即在目前，花子似的，如何好站到人前去。去年我已经要给他做的了，没有做得，今年再也挨不过了。好在几钱银子的事务，也还容易。我想叫你给你两个弟弟做两件棉袍子，好在走出去也是你的场面。"

慎言听得不耐烦，回言道："我哪里有许多闲钱供你们无厌的要求。现在行里新货上市，银根紧急异常，周家母舅常叫我想法子，我也没暇应他。周家母舅是你一边的人，可以去问得，难不成我编出来谎你么？"

周氏道："周子祥现在侧在你一面了，叫我向谁说去？现在我要一钱半文，用的究竟是你父亲遗下的钱，不是你的钱，已经这么的作难。将来要用你的钱时，不知如何样子呢。款子又不大，通只几两银子事务，就是行里紧，也不紧至此。"

古慎言道："你做了个母亲，是内场中一家之主，很该勤勤俭俭，做点子好榜样给小辈瞧，怎么口轻轻地才一张就是几两。要知为难起来，别说几两，就是几钱几分几厘都难。你也要几两，我也要几两，大家提用，那米行还开得成么？"

周氏见他分文不给，一时气苦，不禁放声大哭起天来。慎言道："你号丧做什么，你要号丧，回自己房中号去，别在这里咒我。"

周氏怒道："这里是你的房子么，我又没有分给你！"

周氏着了恼，慎言又不肯相让，两个人先是争论，后来渐至扭打。周氏究竟是个女身，被慎言扭了一跤。周氏大怒，立刻就到县里去叫喊泣请申冤。知县官着令补呈。古慎言虽然骄横，听得周氏告忤逆，倒也慌了手脚。

倒是姚氏有识见，冷笑道："天下世界，见千见万，从不曾见过你这么的戎囊子，屁不值的事，就唬得这个样子，亏你也算是男子汉大丈夫。"

古慎言道："你别登在三层楼上尽说风凉话，须知忤逆是官事中天字第一号的大官事，别的官事还有话辩，这忤逆是一面的，没话可辩，怎么不要着急！"

姚氏道："我原是说风凉话儿呢，你知道忤逆是最大的大官事，你也知道控告忤逆须要母舅做报告的。现在你两个母舅周子祥、赖铁夫都服了你的蛊药，都听从你使唤的，还怕什么？真真到了末了儿时，只消我拼点子辛苦，赔一个小心，也弄点子蛊药给那老婆子吃了，瞧她再告去，还有什么不了呢？"

古慎言听了她这一番话，恍然大悟，胆子顷刻就壮起来，于是即去找周子祥、赖铁夫。

周、赖两人自然并不推辞，两人合动了一张禀，言慎言平日并无不肖情事，周氏的控告是误听小人搬弄。求官不与深究，情愿出任调处。忤逆案子，地方官自然少一件好一件，当下就准如所请。周氏白白叫喊，一点子没有效果，倒落得慎言夫妻两口子冷嘲热骂，闹一个不已。

姚氏向仆妇道："我只道我们这一场忤逆官事，总吃得没有出头的了，不意神佛保佑，依然是没事。"

可知人有千谋，天只一算。周氏怨苦冲天，禁不住放声大哭，那哭声的凄惨，比了华亭的鹤唳、巫峡的猿啼还要哀怨惨苦。

这一晚宵深人静，万籁无声，只周氏的哭声更为清晰。正在独坐哀号，忽然空中两条白光，电一般地飞来。这白光被周氏的哭声邀住，立刻下堕，却是两个人，一男一女。男是甘虎儿，女是甘小蝶。兄妹两人闻声下降，踏进房一瞧见，一个四十来岁妇人掩面悲啼，泪痕满面。

小蝶道："妈妈为什么伤心？"

周氏突闻人语，急忙抹去了泪。仔细瞧时，见是一个哥儿，一个姐儿，粉妆玉琢，宛似观世音身旁的善才龙女，错疑自己眼花，揉了揉眼，瞧果然是两个人，遂道："哥儿，姐儿，你们是天仙下降，佛菩萨差来救我的么？"

甘虎儿道："不错，我们是奉了佛旨来的。你姓什么，家中还有何人，为了何事悲哀，快快说与我知道。凭你有天大冤枉，海样仇恨，我们都能够做主，替你出气。"

周氏住了哭，遂把丈夫古通今传下家业，为了长子慎言不肖，慎行、慎德都幼小，"怕我吃苦，临殁之前特地写下遗嘱托孤我哥哥周子祥。我哥哥受托之初倒很认真，家里、店里都仗他一个而照料。近来不知如何，忽地变了，跟慎言做了一路，虽大的事，都要问到慎言。我要几两银子零用都不肯付。前天向慎言要，被他抢白了一顿，还殴倒在地。我气极了，赶到县衙门叫喊申冤，不料周子祥与赖铁夫两个动了一禀，说慎言并无不肖情事，我的状就白告了。想想丈夫在日，何曾受过人家一点半点的气，现在如此，心里悲伤，不禁就哭起来，惊动了仙童仙女。"

甘虎儿道："你儿子古慎言住在哪里？"

周氏道："就在东屋里。"

甘虎儿摸出一锭银子，约有十两光景，遂道："你且收来用着，作为添补冬衣之需。你儿子慎言那里，待我们进去替你善言劝化。万一劝化得他心回意转，也是你们家庭之福。"

周氏大喜叩谢。不意才叩下头去，仙童仙女就没了踪迹。周氏惊诧异常，唯有望空拜谢而已。

却说甘虎儿、甘小蝶依照周氏所指的地方行去，却是一条隔巷。走到巷底，巷门紧闭，推了推，是下了闩的门。退出来，重新纵上屋去。兄妹两人在屋上行走，毫无阻碍。

看官，你道甘家兄妹如何来此？原来甘虎儿、甘小蝶自从离了南昌，一路行侠作义，不知除过多少残暴，打过多少不平，一言交代，叫作笔难尽述。

这日，挟剑飞行，经过徐州，听得周氏的哭声，下降询问，又撞着古慎言这件公案。当下虎儿、小蝶在屋上巡哨了一会子，探至一处，见屋中露有灯光。虎儿探身下去，小蝶随即跟下，听得屋中有人在讲话呢。

虎儿静心听时，却是一男一女。女的是姚氏，男的正是古慎言。只听得慎言道："这老婆子不去理她，倒也住了，我只道她要哭一夜呢。"

姚氏道："老婆子最是贱，再也理不得。"

慎言道："你叫我给她点药吃，已有了药，就不怕了。"

姚氏道："这个药价钱贵不过，给她吃也可惜。"

慎言道："最便宜的也要三百换，三厘药，三三见九，也要九两银子呢，真是可惜。"

虎儿、小蝶突然出现，喝问："什么药恁地贵？给我们瞧瞧。"慎言、姚氏出其不意，都大吃一惊。

小蝶向姚氏一指，道："你这逆媳，调唆丈夫不孝。我都听得了，现在先问你，你们藏的是什么药？快取出来。"

姚氏道："我们没什么药呢。"

小蝶道："最便宜也要三百换，你们不是才说过呢，怎么一会子就没有了？"

甘虎儿道："妹子，大概这么问她，她总不会说实话。点了她两个穴，瞧她支持得住支持不住。"

小蝶道："玩玩也好。"

于是兄妹两人动手，虎儿点了古慎言，小蝶点了姚氏。只见他夫妻两口子愁眉锁眼，顷刻哎哟哎哟，大闹起来，浑身骨筋骨骼一寸寸酸痛起来。

甘虎儿问他讲实话不讲实话，古慎言此时简直支持不住，遂道："我讲实话就是。这个药是补药，小爷快快饶了我。"

甘小蝶道："补药藏在哪里，取出来瞧瞧。"

甘虎儿立逼慎言取药。慎言被逼不过，只得取出两个银盒子。甘虎儿接来瞧时，见是小小两个银盒子，揭开螺旋盖，见一盒是满满的，一盒却只有七分满，都是赭色的药末。虎儿道："既然是补药，你们何不自服？"要他们夫妻两口子分服这药末。

慎言与姚氏如何肯服。小蝶道："你们说是补药，怎么又不肯服了?"

姚氏道:"我们不虚,自然补不进了。"

甘虎儿道:"补得进要你补,补不进也要你补。你到底肯服不肯服?"

古慎言抵死不肯服。甘小蝶道:"到底是什么药,你说明了就可以免服。"

姚氏只得说出是蛊药。虎儿兄妹究问蛊药如何一种性质,古慎言遂把蛊药的药性说出。

甘虎儿道:"这蛊药是从何处得来的?"

慎言回:"是从江湖郎中那里买来的。"

问他蛊过多少人,慎言据实回答。虎儿怒道:"如此作恶多端,饶了你便是没有天理。"随即动手把夫妇两人都点了个死穴。

欲知二人性命如何,且听下回分解。

第十三回

泗泾镇崛起富商
苏州城分设茶铺

话说甘虎儿把古慎言、古姚氏都点了死穴，不过一个周时，夫妻两口子早都寿终正寝。甘虎儿取了两盒蛊药向小蝶道："这制造蛊药的人总要访着他才好。"

甘小蝶道："我们且把这药带回松江，给老子娘瞧。谅父母上了年纪，见多识广，总能够知道解救的法子。此间中蛊的周子祥、赖铁夫、知机子等六七个人，也都得救了。"

甘虎儿道："此言有理。"于是兄妹两人携带了蛊药取道回松江来。

却说松江泗泾镇有一个富户，姓姚名忠，表字盖臣。他的老子姚太公名叫姚兴的，以茶叶起家，积资累万，开设茶叶铺数十处。生下两个儿子，长名姚恕，次即姚忠。

这姚忠心计最工，善于营运，真个是克家肖子，克绍箕裘。他哥哥姚恕偏偏运气不好，任凭你刁钻刻薄，总是腾脚破脚，好好的茶叶存在栈里，竟会霉烂起来。正是"运退黄金失色，时来顽铁生光"，不数年间，把父亲姚兴传下来的遗产消耗得滑塌精光。看看兄弟姚忠蒸蒸日上，养尊处优，相形之下不免因羡生妒，因妒生气，渐渐气成一病，卧床不起。

看官，大凡患病，外感不外六淫，内损总由七情。七情比了六淫，已属难治。至若忧贫患窘，便是七情中最重的重症，别说无情草木，难已沉疴，就使善言劝解，也无济于事。除是黄金万镒，朱提百钧才是对症妙药。所以患到这金钱病，是百无一愈的。

那姚恕的病一日重似一日，到绝命的时候，吩咐儿子姚秉义道："我这个病如何害得这般重你是知道的，我死之后，你若不能将姚忠这份家产攘夺过来，我死在黄泉也不瞑目。但是他是你的叔父，你是他的侄儿，虽是陈平在世，诸葛复生，实在难以摆布。好在你的叔父用心过度，食少事烦，也不久于人世的了。他的儿子姚秉礼是长厚不过的人，只要等你叔父弃世，你可善觑方便，替我出了这口怨气，方是我姚恕的儿子，我也不枉了鞠育你一场。"

那姚秉义含着一眶眼泪道："孩儿久有此心，父亲不必忧虑，待等叔父死了，这一份产业不怕他驴子变了狗，总要拿在孩儿手里。但是此刻父亲保重身子为要。"谁知道这一句话还没有说完，那姚恕早已放了命了。彼时姚恕的老婆仇氏、媳妇胡氏等随着姚秉义跪在床前，哭得如泪人一般。

那姚忠听得他哥哥死了，急忙赶趁来抚尸大恸。哭毕，回家便饬人送了三百两银子治丧费过来，帮同料理丧事。整整地忙了三日，把丧事办结了，便对他侄儿姚秉义说道："你父亲的铺产本来是与我一样遗传的，不幸他时运不济，弄得来两手空空。这泗泾镇上的'姚恒兴'茶铺乃是你祖姚兴公的发祥老铺，当时分给于我，所有铺中事务，系我自己经理。现在我想往苏州去创些事业，分设几爿支铺。你的兄弟秉礼年纪又轻，人又懦弱，这恒兴铺的铺务必然担任不下。我想费贤侄的心，到铺中去做个掌柜。我此番往苏州去分设支铺，少则半载，多则一年。待诸事就绪，即便回来的。未知贤侄意下如何？"

那姚秉义听了此言，心中暗忖道："吊桶落在井里，真是好机会。"便满脸堆下笑来，道："承叔父委托，自当竭力。但恐侄儿年轻，少不更事，还求叔父指教指教。"

姚忠见他答应了，满心欢喜，回去告知老婆孙氏，并叮嘱儿子秉礼道："你今年已十八岁了，待我苏州回来，我想与你完了房。听得媳妇李氏，人极能干，自古道‘表壮不如里壮’，娶了过来，也可替你母亲许多手脚。”说罢，便收拾行李，打点到苏。各布置妥帖，带了两个伙计，一个名叫包胜，一个名叫王襄，由水程进发，扬帆到苏。

此苏州地方，并没有大旅馆，只道前街上开着几家客店。姚忠找一家牌号叫福安的，顿了行李，歇了一夜。

次日，一早起来了，带了两个伙计便在就近街市一处一处地寻觅铺面。只见观前街有一家坐北朝南的铺面，是个三开间，修理得甚是齐整，红纸高贴着“招租”二字。姚忠见了，甚是合适，忙向屋主人询问租价。那屋主领了姚忠到里边看视一周，这房屋共是一直落三进，铺面虽已修治，里面的墙壁尚有好几处剥蚀。姚忠遂嘱屋主赶紧修理，当下付了定银，写了一张押契。回到下处，告知了包胜、王襄，赶办了生财物件，择吉日开张，铺号叫作“姚顺兴”。这姚忠是个发财人，生意兴隆，财临旺地，真是毋庸说得。

忽一日晚上，姚忠将铺账查阅一过，即便安睡。煞也作怪，睡来睡去，总是睡不稳。其时正值五月中旬，天气炎热，姚忠爬起来，就灯下观书，以消永夜。觉着腹中有些饥饿，便拿个亮，走到厨房中，想弄些充饥的食物。不意刚刚踏进厨房，忽然觉着一亮，宛似电光闪烁，倒把姚忠吓了一跳。这一吓早把五脏神吓回爪哇国去了，肚子也不饿了。

姚忠定了一定神，心中暗忖道：莫不是灶窝中遗了火？正在细瞧，忽然又是一亮，这光亮竟是从灶窝边发出的。姚忠觉着不妙，失口喊了声“啊呀”，急忙把亮放在桌上灶窝边，细细地检视，哪有什么亮光，心中忽然悟道：听说金银财宝，不甘久埋黄土，遇着有缘的人，就要腾发出宝光来。此间观前街，本来是个闹市，想从前住户总是个富商，遭着乱事，把金银埋藏下的，也未可知。

心中想定，遂手拿了一把厨刀，向亮光闪烁处发掘起来。面上泥土虽很坚实，掘有半尺来深，这泥土便觉松泛了。姚忠大喜，掘得兴高采烈起来。掘到二尺多深浅，那厨刀便掘不下去。姚忠就把厨刀放下，携过亮来一照，仿佛是海鲜瓷埋在土里。姚忠便用两手把土扒开，只见瓷口用一个擂盆盖住，尽力地将擂盆揭去，只见瓷中满满地贮着瓜子金，也不知共有多少，一个人如何拿得动。心生一计，回至房中，轻轻地拿了两只袜子，将瓜子金一把一把地放入袜中。拔来报往，整整地忙了一夜，把金子藏好，把土盖好，真个是人不知鬼不觉。人果然疲倦极了，睡到红日当头还在黑甜乡里。

伙计们见他沉沉酣睡，如何敢惊动他，那铺中只好先行开饭。饭罢之后，伙计们正在窃然私议，只见姚忠已走了出来，向伙计说道："我想阊门大街、临顿路两处都是热闹地方，在那里分设两爿支店，为狡兔三窟之营也，不枉到苏州来走一朝。"包胜、王襄听了，自是欢喜。当晚无话。

到了天明起身，吃了早膳，吩咐王襄在铺中照料。那姚忠带了包胜径向阊门大街而来。恰好有双开间的铺屋一所，随即住步询问。屋主人乃是姓葛，名庆年，适在门前站立，见姚、包两人住步问话，知是寻找屋子的，满面堆下笑来。接进里面，通过姓名，姚忠便将分设茶铺的话对葛庆年说了。那葛庆年见姚忠举止大方，场面阔绰，知道他是个巨贾。当下议定了租值，付了些押契银两，便殷殷勤勤地留姚、包二人吃了一顿便饭。

辞别出来，姚忠对包胜道："我们到了苏州没有瞧过一回戏，苏州的昆腔戏是素来讲究的。今日到了这里，我们且到三雅园去瞧他一天的戏回去不迟。"包胜见东家要瞧戏，自然一口赞成。

二人进来三雅园，拣定了座头，谁知来得太早了，那园子里还没有开锣。包胜道："东翁在此宽坐一会儿，待晚辈赶到临顿路去走一遭，有什么相当的屋子看好了，明日再同东翁去定夺。"

姚忠见包胜办事上紧，便说道："你坐了骡子去，快些回来接我。我在这里等你。"

不说姚忠在三雅园看戏，且说包胜出了戏园门口，雇了一头骡子，一直向临顿路来。但见店铺轩昂，市面热闹，哪里有什么空屋。行到尽头，瞧见一家茶铺，铺号叫作"汪裕源"，贴着"召盘"两个字。

包胜下了骡，上前问询。里边走出一个掌柜来，四十来往年纪，矮短短的身材，两片八字胡须，鼻直口方，天庭饱满，地阁丰隆，望而知为商业老手。

包胜见了，心下疑惑道："这茶铺有这样一个经理，为什么要召盘呢？"

但见这个掌柜笑容可掬地向包胜说道："尊客，有话请里头坐。"包胜踏进门来，问了名姓。

原来这掌柜是徽州人，姓胡，名宗德，系在这铺内学业出身，由小伙计升到掌柜，已十多年了，真是年年获利，岁岁发财。老板汪朝奉也是个徽州大族，上年汪朝奉因事回家，路上失了事，死于非命。这里偏又遇着邻家失火，遭水龙打湿了不少的货，胡掌柜便写信到徽州报告一切。却说汪朝奉只有一个儿子，名叫少怀，年不满十，家中还有几处庄田，可以过活。他母亲张氏，痛失丈夫死于非命，决意将"汪裕源"铺收闭，盘顶与人。胡宗德接得了此信，所以将"召盘"二字贴了出来。

包胜询悉情由，便问胡宗德道："这铺内生财货物共该多少银子？"

胡宗德道："绝不蹈虚，货物生财，一股脑儿共是二千八百四十两银子。"

包胜道："敝东是'姚顺兴'的老板姚盖臣，明日兄弟请他亲自过来与胡先生面议。"说罢，匆匆告别，骑上骡子向三雅园来。

赶至三雅园时，里面已是静悄悄的停锣歇鼓了，料想姚忠已经回去了，遂回到观前街。一路心中暗想：东翁运气真好，偏有这样相巧的事，正是"山穷水尽疑无路，柳暗花明又一村"。

欲知后事如何，且听下回分解。

第十四回

平安传竹报舐犊情深
轻薄惹桃花引狼入室

却说包胜见了姚忠，便将"汪裕源"如何召盘，胡宗德如何诚实的话备细向姚忠说了一遍。

一宵已过，那包胜领了姚忠，联袂偕行到"汪裕源"茶铺。胡宗德接过里面，见姚盖臣语言爽直，和蔼可亲，便有愿效驰驱之意。大凡开张店铺，资本还是小事，最要紧是得力伙计。正所谓"千金易得，一将难求"，姚盖臣见胡宗德诚实可靠，有意抬举他，请他做个经理。

当下将生财货物盘点清楚，付了银两，姚盖臣便向包胜耳边说了几句话，包胜连连点头称是，便走过来向胡宗德道："敝东意思，欲烦足下在这铺里做总经理，只要足下请一位保人出来，这是人熟理不熟的老例。"

胡宗德道："辱承贵东不弃，'蔚长厚'票号里头有一个朋友，是山西人，姓张名劳之，可以作保。这推荐人只好有屈包先生了。"

包胜道："这个自当效力。"

姚忠见胡宗德应允了，便饬人雇匠装修，改换牌号，取名"广太兴"。一面令包胜到阊门大街去收拾铺面，择吉日开张。

且说葛庆平的屋子，外边是双开间的铺面，里边房屋却很宽敞，可以存贮货物，做个栈房。那牌号叫作"广太"茶栈，经理人便是包胜。

有事则长，无事则短。忽一日姚忠在顺兴铺内接得泗泾镇原籍的家信，拆开来从头至尾地一瞧，也无什么要事，不过"武举姚秉顺在恒兴茶铺，需索银两，请速回来"等语。

　　原来这姚秉顺是姚忠的堂侄，姚氏族大丁多，贫富不等，要算姚忠是个巨富，松江、上海等处都有分铺，不下三十余处，谁人不思染指。苦于无隙可乘，那姚秉顺自从己酉科中了一名武举，便不把姚忠放在眼里，时常借端索诈，托故吵闹，受累已非一日。此刻趁姚忠不在家里，便又走来胡闹。那"姚恒兴"的掌柜姚秉义本来与他通同一气的，不过面子上如同凿柄，特特写信与姚忠，令其作速回来。

　　那姚忠自到苏州，匆匆已经半载，本思回转家乡，当下就将"姚顺兴"铺务托了王襄，雇了一只船，离去苏州，向泗泾镇进发。

　　不止一日，到了家中，妻子孙氏、儿子姚秉礼见姚忠回来，欢天喜地地上前见过了礼，问了问苏州开张茶铺的事，便将姚秉顺如何滋扰，姚秉义如何作好作歹借给他三百两银子的话从头至尾诉说了一遍。姚忠听了，很不为然，默默不语，心中想道：我手里尚且如此肆无忌惮，我死之后，正不知怎样地鱼肉我儿呢。

　　越想越气，越想越恨，遂向孙氏说道："我想孩儿这件婚事今年是赶办不及的了，明年春间，一准举行。想我偌大家产，只有这个儿子。俗话说得好，'早婚添一代'，更兼媳妇贤能，也可免族人觊觎。不然我这眼珠儿往上一白，他们合谋霸产起来，如何对付呢？"当下夫妇二人计议已定，选择吉期。到了这日，便把媳妇李氏娶了过来，不必细表。

　　荏苒韶光正如白驹过隙。那一年姚忠六十九岁，他的生日是四月初八日。那媳妇李氏向她婆婆孙氏说道："公公近来多病多痛，媳妇想与他做七十大寿，替老寿星冲冲喜。自古道'做九勿做十'，况婆婆与他是同庚的，齐眉双庆，最是难得的事。这些挂灯结彩、唱戏酒席等类，媳妇已饬人预备得齐齐整整，不须你老人家费半点儿的。聊表我们做小辈的孝意。"孙氏知道这事势难中止，也只得应允了。

先期三日，家中里里外外，装潢得花团锦簇，冠冕堂皇。到了诞辰，真是车马盈门，珍馐列鼎。寿翁寿婆眉敷黄气，面溢红光。足足热闹了三天，谁知老寿星多吃了些油腻，睡到五更里，腹中便如初发雷声，"噜噜噜"响个不住，一连起来了几次。及至东方发白，面色也灰了，眼睛也陷了，经营劳心，奔走劳力，心力交瘁的人，本来是阴亏阳盛，又经连次大泻，未竭之阴，擢残了个尽，如何再会活命。等不及延医服药，一缕幽魂早已辞却红尘，言归黄土去了。

看官，大凡一个人喉间这股气没有咽，便争名夺利，不肯放松一点，好像在这扰扰红尘里有千秋万岁似的。到一日三长两短，两脚冰凉，别说良田美宅，非我所有，就是平日最亲热的娇妻美妾，最心爱的孝子慈孙，也与我脱离关系，人鬼异途了。回首从前，营营扰扰，真是何苦。在下做了医生，最喜欢研究生死问题，觉得"生死"两个字，是相对的，不是相反的。有了生就有死，当我们有生之日，即定着有死之年，犹之乎日有盈晨，月有晦朔，万万不能避免的。所以大丈夫生而何欢，死而何惧。一个人能够勘破这生死关头，自然不会恋生，不会怕死，平时自然不会为非作歹，病时自然不会怕死贪生。

在下患过好几场大病，当病重当儿，潜心默索：做了鬼没有形体的拘束，职业的牵累，倒可以遂我心意，绝对自由，南往北去，跳上火车轮船，不必买票，绝不有人向我追究。要吃喝时，不论中菜西菜，京馆川馆闽馆，都可以昂然直入。好在不过享一点子气，不必花掉一钱半文，要听戏就听戏，要瞧古玩就瞧古玩，不比了现在的日子，终日跟病人周旋，诊视色脉，研考病情清闲得多么？

经这么一想，死生置之度外，心地反倒清净，遂即撰方自医，倒就转危为安。看官想吧，一个病人被风寒湿热燥火磨得已经够受用，还要加上这贪生怕死，无端地吊胆提心，如何不要病上加病，自然地轻病变重，重病变死了。亲友们不知就里，瞧见在下治人家病难，治自己病易，只道挟术自私，藏什么秘诀呢，其实就不过这怕死不怕死的关系。

闲言少叙，书归正传。当下姚忠之妻孙氏哭得死去活来。姚秉礼夫妇更是痛不欲生，呼天抢地。正是贺者在门，吊者入室。姚氏族人闻知噩耗，却有几个私心窃喜，额手相庆，道："如今好了，机缘来了。盖臣之不幸，乃我辈之大幸也。"

不说姚氏族人幸灾乐祸。且说姚忠死了，还是姚李氏有主意，劝止了婆婆、丈夫的哭，一面饬人备办丧事，从丰棺殓，做了七七四十九日的功德，扶灵柩到祖坟安葬。

那姚盖臣一生的事业总算结了。岂知福无双至，祸不单行，衰年寡鹄，倍益无聊，哪里禁得住朝悲暮泣。姚孙氏自从送葬回家，便就卧床不起，蒙眬中好像她丈夫姚忠向她说道："你的寿数也尽了，凉亭虽好，不是久恋之乡；祖业虽丰，将启纷争之局，你还活在世间做什么？"

姚孙氏正要回言，张开眼来，哪里有她丈夫的踪迹，情知这病是不能起的了，便唤儿媳前来，预备后事。起初尚能支持，进些汤药，到后来日重一日，渐渐不知人事，急得个姚秉礼只是背人淌泪，茶饭无心。叫他也不应，问他也不答，有时节竟大哭大笑起来。延医诊治，都说是痰迷心窍。

李氏这一急，比半天里打下个霹雳来还要厉害。后来服了几钱礞石滚痰丸，吐出了不少的痰，稍微定些。不料婆婆姚孙氏趁这个当儿竟呜呼哀哉，死了，少不得挂孝停灵，治丧发讣。姚李氏正在家中忙个不了，岂料"姚恒兴"的掌柜姚秉义串合姚秉仁、姚存霖等合谋霸产，向娄县衙门控告。

这娄县知县是个甲榜出身，姓胡，名图，表字浑斋，诗赋文辞，允推能手。这些词讼事情却不惮烦去理会他，事无巨细，尽行委诸刑钱老夫子。这个刑钱老夫子，姓钱，号如铭，浙江山阴人。碰着了这个胡图东家正是财星照命，却与门稿周二爷通联一气。这周二爷是个湖北人，"上有九头鸟，下有湖北佬"，偏偏这周二爷尖钻刻薄，偏又是湖北人中的魁首。

闲话少叙。且说姚秉义因松江"姚大兴"的掌柜陈卜仁，也是个湖北佬，却与周二爷是同乡，十分知己，便托他与周二爷打通关节，足足花了一千八百两银子，才把呈词批准了。

姚李氏得了这个消息，只得把婆婆的丧事暂时搁过，上紧地带了丈夫姚秉礼赶到松江，具呈声诉。无奈钱如铭得了姚秉义的贿赂，批了个提讯。那胡知县的审案是遵照了刑钱老夫子批语判断的，任凭姚李氏舌本澜翻，声泪俱下，哪里有什么中用。这"姚大兴"的铺产，竟作为姚姓的公产，不由姚李氏不依，当堂勒令具结完案。

偏偏姚秉义得了这个甜头，索性一不做二不休，向松江府及苏州抚藩臬三衙门控告，援娄县审结之案，略谓祖遗铺产三十余处，均是姚姓的公产，并非姚秉礼一家之私产。如今这些官府哪有工夫来办你是非曲直，只要贿赂受得足了，那官事无有不赢之理。况这夺家产的勾当，是个好买卖，并且松江讯结有案，更是铁案如山，不可移动的了。你想姚李氏如何还会赢么？

这场官事足足打了一年有余，弄得个姚李氏上天无路，入地无门。仔细一想：他们这官事怎么会攸往咸宜呢？无非拿我铺里的银钱，随处打点罢了，我怎么这多时睡在梦中，不会醒觉呢？古人说得好，"见兔顾犬，亡羊补牢，尚未为晚"。我只得亲往苏州走一趟，碰碰机会，再作计较。当下独自一人雇船到苏州，便住在广太茶栈里头，慢慢儿找寻门路。

岂知事有凑巧，姚李氏虽在中年，住居茶栈，没有一个佣妇，终觉许多不便，便去雇了一个佣妇。二十四五年纪，圆滚滚的脸儿，一双秋水澄波眼，色非桃而泛红，眉似柳而争绿，是木渎人，娘家姓张，夫家姓王。善伺颜色，迎合主人的意旨，是她一生出色动人的本领。姚李氏见了，甚是合意，便雇定了。她见主妇愁眉不展，短叹长吁，动问根由。姚李氏便将讼事始末的情节，备细告诉了她，并将现在来苏找寻门路的话说了出来。王张氏道："何不早说，小妇人现有最妥的门路，我愿助主妇一臂之力，务必将屈官事翻转来。"

欲知后事如何，且听下回分解。

第十五回

睿织造纡尊莅茶栈
赫抚台下令洗沉冤

话说王张氏听了姚李氏的话，开言道："若要讼案翻他转来，小妇人却有现现成成的门路，恐怕主妇舍不得银子。若是主妇舍得银子时，也不要一万八千，只消三五千两银子，托他们去打点，不要说姚秉义等一班夺产贼不得好收场，恐怕连那一班问案官员都要没趣呢。"姚李氏忙问："是哪一条门路，恁地厉害？"

王张氏道："告诉奶奶不得，是赫三睿四罢咧。"

原来赫三名赫常康，睿四名睿尔康，是同胞兄弟，籍隶正黄旗，是从龙贵胄，满洲世家。赫常康由江宁将军调任江苏巡抚，恰恰乃弟睿尔康做着苏州织造。那王张氏在赫抚院家为佣妇时，赫抚院本是个骚鞑子，家里仆妇丫头虽是不少，都是北地胭脂，瞧得烦腻了，似这么江南春色，还是头回儿领略，眼前顿觉一亮。偏偏这王张氏伺候得异常周到，因此赫抚院把她当作心肝活宝，瞧到别的丫头仆妇，不是嫌她肮脏，便是厌她蠢笨。不到半月工夫，这王张氏便穿绸着绢，插金戴银起来。

偏偏这一年赫三患了个湿温症，厌厌缠缠，三好五歹，总是不能起床。睿四情关手足，天天来探望。王张氏这么一个人物，点灯儿似的漂亮，如何不挑眼。不知不觉，早就暗地里结识上了，赫三还睡在鼓里呢。

到赫三病好之后，一日，拜客回来，唤王张氏拿便衣更换，哪里有她的影踪，不免动气恼来。等了许久，才见王张氏慌慌张张地跑进来。问她在哪里，一声儿不言语。再问之时，却就低头哭了。赫三想起辕门口停有织造卤簿执事，却不见老弟影踪，不禁恍然大悟，从此之后便与他淡淡的。那睿四见他哥哥如此形景，心中想道："为了一个佣妇，伤了兄弟的感情是不行的。"遂与王张氏也生疏了。王张氏在抚署觉着没趣，辞歇了出来。恰好姚李氏要雇人，便佣于姚家，不觉顺口地将赫三、睿四说了出来。

姚李氏听得赫常康、睿尔康都是旗籍大员，满心欢喜，便道："你说赫三、睿四这条门路很好，但是我是个妇人家，如何好去拜会他呢？"

王张氏道："他们是小妇人的旧主人，赫三爷现在做着抚院，身份大了，不便去兜揽他。只要把睿四爷请了来，这事便有指望了。睿四爷是和气不过的人，虽然是个官员，却不会装身份的，只要小妇人去一请，包管就到。但不知奶奶意下如何？"

姚李氏道："我计已决，你若将睿四爷请到，讼事有把握，我还要重重地酬谢你呢。"

王张氏道："我这就去请。"

却说这日睿尔康坐在书房中，独自一个儿手托着腮，正在想什么呢，忽闻脚步声响，回头见王张氏蹑手蹑脚地走了进来，不觉嬉皮笑脸地说道："你怎么这会子还想着了我，你真个不恼我么？"

王张氏道："我是给你送一桩大大的银子来，你不要转错了念头，把冬瓜缠到茄姆里去。我现在投靠着松江的巨富，是开着广太茶栈的。那主妇姚李氏说她家共有茶铺三十余爿，不要说别的地方，便是省城里也有好几处，什么'姚顺兴'呢，'广太兴'呢，我也记不清许多。"

睿尔康道："你嘴里头啰啰唆唆地说什么话，我一点儿都不懂，咱们还是说一句儿衷肠话吧。"

王张氏道："蠢材蠢材，你蠢到什么地步才住呢，你真要呕死我了！"

那睿尔康见她如此地发劲，不觉呆了半晌，开言道："好人，你坐了讲，我还不很明白呢。"王张氏遂把主妇姚李氏家有讼事，经官屈断，现在来省找寻门路，自己如何献计，把主妇说得心动，特来相请的话，说了个备细。

睿四道："闲话休提，你那主妇共肯出多少银子？"

王张氏道："我已开口说过四五千。"

睿四道："多谢你，免劳照顾吧。我四爷穷煞，也不在这四五千银子上。她既是个巨富，关系着家业的存亡，大慷其慨，巴巴地花起四五千银子来，劝她不如省了吧。"

王张氏道："我的爷，偏在我分上，偏会摆大架子。我知道爷有钱，不争在这几千银子上。不过你我这么的交情，我已经应下了。爷不给我办，不是有意给我没脸么？"

睿四道："瞧你意思，一定要我管的了。也罢，我就瞧你分上，破例管一回闲事。只是今日你可不准去，陪我玩上几天。"

王张氏道："爷答应了，我须回信给人家，人家等着呢。爷究竟几时请过来？"

睿四道："今日没暇，明日有事，过了几天再瞧吧。"

王张氏道："人家望眼欲穿，爷偏又这么贵忙，叫我如何回复人家呢？"

睿四道："你要我几时去？"

王张氏道："我要爷今天就去。"

睿四道："那可不行，除是你抱了我去，我就去。"

王张氏道："这么大的人，还要我抱，叫人家听听，可有这个理没有。四爷，咱们正经事管正经事，你今天到底来呢不来？"

睿四道："日间耳目众多，不很方便，晚上我一个儿徐步踱过来是了。"

王张氏大喜，辞了睿四，立刻回茶栈来告知姚李氏。姚李氏喜不自胜，赶忙装果盘等候。

候到黄昏时候，才见学生子进来报称："有一胖子自称姓睿的，要见姚师母，现在包先生陪着。"姚李氏即命王张氏先拨果盘出去，又叫学生子取上好毛尖茶叶，泡出茶去。自己却对镜掠了掠鬓角，才慢慢走出来。

茶栈第二进屋，原收拾一间客座，颇为精致。包胜陪了睿四，就在这一间里。姚李氏款步走入，灯光之下，瞧见包胜陪着一个胖白脸、三岩须的人在那里讲话。佣妇王张氏站在旁边帮着张罗，知道这胖白脸就是睿四。

王张氏瞧见姚李氏出来，忙道："四爷，我们主妇出来了。"

睿四抬头，见一个三十来岁的妇人，穿着元青布袄，元青布白镶边裙子，瘦瘦的脸儿，脂粉不施，天然爱好，赶忙起身见礼。

姚李氏道："这就是睿大人么？听得我们那王妈说，睿大人最是仗义任侠，肯拯救孤寡，才敢叫她相请。现在大人果然屈辱到来，那是民妇家的救星。请坐了，待民妇细细陈诉。"

睿四道："我于一切闲事，本来不很高兴管理的。王妈来说府上遭着天大的屈官事，苦苦地央告。我搁不住王妈的脸，才过来问问。到底如何情形，我也不很仔细。"

姚李氏遂把姚忠如何创业，如何病故，姚秉义如何觊觎铺产，如何蒙控当官，官府如何屈断的话，仔细说了一遍。

睿四道："果然如此，那不是没有王法了么!"

姚李氏道："现在只有拜托睿大人，求大人在抚院跟前讲一句好话，翻转这件冤案。别说氏与氏夫感恩不浅，就去世的翁姑，在地下也感念不尽呢!"

睿四点点头微笑，捋着乌黑的三岩须，一声儿不言语。姚李氏是聪明人，早已明白，翻身入内，打了一张规银五千两的庄票，叫王妈转递给睿四。

王妈走到睿四身旁，笑道："四爷，这五千两银子，是我们奶奶一点子孝意，请四爷别笑话收了。"

睿四道："这又何必呢，我是瞧在你分上，才出来多事。"

王妈道："四爷果然不稀罕，但是各人有各人的意思，数目虽小，也是我们奶奶一点子薄意。"说着，把那张庄票塞在睿四衣袋里。

睿四道："能够帮忙之处，我总无有不帮忙。这件事交给我办就是了。"说着话，告辞起身。

姚李氏道："种种费神，我是全仗大人鼎力了。"

睿四道："请放心，后天叫王妈到我那里来听回话。"

姚李氏叫包胜代送到大门。王张氏瞧睿四去后，笑问姚李氏道："奶奶，瞧我这件事办得妥当么？"

姚李氏道："难得你如此出力，事定之后，我还要重重酬报你呢。"

王妈道："吃家饭，护家人。我佣在奶奶这里，总要帮助奶奶的。"不言主仆闲话。

且说睿尔康接了五千两银子庄票，第一件要事，是到钱庄上照票。照过不错，才回衙门来。一路盘算：我三哥素性多疑，这件事倘向他开口，他定然要疑我受了人家贿赂，必然不会应允。不如用反间计，说姚秉义的理长，使他故意翻案，姚李氏倒得直了。既而一转念：不好，万一我三哥应允了，姚李氏不大大受亏么？一边想，一边走，不知不觉，早到了衙门。这夜转了一夜的念头，想得一条妙计，心下大喜。

次日，坐轿到抚院，见了赫三，闲谈了好一会子，都是没要紧的事。然后徐步出外，走进众幕友办公之所。幕友见了睿四，全都起身让座，睿四遂便坐下。

众幕友问："四爷来了好一会子么？"

睿四道："一早来的，跟家兄谈了好一会子话。"

众幕友问："中丞有没有谈及公事？"

睿四道："也没有谈什么，不过为松江姚姓茶铺争产涉讼一案，家兄很不以原判为然。家兄并言当该案详到时，故意不置可否，要瞧瞧诸位的识见。不意诸位亦犹之乎众人之见也，家兄颇为失望。除此之外，别无他语。"

众幕友道："倘非四爷关切，几误大事。吾等当主张提省复审。"

睿四喜道："如此方好。"

睿四走后，众幕友进见赫三，请把姚姓争产一案提省复审。赫三道："府县细心推究，谅已无误，何必多此一举!"众幕友只道赫三故意这么话，力请提省。赫三搁不住幕友的脸，自然应允了。

到第三日，王妈来家听回话。睿四告诉她已经提省复审。王妈回报姚李氏，姚李氏十分恰意。抚院的公文果然厉害，行到松江，松江知府、娄县知县都不敢怠慢，立刻派役持票往传姚秉义、姚秉顺，连同姚秉礼一同到省，听候复审。

却说姚秉义见了传票，问明缘由，不禁暗吃一惊。一面开发了役人，一面就往见武举姚秉顺，商量对付之策。姚秉顺见秉义如此着急，不觉暗暗好笑。

欲知后事如何，且听下回分解。

第十六回

姚秉礼中毒身亡
金铭三严刑问案

话说姚秉顺见秉义如此慌张，笑道："这点子事情，慌什么？你我男子汉大丈夫，连这女子都对付不下，如何好做人？"

姚秉义道："抚院的公事非同儿戏，既然提审得，难保不有翻案的情事。"

姚秉顺道："怕什么，我现有宝货在此。"

姚秉义问什么宝货。姚秉顺取出一个小小瓷瓶，说道："我这个瓶里头，贮藏的是卫家毒药，是向温州仙岩银杏村卫仲材家买来的，毒烈无比。放在镖头刀尖，打出去，着在身上，立刻见血封喉。"

姚秉义道："现在又不打仗，要这毒药来何用？"

姚秉顺道："你我此番到省，不是同姚秉礼一起动身的么？"

姚秉义道："一起动身便怎样？"

姚秉顺道："咱们拼点子功夫，跟他亲近。一俟船到苏州，乘间下点子毒药在他的路菜里。登了岸，他自然把路菜携回茶栈去。不问他谁吃这菜，准准地闹一场人命。李氏死了，咱们就少一个大敌。秉礼死了，那是更好了，咱们就可以出头控告，告姚李氏谋杀亲夫。这一份家私，不必争得，自然不会逃去，稳稳是我们的。就使毒杀了包胜和一班不相干的人，他家突犯了这一场人命，还有暇跟我们争家私么？"

姚秉义连称此计很妙。姚秉顺道："现在最要紧先去拜望姚秉礼，跟他亲近亲近。"

姚秉义道："我们跟他现正涉讼，如何能够亲近？"

姚秉顺道："那又碍什么，只消如此如此。好在这厮忠厚不过，他老婆又不在眼前，真是天赐机会，万不可失。"

姚秉义大喜，当下就去拜望秉礼。一见面，就认错赔不是，并说上无数央恳的话，什么"一时糊涂，受人愚弄，现在懊悔嫌迟。你我究竟头顶一姓，一本同源，务望瞧祖宗分上，放宽一步"。姚秉礼只当他为了抚院提审，怕受处分，才来认错求和，倒也和颜悦色地回答。姚秉义又替姚秉顺说了好话，言明同船赴苏，姚秉礼也允下了。于是原、被告同伴起身，往苏州进发。

这日，船到苏州时候恰好傍晚，姚秉礼要紧登岸，姚秉义道："礼弟尽管先走，你的行李什物，我们替你发上来是了。"姚秉礼只当是好意，称谢而别。

这里姚秉顺就把秉礼的路菜栗子炒鸡里暗暗下了毒药，姚秉义就命舟子将秉礼的行李什物，一件件送上广太茶栈去。

也是合该有事，姚李氏瞧见栗子炒鸡是丈夫爱吃的东西，叫厨子蒸热了搬来吃夜饭。夫妻两口子对坐小酌，姚秉礼才吃得一块鸡，大呼腹痛，蹭身倒地，一阵乱滚，两眼一翻，就断了气。姚李氏呼天抢地，痛不欲生，只当丈夫患的是急病，只得叫包胜进来，商量办理大事。

到成殓这日，衣衾靴帽，色色俱全。众妥工正在动手，里面卷起孝帷，哭得摇山震岳。众吊客见了，无不泪下，连灵台上两支白蜡，都黯淡欲灭。那一派凄惨景象，真令人不忍逼视。

忽见外面走进两个头戴红帏大帽的人来，瞧见姚李氏，只问得一声："你是姚秉礼妻子姚李氏么？"

姚李氏住了哭，回称："是的。"

那人一抖铁链，说道："县里老爷要你人。"

姚李氏惊道："我不曾犯法，县里如何要捕我？"

那人道："我们奉上差遣，只知道照牌行事。你要晓得端的，亲自问老爷去。"

原来这两人，一个是本坊地保，一个是吴县差人。当下众人中挤出一个人来，向地保道："保正哥，且请这位差哥外面账房中请坐，喝一杯茶，讲几句话，到底是什么一回公事？"

保正拖了差人，道："大哥，且到外面坐坐。这位包先生就是这里的掌柜先生。"

那差人咕噜道："立提的公事，上头紧不过，叫我也难用情。"

包胜把差保两人让到账房坐定，叫学生子泡上客茶。包胜却取出二两银子，赔笑道："差哥休要笑话，这是敝女东一点子薄意。不知敝女东犯的是什么，县里却这么的紧急。"

那差人受了银子，顿时换了一副神气，开言道："这案子真极厉害，告的是贵女东姚李氏谋死亲夫老爷。准了状，立提候审。"

包胜惊道："有这等事，是谁告发的，原告是谁？"

那差人道："是姚秉义、姚秉顺。"

包胜大惊失色，才待入内告知姚李氏。地保道："包先生且慢走，我也奉县里谕话，姚秉礼尸身着暂缓入殓，听候派仵作检验，免得具结开棺，许多麻烦。我现在交代了你，这具尸身，烦你妥为看守。倘有偷尸换骨情事，都是你的干系。"包胜只得应允，急忙报知李氏。

李氏宛如头顶上轰了个霹雳，惊得呆了。众亲友得着此信，也都惊疑不已。几个胆小的，恐怕带累，悄悄回家去了。几个喜事的，便都到吴县衙门去听审。广太茶栈里顿时静悄悄的。

包胜又向差人说情，李氏免带刑具，许她坐小轿到衙门。差人只要银子到手，没一事不可通融的。

当下姚李氏穿着满身孝服，坐了一乘青布小轿，差人、保正押在后面，直到吴县衙门，姚李氏出轿候审。差人入内缴牌，禀称姚李氏提到。

这位知县姓金，名铭三，乙榜出身，大挑知县，禀性严酷，很喜欢借刑立威。平日办理命盗名案，行使非刑，酷烈无比。那几种非刑，时人咏有一《西江月》词，其词是："犊子悬车可畏，驴儿拔橛堪哀，凤凰晒翅命难挨。童子参禅魂碎，玉女登梯最惨。仙人献果伤哉，猕猴钻火不招来，换个夜叉望海。"并且极喜喝酒，差不多无日不酒，无酒不醉。大醉之后，才排齐刑具问案。因此苏州人替他起一个诨名，叫作"酒醉活阎罗"，你道厉害不厉害。

这日该差入内回话，金知县已经喝得半醉，吩咐排齐刑具，升座花厅审问，当差的就传谕出去。一时金铭三穿起公服，翎顶袍套补挂朝珠，很是辉煌威武。徐步踱将出去，外面三班六吏早已齐集两旁。

喊过堂威，县尊入座，先传问原告。原告姚秉义、姚秉顺上堂，秉义供为："秉礼是嫡堂兄弟，秉顺是从堂兄弟。此番由泗泾故里同船来苏，兄弟秉礼一路上谈笑自如，绝无病痛。乃到苏之后，未及一宵，忽然身故。义等得报，已在次日赶去询问，知道秉礼回到茶栈，夫妻对酌，筵未终席，秉礼忽呼腹疼，倒地乱滚，就此断送残生，并未延医诊治。种种情形，明是礼妻李氏毒手杀夫，同席既无第三人，丧命恰在初归日，恳求公祖速将淫妇严刑究问，审出奸夫，明正典刑，为死者申冤。不但死者感德，生者也受惠不浅。"说着，叩头不已。

金铭三道："姚秉礼平素没有疾病么？"

秉义回："没有疾病。"

金铭三道："到苏就死，事很可疑。那姚李氏奸夫是谁？"

姚秉顺道："武举身住泗泾镇，不曾亲知灼见，不敢妄指。只求公祖严究李氏，自会水落石出。"

姚秉义道："既然谋死亲夫，想来总有奸情的。不过姚李氏人很刁恶，口齿十分伶俐，公祖不用严刑，断然不会招认。"

金铭三道："用刑不用刑，本县自有权衡，该原告何得妄请？！"喝令退下。

遂命带上淫妇姚李氏，遂见该差带着一个满身孝服的中年妇人来，不慌不忙向上跪下。

92

金铭三见李氏浑身挂孝，心上已有几分不快，遂道："你是姚李氏么？"

　　姚李氏应了一声是。金铭三道："你为什么身穿孝服叩见本县？"

　　姚李氏道："死了丈夫，如何不穿孝？老爷不传我，小妇人原好好在家里，断不会进衙门来。"

　　这两句话驳得个金知县顿口无言，怒道："好个利口的淫妇！"

　　姚李氏道："大老爷是民之父母，一县之主，如何没凭没证，就诬起人家淫妇来？"

　　金铭三怒道："我问你，你丈夫姚秉礼是如何死的？"

　　姚李氏道："是急病腹痛身亡的。"

　　金铭三道："请过哪个医生，服过谁的方药？"

　　姚李氏道："因为事起仓促，不及延医诊治。"

　　金铭三道："现有你夫兄姚秉义、姚秉顺控你毒手毙夫，因奸谋命。倘然真是病死，他们如何会告你？你到底通奸何人，如何谋毙，——从实供来，本县还能设法超生于你。若是游供推诿，本县执法如山，可就不能为你宽免。快讲！"

　　姚李氏道："小妇人素来贞洁，夫妇素来和好，如何会有谋毙情事？姚秉义、姚秉顺原与我们有仇，为了争夺铺产的事，涉讼官厅。涉讼至今未结，明明是幸灾乐祸，含血喷人。"

　　金铭三道："到底你丈夫是谋死的还是病死的？"

　　姚李氏道："确系病死的。"

　　金铭三道："你敢具结么？"

　　姚李氏就当堂具了个结给。金铭三叫把李氏收了监，一面叫传仵作子，立刻打道到广太茶栈验尸。

　　一时仵作传到，金铭三叫原告姚秉义、姚秉顺，被告李氏一同到尸场瞧视。当下开锣喝道，直到广太茶栈，地保早已在那里伺候。瞧热闹的人已经挤满了一屋子，万头攒动，起落如潮。众衙役赶散了闲人，金铭三升了公座，调出姚秉礼尸体，地方上仵工照例当差，仵作下手。仵作如法检验，李氏见丈夫尸体被仵作子翻来覆去地检

93

验，惨痛伤心，不禁呼天抢地，大哭起来。

一时仵作子喝报，验得死者确系中毒身死，填写了尸格。金铭三叫原、被两告当场瞧过，遂命家属棺殓，打道回衙。

提上姚李氏，拍案道："你具结说是病死，现在验出是中毒身死，你也瞧见的。我问你还有何说？"

李氏道："丈夫虽然中毒，小妇人实不知情。"

金铭三道："抄手问话，谅不会招。"喝令用刑。左右答应一声，立刻取上拶子，四个役人服侍一个，把李氏两手套上了拶子。还没有收，已经十指连心，痛得她几乎昏厥过去。

金铭三问招也不招，姚李氏道："委实冤枉，叫小妇人招出什么来？"

金铭三道："不招，替我收紧。"一声吩咐，役人把拶子只一收，只听得怪叫一声，早就晕了过去。

欲知后事如何，且听下回分解。

第十七回

姚李氏屈打成招
胡宗德进京上控

话说吴县知事金铭三听了姚秉义、姚秉顺一面之词，把姚李氏严刑审问，拶子一收，但闻怪叫一声，姚李氏已晕了过去。役人禀称该犯妇已经晕去，金铭三吩咐用粗纸熏烧，冷水喷洒，又叫三个人搀扶了徐徐地走，好一会子，才苏醒过来。

金铭三问道："姚李氏，你到底如何谋死亲夫？"

姚李氏此时已把死生置之度外，咬紧牙关，一字不承。金铭三道："好个熬刑的婆娘，叫取双龙来。"

看官，这双龙的刑罚，真是厉害不过，凭你奢遮胆子的人，瞧见了也要魂飞天外，魄散九霄。

当下但见役人答应一声，遂取上一条白木长凳来，又取上麻绳两条，酒壶两把。金铭三道："姚李氏，你招也不招？"

姚李氏道："委实冤枉，叫小妇人招出什么来？"

金铭三喝令用刑。就见走上四个役人，把姚李氏高高举起，揪下了发髻，向白木长凳上仰面平放下去。两个按手，两个按足，立把麻绳反剪了，紧紧缚在凳脚上。那姚李氏的脑袋就在长凳那一端直堕下去，一个役人揪住她头发，成一个欲堕不堕的样子。

金铭三道："姚李氏，你不招么？"

姚李氏此时呼吸已经很不舒服，咬紧牙关，索性一声儿不言语。金铭三喝一声浇水，就见两个役人，一人执一把酒壶，把壶中的水对准了姚李氏鼻管，双注齐下，向鼻中直浇下去。不到半刻时光，就见姚李氏额上的汗珠儿足有黄豆般大小，口中亲爹亲妈乱嚷。一会子，姚李氏极尿极屎都洒了出来，口中嚷道："我也顾不得许多，只好招认了。"

金铭三吩咐松刑，叫刑房书吏书写口供。役人把姚李氏放下，金铭三逼她快讲。

姚李氏到此时光，只得随口乱说，供认用毒药把丈夫谋毙。问她什么毒药，供称："向市买来的毒鼠毒药。"问她奸夫是谁，姚李氏哭道："我实不曾有奸夫，不曾下毒，老爷用极刑逼我，不得不供认，叫我供出谁来？"

金铭三怒道："万恶的淫妇，还思翻供么？"喝令再用火链。姚李氏没法，只得诬攀了茶栈掌柜包胜。

金铭三立刻出签，拿到衙门，严刑熬审。包胜受刑不过，只得招认。于是包胜与李氏问成死罪，钉镣收禁。在吴县监中，延颈待戮。只把个姚秉义、姚秉顺快活得什么相似，知道金知县欢喜喝酒，送了一百斤的大花雕绍酒两大坛来，又做了一个德政匾额。弟兄两个衣冠齐整，雇了一班鼓吹，送进衙来，匾上题的是"明察秋毫"四个大字。

那王妈见主妇遭了官事，也就弃之他顾。抚院提审的事，为了原告不到，也就搁了下来。不意这么无法无天世界里，竟然激起一位侠义英雄来。你道此人是谁，就是"广太兴"掌柜，是姚盖臣识拔的好伙计，姓胡，名宗德，徽州人氏。胡宗德见姚忠过世之后，族人觊觎铺产，秉礼为人懦弱，已极愤愤不平。现在遭着此事，即到茶栈调查，知道含有天大冤枉。这胡宗德的哥哥是当幕友的，于词讼上倒也有一知半解的内行，于是写就禀词，向苏州府及抚藩臬三宪衙门控告。

清朝的司法是负责任的，如果平反，知县官功名定然不保，省城中的县官和上司感情好的多，自然官官相护，批斥不准。胡宗德恼得性起，想道："这官事不打到南北两京，绝不会翻转。"于是备足用资，即日起程。

　　到得南京，非止一日，投了下处，写好控词，即到督院控告。递掉禀词，并不候批。立刻收拾行李，取道往北京来。因告状急迫，并不曾按站而行，星夜兼程，行到北京，已经是九月初旬。投了下处，住的是北京著名大店，叫作悦来店，在打磨厂热闹地方，有百几十个客房。

　　胡宗德拣一间南房住下，独自凝思，预备到刑部、大理寺、都察院三处控告。正在低头缮写禀词，不防帘子掀动，一个人闯进房来，拱手道："尊客是南边来的么？"

　　胡宗德抬头，见那人四十多年纪，胖白脸儿，两片八字须，长袍短褂，穿着靴子，瞧那神气，大有似乎官场模样。胡宗德连忙起身招呼。那人自称："姓曾，名秀毓，直隶保定人氏，现为刑部郎中，兼都察院江南道御史。平素喜交朋友，刑部堂官，无不要好，来此候一个朋友，偏偏那朋友出外去了。因见尊客不带仆人，独个儿在店，想来总有什么要事，恰好闲着，进来白问问。"

　　胡宗德正欲找寻门路，平白地跑出一个官长来，真是天赐救星，欢喜得什么相似，遂即通道姓名，表明来意。说起姚秉义等如何谋产杀小东，姚秉礼如何死于非命。女东姚李氏如何遭人诬控，如何被知县严刑逼供，屈打成招。同事包胜被攀入狱，与女东同禁狱中，问成死罪。自己感老东知遇之恩，不忍见姚姓人亡家破，拼死入京，图谋告状翻案，仔细说了一遍。

　　那曾秀毓听了，开言道："不意南省官吏如此无法无天。胡兄，难得你忠肝义胆，侠骨侠心，令人不胜钦佩。兄弟本来好事，很喜欢帮忙。你这件事交给了我，我有本事引你去见刑部尚书金大人，包可以申冤雪枉。"

　　胡宗德异常欢喜，立把草就的禀稿呈与曾秀毓。曾秀毓瞧过，着实批评了一番，索笔删改过，遂道："照此誊写，就没有弊病了。"

　　胡宗德再三称谢。曾秀毓道："事不宜迟，你在店中等我，今晚黄昏时光，我就陪你到金大人公馆相见。现在我还要别处去候朋友呢。"说着，起身告辞而去。

胡宗德意外遇着这么一个朋友，欣喜自不必说。当下忙忙地把禀词缮好，看看天色尚早，就在左近闲逛了一会子。回店吃过晚饭，坐在房中老等，左等不来，右等不见。等到个不耐烦，才见一人掀帘而入，冲口道："胡兄焦躁么？兄弟被金尚书留住多喝了一杯酒，几乎失约吾兄。"

胡宗德喜道："曾大人在尚书跟前已否说起我的事？"

曾秀毓道："略约说过，尚书也大抱不平，现在就陪吾兄去见金尚书。车子已经雇好，吾兄倘已舒徐，就此同行吧。"

胡宗德藏好禀词，与曾秀毓相让出了店门，果见两乘车子停在门口，各坐一乘。车夫坐在车辕上，鞭子一挥，那牲口翻开四蹄，嘚嘚前行。走了好一会子，也不知经过多少路，车子停下。

两人跳下车，胡宗德跟着曾秀毓进去，见宅子很大，门房中不少的仆人站着伺候。曾秀毓引了胡宗德径行入内，到一处灯烛辉煌的所在，见一个六十多岁的老者坐在那里，气象尊贵，举止高华。

曾秀毓替他介绍。胡宗德见金尚书是朝廷极品大员，自己是个商人，未免局促不安。不意这位老尚书倒很和易，并不以贵官自尊，一般地有说有笑，向胡宗德道："方才曾大人说起，贵女东遭屈下狱。这件事我听了十分发指，如果所传不虚，我当动折奏闻朝廷，请旨钦派大臣下江南查办。贵女东的平反，毋庸说得，审过此案的大小官员都要革职按律治罪。"

胡宗德感激涕零，忙跪下地向金尚书叩了四个头，再三地称谢。金尚书笑吟吟地道："快不必如此，我也无非为朝廷国法起见，并不为你女东一个人。"

胡宗德爬起身，就怀中取出禀词呈上。金尚书接来瞧过，点头道："我都明白了。明日五鼓入朝，当即奏明皇上，请旨查办。你也不必在京候信，先回去是了。"

胡宗德道："子民还有两个禀，想到督察院、大理寺两处控告的。明儿毁掉了就回去。"

曾秀毓道："京里衙门不比外省，我兄人生路不熟，自己去投递，未免又要吃亏，索性都交给我，我与你去代递就完了。这里金大人和大理寺卿、都察院御史都交好的，托他吹嘘一声，是很便当的。"

胡宗德道："能够如此是好极了，只是仰烦大人，心下很过意不去。"

曾秀毓道："这都是为国为民的事，我们做了官，受了皇上家的禄，便是应当的。"

胡宗德大喜，探怀取出两个禀词，递于曾秀毓。曾秀毓接来藏过，胡宗德拜谢告辞，坐着原车回店，心里好不快活。

回到悦来店，已经三更时分，解衣归寝。一觉醒来，红日满窗，已是巳牌时候。这日，便向正阳门外大街大栅栏等热闹去处逛了一天，回店时已傍晚。

吃过晚饭，曾秀毓又来走访，言："金尚书已把此案出奏，上谕已下。"

胡宗德喜问："上谕如何？"

曾秀毓笑道："也是你的造化，上谕准如所请。钦派的大员你道是谁？"

胡宗德道："这个我哪里知道。"

曾秀毓道："钦承简命的钦差大臣就是刑部尚书金德。金尚书奉到钦命，就把我奏调南下，帮审此案。那不是你的大大造化么？我们一两天里就要起程南下，你是原告，第一就要提问着，还在京中做什么？快回去给一个信与贵女东。"

胡宗德道："再不料我此回进京，这么的顺利。明日准南下是了。"

曾秀毓走后，胡宗德就到账房算好了账，言明次日长行，就托店家代雇了一乘长行车，讲好价钱。次日黑早，就扑被出都。一路上挂起车帘，浏览风景，很是得意。

一日，回到苏州，卸下行李，即到吴县监中探望姚李氏，告知进京上控，已蒙刑部尚书奏准，钦派大臣南下查办，钦差就是金尚书。不日来苏，可望申冤雪枉。姚李氏与包胜听了，自是欢喜。胡宗德又把此事告知铺中各伙计，各伙计也都快活。于是讲说出去，一人传两，两人传四，不多几日，这一件钦差南下查办的事，闹得苏州城中六门三关，没一处不知道了。

早有人报知知县金铭三。金铭三慌了手脚，忙去见苏州府知府黄锵、臬台张寿告知此事，商量弥缝之策。张臬台与黄知府因曾经批斥过胡宗德的上控，倒也怀了鬼胎，但希望此信不真。

不意隔不上十天，钦差大臣金德已经到了。大船泊在太子码头，先上岸拜会抚院，抚院立传长、元、吴三县，备办钦差行辕。金知县得着此信，脑门上震了个霹雳，顿时三魂失两，六魄存一，唬到个半死。

欲知后事如何，且听下回分解。

第十八回

金大令半夜失人头
小剑侠中途理冤狱

话说长、元、吴三县奉命办差，就把贡院作为钦差行辕，藩、臬、道、府、三县都到行辕参谒。金钦差只接见了藩台，其余一概挡驾，众官更不得主意。金钦差行文调阅案卷，大有铁面无私的气概。那随员曾秀毓更乔装改扮了，每日到茶房酒肆，私行察访，闹得此案的告发人姚秉义、姚秉顺更着了慌，赶忙打点银两，走动曾随员。这里众官也就大破悭囊，买嘱金钦差，求他成全，不要翻案，把银子花得水一般。姚姓弟兄费掉八千金左右，吴县金铭三与黄太守、张廉访合花掉三万有余，总算办到个维持原判。胡宗德进京一趟，倒作成金钦差发了一注大财，冤狱依旧不曾平反。

金钦差动身之后，金铭三把一口毒气，都呵在胡宗德身上，立出朱票，把他拘来，办了个讼棍之罪，下在死囚牢内，给你个呼天不应，入地无门。

且住，这金钦差起初那么锋芒，那么厉害，怎么一见了银子，就为软化的？你道他果是刑部尚书刑部郎中么？呸，原来这尚书、郎中不是别人，就是京东大骗胡达夫与一个徒弟，撞着这个机会，被他冒充尚书，假装钦差，做着四万多银子生意。

姚李氏与包胜白欢喜了一场，弄成个雀见笼糠，饥得画饼，倒饶上了个胡宗德。此时姚李氏、包胜、胡宗德同在死囚牢里，享受铁窗滋味，惨苦万状。姚李氏几次央人寄信与"姚顺兴"经理王襄，请他设法与自己申冤雪枉。王襄目睹如此冤狱，也很不平。无奈鉴于胡宗德的前车，未敢轻于发难，不过在店中咨嗟扼腕而已。

这夜三更时光，店中伙友都已睡静，王襄一个儿点起香烛，向天叩头祝祷，道："店东忠厚起家，女东贞洁安分，从未造过孽，怎么迭遭变故？既受奇冤，又蒙不洁，覆巢无完卵，家破又人亡，难道空中没有神明的么？"

祝祷未毕，只听空中大声道："我神来也！"唰唰飞下两个人来。

王襄吃了一惊，定睛瞧时，见是一女一男，都是孩子，十五六岁模样。王襄道："两位是天上神仙，金童玉女么？"

那哥儿道："你当我们金童玉女，我们就权充金童玉女，亦无不可。你只把如何的奇冤极枉告诉了我，我自会替你设法。"

王襄遂把姚秉义、姚秉顺如何起谋夺产，如何涉讼，小东姚秉礼如何暴死，秉义、秉顺如何诬控，金知县如何屈打逼供，女东与包胜如何遭冤入狱，胡宗德如何进京上控，钦差如何南下查办以及秉义弟兄如何行贿，钦差查办如何毫无结果，从头至尾说了一遍。这一番话，把两个金童玉女只气得怪叫连连。那玉女更气得柳眉倒竖，杏眼圆睁，差不多脸色都气黄了。

看官，你道这金童玉女是谁？原来就是从徐州回来的小剑侠甘虎儿、甘小蝶兄妹两个。甘家兄妹携带了蛊药，拟回松江给老子娘瞧看，路过苏州，就听得闾巷纷纷，讲说姚广太谋夫冤狱。甘虎儿细问情形，知道"姚顺兴"是广太茶栈的联号。兄妹两人拣了下处，候到夜深人静，结束定当，飞身上屋，赶到"姚顺兴"来探听究竟。行到"姚顺兴"，恰值王襄点了香烛，向空祝祷。兄妹两人就跳下地，询问王襄，王襄照直诉说。

甘虎儿道："姚秉义、姚秉顺现在哪里？"

王襄道："自从女东出了事，包先生下了狱，鹊巢鸠占，秉义兄弟竟然住在广太茶栈里了。"

甘虎儿闻言不语，停了好一会子，才道："你是哪里人氏？"

王襄道："我是洞庭山人。"

甘虎儿道："你家中还有何人？"

王襄道："只有一个妻房，一个儿子还小。"

甘虎儿道："你愿否援救你女东性命？"

王襄道："我受姚姓之恩不浅，岂有不愿援救？无奈力不从心，叫我如何援救呢？"

甘虎儿道："你既然愿意援救，现在只消雇一只船，悄悄泊在阊门吊桥南首。明日晚上，我自送你女东和你两位同事下船。你但等他们一到，立刻开船，向洞庭山驶去。且把他们留在你家中，再听我的后命。"

王襄允诺。甘虎儿只说一声"我神去也"，玉女金童早已不知去向。王襄十分惊骇。

次日，雇定一只船，傍晚时光，放到阊门吊桥南首，悄悄等候，暗忖：女东和两个同事都在狱中，如何会出来呢？因是神仙的吩咐，不敢违忤。左等右等，等到月色西斜，不见动静，只道没有指望了。忽觉船身震荡，王襄正欲推篷出看，头舱起处，跳进两个人来，为首的正是包胜，第二个就是女东姚李氏。

王襄喜得如获异宝，忙问："女东娘娘，包先生，你们怎么出来的？"

包胜道："我在监中已经睡熟，忽觉有人推我，张眼瞧时，却是一个哥儿。正欲询问，那哥儿向我轻声道：'别嚷，我是来救你的。'我瞧脚上时，铁链不知何时脱去的，再瞧手上的铐也没有了。我知道他不是虚话，就向他点点头。那哥儿叫我合上眼，把我一背，就背出了狱，瞧见女东同了个姐儿已在那里老等。那哥儿把我放下，回身道：'我再去救一个人来。'说着，就没了影踪。一会子，那哥儿又把胡宗德先生背了来，却叫胡先生候在那里。那姐儿背了女东，哥儿背了我，就飞步到这里来了。跳下船，那哥儿向我道：'揭头舱入内去，自有熟人接待你们。'不意就与你王先生相会了。这便是我出狱的情形，至于那哥儿是谁，为什么救起我来，我都不曾明白。"

王襄问姚李氏道："女东娘娘如何出来的？"

103

姚李氏道："也与包先生说的差不多情形，不过我遇见的是姐儿不是哥儿罢了。"

正在讲话，船身忽又震荡，头舱启处，胡宗德又进来了。甘虎儿跟着进舱，王襄、包胜瞧见，都道："神仙来了。胡先生，你也是仙童救你的么？"

甘虎儿道："你们听了，我也不是什么神仙，什么仙童。我无非是路见不平，拔刀相助。现在你们脱了龙潭虎穴，赶快地开船，总要离掉了苏州，才得无事。我还要上岸去干事呢。"

众人齐都下跪道："恩人请留姓名，我们虽不能报，也好记念记念。"

甘虎儿道："很不必，好在日后你们自会知道的。"说罢，纵身登岸，早失了所在。这里王襄就叫舟人解缆，一叶扁舟，开向洞庭山去了。且暂按下。

却说吴县监狱的牢头禁卒周三、赵六两个儿绝早起身，逐间逐间地查看人犯。查过外监，再查内监。查到死囚牢，周三绊了一件什么东西，跌了一跤。

赵六喊道："老三，你没有睡醒么，怎么跌了？"

周三爬起身，向地下一瞧，只叫得连珠的苦："苦也苦也，我这命活不成了！"

赵六道："老三，你见了鬼么，怎么活不成？"

周三道："走了人了。老六，你还想活命么？"

赵六吃了一惊，忙问怎的说。周三道："怎的说，走了犯人了！"

老六惊问："真有这事么？"

周三道："你瞧你瞧，脚镣都凿断了，掷在地上，绊了我一跤，如何不真！"

赵六道："阿坏坏，我的妈呀！要了我的命了！"

周三道："别嚷别嚷，我们进去查查，到底逃了哪几个犯人，怎么一等人犯。"

两人入内一查，别个都不缺，只少了胡宗德、包胜两个，都是谋夫重案中的要犯。周三道："了不得，快进女监去瞧瞧那谋夫女犯姚李氏走不走。"

二人走进女监，面面相觑，只叫得苦。原来女监中别的一点不缺，只少了个要犯姚李氏。

赵六道："老三，我不要活命了！"

周三道："不要活命，你就给我死。"

赵六道："走了要犯，都是你我两人的关系，怎么样！"

周三道："丑媳妇总要见翁姑，怕什么，至多挨几百屁股，革去禁卒就是了，终不见得会斫头的。"

赵六道："依你话，就去见官么？"

周三道："自然见官，据实禀报。"

赵六没法，只得跟了周三进宅门禀报。不意才到宅门，里面嚷成一片，都说了不得，祸事祸事。周、赵两人错疑走失犯人的事官已知道。周三问："老爷起身了没有？"

跟班回道："你还问老爷呢，老爷丢了脑袋了，可怎么样！"

周三惊问怎么一件事，跟班道："老爷昨夜好好睡下的，今儿太太醒来，觉着床上精湿，只道是遗了溺，坐起身一瞧，湿漉漉都是血，老爷脖子上短了一个脑袋，大嚷不好。老妈子丫头闻声奔集，瞧见了这个样子，都慌了手脚，喊我们进去。我与高升到上房一瞧，老爷直挺挺地睡着，失去了脑袋，流了一床的血。现在正欲找师爷商议办法呢！"

周三道："我们为狱中走了三个人犯，要见老爷禀报。现在同去见师爷吧。"

于是周、赵两人同了跟班连贵直闯师爷卧房。师爷沈潜庵是浙江山阴人，还未起床。连贵先进去叫了声"师爷"。沈师爷道："东翁请我么？"

连贵道："师爷，不好了！"

沈师爷道："什么事大惊小怪？"

连贵道："老爷丢了脑袋！"

105

沈师爷道："丢了什么东西？"

连贵道："丢了个脑袋！"

沈师爷惊问："谁丢了脑袋？"

连贵道："是我们老爷。"

沈师爷惊道："丢了脑袋，那不是死了么？"

连贵道："流了一床的血，眼见得不活了。"

沈师爷就在床上直跳起来，道："东家死了，我这饭碗碎了，端整回绍兴吃老米饭去。"

周三抢步进房，报说监中走脱了三个要犯。沈师爷道："我饭碗都碎了，还管这种闲事么！"

连贵道："回师爷，现在老爷虽死，咱们还没有交卸，师爷怕脱不了干系呢。"

沈师爷道："我师爷脱不了干系么！连贵，你去唤值班来，把这两个囚囊的禁卒看管起来，交与后任，办轻办重，都与我无干。"

周、赵两人听要看管，都跪下哀求。沈师爷也不理睬，一时值日役人进来，把周三、赵六带了出去。

欲知后事如何，且听下回分解。

第十九回

三颗头颅惊倒赫抚院
两瓶蛊药惹出无妄灾

话说吴县幕友沈潜庵命把禁卒周三、赵六交差看管了，又命跟班连贵速到上房查看金铭三的脑袋究竟失在何处，一面叫请县丞来商议禀府详司。一时县丞到了，高升、连贵也禀称："老爷脑袋遍找不见，最奇怪不过，晚上上房门窗紧闭，毫无隙漏。"

当下，沈潜庵就上府衙禀报，哪里知道苏州府衙中也乱成一片。这日府尊起身穿衣，忽觉一滴什么水滴在额上，摸来一闻，有点子血腥气，抬头见一颗脑袋高高地吊在梁上。这一惊非同小可，几乎跌下地去，要嚷，不知怎么舌头不听起使令来，再也嚷不出声，两只脚乱蹬乱跺。

太太在床上瞧见，忙问："老爷做什么？"

那知府向上指道："你瞧你瞧，那不要唬死人么！"

太太从他所指的地方瞧去，大嚷一声，唬得跌了一跤。幸喜在床上，不曾跌痛。众丫头老妈子闻得声响，奔拢来一瞧，见二梁上吊着血淋淋一个人头。顷刻间，阖署皆知，闹成一片，都道："不得了，上房中吊着一个脑袋。"

恰好沈潜庵到府禀报，府尊出见。沈师爷说明缘故，府尊道："怪事怪事，吴县衙中短了一颗脑袋，苏州府衙中多了一颗脑袋。老夫子你想，那不是怪事么？"

沈师爷道："怎么贵衙中多了一个脑袋？晚生不解。"

那府尊就把上房突吊一人头的话说了一遍。沈师爷恍然道："原来敝东丢掉的脑袋就在贵衙，可否请出来见见？倘然就是敝东，不难物归原主。"

府尊听说有理，遂叫人快把上房吊的那脑袋取下来。

众跟班只应着"嗻嗻"，只是不动身。府尊喝问："为什么不动手？"

众跟班道："老爷明鉴，小的们瞧见血淋漓的脑袋，唬得就要抖，如何能够上去取呢？这一个优差，求老爷恩典免派了吧。"

府尊没法，只得向沈师爷道："他们都不肯取，兄弟也无能为力。据兄弟想来，此事颇有关系，照例自该委派长洲县带仵作相验。"

沈师爷又回监中走脱要犯三名。府尊道："兄弟为了脑袋的事，已经闹得心绪不宁，别的事无论它如何要紧，只好权时搁置。"说罢，端茶送客。

沈潜庵只得退出，再到臬司衙门禀报。不意长洲县知县正在臬司衙门验尸，说臬台上房也突有一个人头吊着，臬台大人立传长洲县到衙相验，现在正在验尸呢。沈潜庵惊道："敝东丢了一个脑袋，怎么倒弄出两个来？府衙门一个，司衙门又是一个，到底哪一个是敝东的？"遂即投帖请见。

臬台接见之下，动问有何贵干。沈潜庵把金铭三丢掉脑袋的事说了一遍，臬台道："脑袋我这里却有一个，只不是金令的。金令原是熟人，且留有胡须。本署发现的脑袋，偏是无须的，那不是另有一人么？"

沈潜庵又把要犯脱狱的事回明。臬台道："这事好生蹊跷，我本要上辕见抚院，老夫子同我一起去吧。"沈潜庵自然谨遵台命，当下跟随臬台上辕，请见赫抚院。

赫抚院接见之下，即道："我告诉老哥一件奇事，昨夜兄弟房中忽发奇响，只道是贼子，叫家人们查看，闹到天明，不曾有什么。今儿起身，忽觉枕头边毛茸茸一件东西，抓来一瞧，真真要唬死人，

108

竟是一个脑袋。"

臬台接口道："又是一个脑袋，古怪很了。"

赫抚院道："兄弟喊起家人，叫巡捕进来，拿这脏东西出去。巡捕取起脑袋一瞧，大喊起来，说那不是吴县金大令么。兄弟重新瞧看，黑黑胡须，大大眼睛，不是金铭三是谁?"

沈潜庵道："原来敝东的脑袋却在这里。"

赫抚院道："巡捕回我，金大令辫子窝里，藏有一封书信，取给我瞧，那信里的话，真把人唬死。语：'广太栈姚李氏谋夫一案，实是天大冤枉。金某非刑逼供，诬贞为淫，罪无可逭，我已飞剑行诛。该案原告姚秉义、姚秉顺下毒毙弟，诬控李氏，祸酿灭门，志在夺产，亦已诛却。两姚首领，寄存府司两署，金首寄存尔处，儆尔官邪。姚李氏、包胜、胡宗德我已释放，尔等倘敢追究，明日此刻，我来取尔首级，金某即是尔之榜样。甘小侠示。'你瞧此种书信，怎不令人毛发悚然。"

臬台与沈潜庵听了，也各骇然，于是遂把县府司三衙门的骇事说了一遍。

赫抚院道："平心而论，金令办此案，也太糊涂，惨遭非命，也是他咎由自取。现在死的呢已经死了，不必深论，咱们活的，难道不要性命么？那甘小侠既然能够门户不启，摘取人家首级，当然不能跟他违拗。咱们商议商议，此事该如何办理?"

臬台道："这位沈潜翁原是金令的幕友，才具很是可以，请抚宪问问他，或者还有妥妙的办法。"

赫抚院果然向沈师爷拱手道："老夫子，请教如何办理?"

沈师爷见抚宪垂青下问，这一个得意，宛如荣加九锡，满身都不得劲儿起来，忙笑道："据晚生看来，此事该分头办理。第一，敝东的失命，只好呈报急病身亡，免去许多纠葛；第二，姚秉礼的中毒，只好作为疑案，另行缉凶；第三，姚姓夺产的事，仍旧断归秉礼，秉礼已死，当由他后嗣继承。秉义、秉顺倘然来案报官，也只好作为悬案。如此一办，庶几各方都能够妥协。"

109

赫抚院道："亏得本部院不曾出奏，还可以从容布置，依照尊计而行是了。"

于是赫抚院立传长洲县知县到辕，叫他承办此案。一面委人代理吴县，却把沈潜庵荐了下去。长洲县知县依照抚院意旨，把事情办理清楚。姚李氏等在洞庭山得着消息，也就回转泗泾，重振门庭。这一件公案就此结局，一言表过。

且说小剑侠甘虎儿、甘小蝶在苏州耽搁了三天，知道赫抚院办理此案很是妥帖，遂携带了两瓶蛊药，取道往松江来，空中飞行，异常迅速。眨眨眼就到了家门，收剑下坠，轻如落叶。凤池、美娘父亲两口子正在讲话，听得声响，抬头见是儿子、女儿，快活得什么相似。美娘一手拖住虎儿，一手搂着小蝶，问长问短，问个不已。兄妹两人照实回答。

虎儿取出两个银瓶来，道："父亲知道么，这个蛊药是哪一方人造的？孩儿想查明白了，为世上人除掉一个大害。"

甘凤池道："你从哪里得来的？"

虎儿遂把在徐州所遇的事，从头到尾说了一遍。甘凤池道："造蛊的地方很多，湖南、广东、福建、浙江都有，你这银瓶好像是浙江的出产，温州地方，有好几家出售蛊药的。"

甘虎道："既然温州有这害人的东西，孩儿好歹总要查他出来的。明儿就去。"

美娘道："忙也不在一时，既然回来了，总要住个三天五日，没的席都没有坐暖，今儿回来，明儿就出去。"

小蝶道："哥哥，妈这么说了，我们自然住几天。"虎儿不敢违拗，耽搁了三天，又要起行。

甘凤池道："明日是你外祖父忌辰，你在家，自然随同祭祀，一拜为重，后天走吧。"虎儿听了，只得又住了一天。

到第五日，兄妹两人拜别父母，取道往浙江进发。因欲探访蛊药，不便挟剑飞行。到了杭州，打听人家，都回不知道。后来遇见一个永嘉人，才说起，"温州仙岩一带，很有几家出卖毒药的，你要买，还是到那边去探访探访"。虎儿有了门径，径向温州进发。

一日，到了温州，投了下处，在府前街、五马街、南门大街各种热闹处区逛了一会子，打听仙岩，说在城外四十余里，于是兄妹两人结伴出城。

一到仙岩，只见天然风景，豁目醒心，山峦起伏，瀑布飞溅，煞是好看。甘虎儿不禁喝起彩来。逛了一会儿，找寻村落，探问蛊药。村人有知道的，有不知道的，回出的话，大半是模糊印象。

直访到白凤村，遇着陶菊屏，虎儿道明来意，只说是要购买蛊药。

陶菊屏道："本村人家，素不养蛊，尊驾别是误认了吧。"

甘虎儿道："小子千里远来，就为闻得府上宝药，十分灵验，带得些些盘川在此，务祈割爱出让一点。"

陶菊屏道："尊客误认了，我这里售的是蒙汗药，太极图记号，在江湖上颇有点子小名声。若说蛊药，实不是本家出品。"

甘虎儿道："贵处出售蛊药是哪一家，请长者指示。"

陶菊屏道："从这里往南六七里，就是金鸡村。金鸡村上有好多人家出售蛊药的，尊客到那边一问，自会知道。"

甘虎儿大喜，向陶菊屏致了谢，同了妹子小蝶穿林渡水，迤逦向金鸡村行去。

入了村口，见一家门口有一个老者站着。虎儿上前施礼，那老者道："尊客何来？"

甘虎儿道："小子千里远来，闻得贵村有蛊药出让，不知是哪一家，求长者指示。"

那老者见说是卖药的，忙满面堆笑道："请里面坐，此间不是讲话之所。"又向小蝶一望，道："这位小姐是同来的？"

甘虎儿道："是舍妹。"

老者让道："请，请。"

虎儿、小蝶跟他进内，到客堂坐定，见收拾得很是洁净。那老者请问姓名帮属。剑侠是不会打诳语的，照直说出了姓名。老者道：

"本家各种蛊药，都是祖传秘方，经小老儿亲自加工制合的，灵验异常，并且取价公道。甘客官，你我虽是初次交易，小老儿不喜哄人，你拿去试用用，就知道我所话不虚了。"

甘虎儿道："如此很好。"遂取出银瓶，向老者道："照这样子配两瓶。该价若干，请长者吩咐吧。"

那老者见了银瓶，顿时一呆，遂道："甘客官定要照这样子么?"

虎儿道："然也。"

那老者顿时现出不高兴的样子，道："那是杜月海制品，我这里没有。其实杜家也不过卖一个名，货物是一样的，价目却相差很大呢。"

甘虎儿道："杜月海家在哪里?"

那老者道："往西第九家就是。"

甘虎儿起身道："敬扰敬扰，因是人家托办的，小子也不能做主。"说罢，辞了那老者，径投杜月海家来。

不投杜月海家也罢，一投杜月海家，就找出一场坍天大祸，兄妹两人几乎都断送了性命。

欲知后事如何，且听下回分解。

第二十回

中蛊毒顿迷本性
访茶楼突遇故人

却说小剑侠甘家兄妹按照那老者的话找到杜月海家，踏进门就问："杜月海先生在家没有？"

恰好遇着杜月海本身，这杜月海是久闯江湖，深有阅历的人，精灵鬼怪，什么事不懂得？并且来买蛊药的人，大半是很坏的坏人，鬼鬼祟祟，总没有光明磊落的举止。现在突然间来了这么两位小剑侠，言谈举止宛如霁月光风，心下早已纳罕。及至询问姓氏里居，甘虎儿偏又不会打诳语，直说了出来。杜月海暗吃一惊，知道小剑侠不是寻常之辈，千里寻来，必有事故，遂问："甘官人来此，有何见教？"

甘虎儿只说是购买蛊药，杜月海道："偏又不巧，家兄进城去了，今日恐不及回来，各种蛊药都是他自己收藏的。"

甘虎儿道："先生不是月海先生么？"

杜月海道："月海是家兄，兄弟叫杜星海。"

甘虎儿道："来得怎地不巧。"

杜月海道："甘官人请宽坐一会子。"说着，转身入内。

好久工夫，就捧出两碗茶来，一碗敬与虎儿，一碗敬与小蝶。兄妹两人因步行到此，口里已有点子烦渴，接茶在手，一饮而尽。这两碗茶不喝时万事全休，才一喝下，两个人头里一浑，心里顷刻就迷迷糊糊起来。

杜月海拍手笑道："着也，着也。"

原来这两碗茶里头都暗下了蛊药，此时甘虎儿、甘小蝶都中了蛊，已经心不自主。杜月海大喜，就究问他们来此何事。虎儿不打自招，说了出来。杜月海道："你们两人从今日起，该认我做老子，听我的命令做事，不准少有违忤，你们可愿意？"

虎儿兄妹都回很愿意，杜月海道："既然愿意，就该叩头见礼。"

虎儿、小蝶听了这话，果然插烛也似拜下去。叩头起来，又叫了一声爹。杜月海又叫他入内拜见过了妈，遂道："我的儿，我知道你们能够挟剑飞行，空中来去，可真有这个本领？"

甘虎儿道："这个孩儿会得的。"

问小蝶道："你也会么？"

小蝶道："女儿也会得。"

杜月海道："好极了，你们两人，蝶儿呢，跟着你妈，在家中保护我家室；虎儿呢，跟我在外，听我的差遣。"兄妹两人诺诺连声地答应。

双侠迷去了本性，少不得作歹为非，助桀为虐。杜月海此时如猛虎附了双翼，毒蛇增了四足，更百倍地作恶，也难尽述。

却说一日，杜月海因事进城，忽见府县官排道出城，旗罗伞扇，衔牌执事，走成一线，行人尽都住步。杜月海问人家："官府出城做什么？"

旁人回他："新道台上任，府县都去迎接呢。"

杜月海听了，也不在心上，干完了他的事，慢慢地步行回去。

看官，你道这新任温州道是谁？原来就是云杰的族兄云程，表字万里的。云万里因办理公事干练迅速，人为抚院所赏识，保升知府。又因土匪闹事，剿捕有功，保升道职。现在抚院内召，做了兵部左侍郎，就把云万里请旨放了分巡温处兵备道，兼管水利事务，并奉上谕："该道员着即到任，毋庸来京陛见。"云万里于是交卸了府篆，携带了家眷，起程赴浙江，先谒过抚院，克日到任。小剑侠云杰依旧随任保护。

当下云万里接了印，就去拜会镇台，查阅形势。温州这地方，山海交错，道台的职司，既要稽查匪类，又要兼督海防，承造战船，很是繁剧。云万里会过镇台，阅过形势，又到府县各衙门答拜。府县官照例挡驾，不敢接见。应酬了一整日，新官到任，各种事情都不很熟悉。整整忙乱了三五天，方才清楚点子。

这日，云万里与云杰商量，拟到外面去逛逛，访访本地的民风习俗。云杰道："哥哥职位已荣，还是这个样子，被当地士民认出了，不是桩大笑话么？"

云万里笑道："职位提它做什么，云程还是旧云程，我有老弟保护着，怕什么呢？"于是两人乔装改扮，云万里扮作教书先生模样，云杰扮作经纪商客，两个人从后门出去。

在各处热闹街市逛了一会儿，万里道："腿疼了，到哪里歇歇去。"

云杰道："到了市上，只有茶坊酒馆可以坐坐。"

云万里道："茶楼也好。"于是走到转角处，瞧见一家茶楼，一个茶幌子挑出着。两人趋步上楼，就沿窗拣副座头坐下。茶博士问明茶名，泡上两壶细茶来。

万里接来喝着，只见邻座有两个人在那里讲话。一个道："新任道台人极精明强干，听说在四川、江西办过不少的疑案，诛掉不少的坏人。我们温州地方，得着他来，真是万民之福。"

一个道："凭他再干练点子也没中用，别处的坏人，是彰明较著做坏人，有凭有据，才能够办。我们这里的坏人，一味的阴刁，一味的险诈，如何能够究办？"

云万里回头，瞧见一个是老者，一个是中年人。只听那老者道："照你这么说，天理是没有的了。世界上人尽可阴刁险诈，再没有败破的日子，人又何乐为善呢？"

那中年男子道："为善为不善，又是一件事情。我说的是虽有能干大员，奈何这班坏人不得，即如仙岩的银杏村、金鸡村、白凤村，这三个村中，哪一家不靠着伤天害理的事情过日子，试问谁能够出来究办?"

那老者叹了一口气,道:"不要说别的,即拿蛊药一端而论,每一年中,不知要伤掉几多人呢。"

云万里此时再也忍耐不住,不禁起身向那人拱手道:"老丈请了。"

那老者见有人施礼,慌忙起身回礼。瞧见云万里相貌堂堂,知道不是等闲之辈,遂问:"尊客上姓?"

云万里只说姓程,老者道:"程客官,有何见教?"

云万里道:"兄弟是他方人氏,初到贵乡,适才听得老丈说蛊药害人,是怎么一件事?茶楼无事,可否请教请教?咱们不期而遇,就开谈一会子如何?"

那老者道:"请坐请坐。讲到蛊药这件事,真是非同小可,厉害异常,只消取一些偷偷下在茶饭酒菜里,给人家吃了,那人就会迷住本性,行动举止,都听从下毒的人命令,自己用汗血去挣来的钱,情情愿愿,双手献给下毒人。下毒人叫他做事,怎是赴汤蹈火,也不肯辞掉。"

云万里道:"这蛊药是什么东西合制的,这么厉害?"

那老者道:"客官,真告诉你不得,这蛊药是在夏季里搜捕各种毒虫,蓄在一个坛里头,盖上了盖,使他们自相吞食,食剩了一个,那一个就成了蛊也。从此用心饲养,每到了晚上,纵放它出去吸食露水。那毒虫吸过露水,自会飞回原处。蓄养到一百日,再把各种毒药,连同那个蛊一齐打烂,阴干了,收藏在皿器中,勿令泄气,就可以随时应用了。"

云万里道:"制合蛊药的,共有几多人,大概老丈总知道。"

那老者道:"制合蛊药,并非纯乎自用,还出售给人家呢。"

云万里道:"那还了得,自用已经为害一方,出售给人家,那就遗祸天下了。不知售卖蛊药的铺子开设在哪里?"

那老者道:"哪里有什么铺子,都是在家出卖的。"

云万里道:"那些卖蛊的人家在城里还是在城外?"那老者道:

"这种违条犯法的事情，如何敢在城里干，都在四乡的。"

云万里道："都在四乡，哪一方最多？请教。"

那老者举眼向云万里一瞧，笑道："你这位客官，这么寻根究底，敢是要买这蛊药么？"

云万里道："我因事情奇异，闻所未闻，问着玩儿是了。请老丈不必多疑。"

那老者道："此间离城四十里，有一个名胜所在，叫作仙岩，真是洞天福地。客官到过没有？"

云万里道："没有到过。老丈，我要请教卖蛊药所在，怎么倒又提起名胜地方来？"

那老者笑道："我正要告诉客官售卖蛊药所在呢。仙岩山脚下，村落很是不少，内中有几个都是出售害人毒药的。一个银杏村，村中有一个叫卫仲材，专门发售各种毒药。外边使的毒药镖、毒药箭、毒药刀，都是卫家毒药。一个白凤村，村中有一个叫陶菊屏的，专门合制蒙药。各省的开黑店的，拐小孩的，都到他家购办。他家的蒙汗药，用太极图做记号。"

云万里道："蛊药又在哪里购买办的呢？"

那老者道："从白凤村往南六七里，有一个村，名叫金鸡村。这个金鸡村中，都是售卖蛊药的，总有八九家人家。这八九家中有一家最有名望的，姓杜，名叫月海。合制的各种蛊药，比众不同的灵验，价也比众不同的昂贵，生意很好，每年足有好几万两银子进款。"

云万里道："照此说来，每年中受他害的人，不知千千万万了。真是可怕！"

一语未了，楼梯上一阵脚步响，走起两个人来。云杰一见，急忙起身，抢步上前，执住那人的手，道："师兄，你怎么在此，几时到的？"

云万里回头，见云杰执手问话的是个十六七岁的少年。只见那少年道："我跟着爹出来闲逛呢。"

云杰道："令尊老伯在哪里?"那少年向同来的人一指，道："这就是家父。"

云杰一愣，道："怎么这几时不见，令尊竟变了样子了，别是师兄与我开玩笑吧?"

那少年正色道："别的事情可开玩笑，这事如何会开玩笑!"

云杰道："甘师兄，令尊凤池老伯我是认识的，如何隔不上几时会变得影踪全无，说给谁都不信。"

原来上来的两人，一个正是甘虎儿，一个正是那金鸡村卖蛊药的杜月海。当下甘虎儿道："什么话，我现在只知道这位父亲是我的父亲了，不必多讲。"云杰见甘虎儿也变了性情，心下万分诧怪。

茶楼晤到剑侠，他乡遇故知，便是本书的收场结局。至于甘虎儿行刺云万里，两剑侠大闹温州城，云杰督众剿金鸡，神方解救蛊药毒，种种热闹节目，都在下集书中宣布。

陆士谔告别。

小剑侠续集

第一回

斗剑术师弟战师兄
失印信巡道降知县

　　话说云万里升任分巡温处兵备道，兼管水利事务。到任之后，老性不改，同了小剑侠云杰出外私访，在茶楼中突与甘虎儿相遇。云杰见虎儿口称随父出游，偏偏所指的父亲又不是凤池，十分诧怪。细问虎儿，偏偏虎儿又是语无伦次，答非所问。

　　云杰心中不禁大疑起来，索性丢下了虎儿，向杜月海道："你这位长者很不像我们甘凤池老伯，怎么夺起我那师兄来？你到底是谁？"

　　杜月海经云杰这么一问，不禁愣了半晌，双眼一转，道："这是我义儿，何劳动问。"

　　云杰道："甘虎儿是我的师兄，如何会认起你义父来？"

　　杜月海道："那是情投意合，两面情愿的，又不是我一个儿做得主的事。"

　　云杰再要追问，杜月海道："我还有事，不能陪你闲话了。"说罢，转身下楼。甘虎儿如影随形似的，跟随下楼而去。

　　云杰竟然奈何他不得。云万里问道："这两个是谁，老弟这么地盘诘？"

　　云杰道："这少年是兄弟同学师兄，就是七剑八侠甘凤池的儿子，吕四娘的徒弟。当日从师习剑，这少年名叫甘虎儿，同了他妹子甘小蝶，连同兄弟，共是三个人。他们年岁虽小，从事在前，先

121

进庙门三日大，所以我称他们是师兄师姐，一般地学成剑术，一般地云游行道，拯救苦难，铲削豪强。咱们在江西时光遇见过的，现在不知怎么在这里认这厮作义父。这厮姓甚名谁，兄弟也不曾认识。"

那老者听了，即道："方才上楼的那个，就是仙岩金鸡村专售蛊药的杜月海。他家的蛊药最为灵验，最是厉害。"

云杰道："这就是杜月海么？受他害的人，谅必不少。"

那老者道："这个自然。"

云杰向云万里道："哥哥，咱们回去吧。"

于是云万里给了茶资，相将下楼，徐步回衙，仍由后门而入。

到签押房坐定，云杰道："我师兄怎么曾如此大变，认起售蛊药人做义父来？"

云万里道："姓甘的为人正直不正直，你可知道？"

云杰道："不正直的人断不能学剑，我师父的为人，哥哥总也知道。她老人家肯收不正直的人做徒弟么？"

云万里道："姓甘的人既然正直，那是绝不会党恶的了。"

云杰道："兄弟敢力保他绝不党恶。"

云万里道："既然绝不会党恶，现在又偏偏认恶人做义父，这是一层可疑。第二，据你说，跟他同师习艺，想来平素总是莫逆的。瞧今日茶楼情形，你跟他亲热，他跟你冷淡，你跟他愈亲热，他跟你愈冷淡。照理他乡遇故知，绝不会有此种情形，现在偏偏如此，这是第二层可疑。我倒也难于决断。"

云杰半晌不语，忽然跳起来道："是了，我猜着了，一定如是，绝不会有错误。"

云万里道："老弟，你猜着了什么？"

云杰道："茶楼遇见的那老者，不是说过杜月海是售卖蛊药的么？杜家制造的蛊药，又是最灵验最厉害的么？"

云万里道："说过的，那与姓甘的党恶又有什么相关？"

云杰道："他既然制造得蛊药，难保他不拿来自用。或者我师兄

122

误中了他的蛊药，以致迷失本性，认贼作父也说不定。"

云万里道："他是剑侠，能够空中来去，恁杜月海再歹毒些，也难施用蛊药。"

云杰道："哥哥做了官，偏会说官话。从来说'明枪易躲，暗箭难防'，我那师兄师姐，都是光明磊落的人，这杜月海既然制卖得蛊药，机械变诈，自然是不必说。剑侠究竟不是神仙，少不得要起居饮食。既要起居饮食，就难保不有下蛊的机会。那么挟剑飞行，空中来去又济得什么事？"

云万里道："暗箭难防，情或有之。为目前计算，该如何办理？"

云杰道："我想今晚且要那边去探视一番，办法目下也难预定，只好见机行事。"

云万里道："金鸡村离城虽只四十多里，你那边既未到过，知道哪一家是杜月海家呢？"

云杰道："这倒不难，凡剑侠所住的地方，总有一股剑气，上冲霄汉。我们会剑的人，不难辨认。金鸡村总在仙岩左近，兄弟到了仙岩，就可以瞭望剑气了。"

这夜夜饭之后，云杰默运精神，行使剑术，但见一缕剑光穿云激荡，飞驶而去。四十多里路，空中飞行，眨眨眼就到了。驶抵仙岩，收剑下降，留心瞭望，果见青白剑气，隐隐上烛，相去有八九里远近。跟着剑行去，走入金鸡村，剑气倒淡了。

看官，剑气这东西，真也奇怪，离得远，瞧去倒清晰；行得近，看来倒黯淡。

当下云杰走入金鸡村，见剑气发出所在，纵身上屋，飞越而进。跃过两重墙，直到内室，轻轻跳下，看窗内透露出火光，知道室内人尚未安睡。侧耳听时，里面有人在讲话，却是妇女声音。

只听一个道："这云道台既然那么多事，也是他咎由自取。但愿你哥哥手到功成，看他仙道台做得稳。道台是监司大员，很不该多管闲事。蝶儿，你瞧我的话说得错了没有？"

一个道："论起云杰，还是女儿的同学师弟，不知他怎么这么地违背师训，趋炎附势，一味地帮助官府。照剑侠的宗旨，本是助弱锄强的。官府靠了朝廷恩命，势焰已经不小，哪里再要人帮助。云杰这么执迷不悟，女儿也真奈何他不得。"

一个道："你父亲也这么说。云杰好好一个英杰，偏偏地甘心助逆，很为可惜。听说已经想好法子，叫你哥哥去约他吃饭，只要他念起同学之谊，应了咱们的请，不出十日，包可以归顺咱们，做一个极孝顺的儿子。"

云杰暗忖：好险呀！从窗隙向内一瞧，一个是甘小蝶，还有一个中年妇人，想来就是杜月海的老婆了。只见那妇人生得发低额狭，一双三角眼，两道吊梢眉，薄薄的嘴唇，尖尖的鼻准，身子下长上短，皮肤面细身粗，一副贫寒孤苦淫贱之相。

只见她剔了一会儿牙，向小蝶嫣然一笑，道："你哥哥在温州道台衙门干的事怕已结了。"

甘小蝶道："大概应当回来了。"

云杰听了，大吃一惊，暗忖：他们敢是行刺我哥哥么？我偏偏在这里，可怎么！急忙回去瞧瞧，不知闹成什么乱子了。想毕，行使剑术，电一般飞回温州来。

月光之下，瞧见城关隐隐，霎时之间，已经进了城关。眨眨眼，就到了道台衙门。辕门上柝声相应，道标、兵弁持灯巡逻，瞧样子很是严密。

云杰收剑下地，不暇他顾，急忙忙奔上上房见云万里。万里已经安睡，听得云杰要见，急忙披衣起坐，问有何事。云杰进房，见云万里好端端坐在床上，倒也没什么说。

云万里道："老弟深夜来此，有什么要事？"

云杰道："兄弟在金鸡村中得着一个消息，吓得要死。现在哥哥既是好端端睡着，那就没事了。"

万里道："你在金鸡村得着什么消息？"

云杰就把方才之事说了一遍，云万里惊道："那可不妙，出了乱子了。"

云杰道："哥哥现在好端端的，有什么乱子？"

云杰道："我方才进房时光，听得房中忽发大声，持灯照看，不见什么，就放下了。现在听你说来，定然甘小侠到过。人口虽然无恙，难保不有别的变故。"

云杰道："印信在不在，查过没有？"

云万里道："我也虑到这一层。"说着，早下床跐了鞋走到床后去，瞧那只藏印信的牛皮拜匣，白铜锁好好地锁着，取起一顿，沉甸甸并不觉轻松，走出来笑道："倒没有失掉。"

云杰道："瞧过没有？"

云万里道："锁闭如故，沉重如故，何必开视？"

云杰道："总要瞧过了才放心。"

云万里依言，从床上边找得钥匙，开掉锁，揭开盖瞧时，只叫得连珠的苦。哪里有什么印信，只剩得一块废铁。这一惊非同小可，弟兄两人都各面如土色。

云万里搓手道："罢了罢了，只得自行检举，听抚宪题参。"

云杰道："哥哥丢印，这都是我不好，不该今晚远离他出，倒被奸人得了个机会。为今之计，万万声张不得。兄弟凭着这身本领好歹总要把印信找回来，双手捧与哥哥。"

云万里道："不必勉强，老弟量力而行。可行则行，可止则止。我也不能久待，倘三日内印信不能归还，只有自行检举，还可以减轻罪戾。"

云杰垂头丧气，退归自己房内，筹划了一夜，不曾合眼。到天色微明，翻倒沉沉睡去。醒来时光，已经申末酉初。洗脸吃饭，各事舒徐，恰好天夜。云杰结束定当，打足精神，行起剑术，径向金鸡村杜月海家来索还印信。

无多时早已行到，但见一轮明月照得满村枫树宛如烟笼雾罩。二三灯火，却从疏林中透露出来。云杰收住了剑，宛如初秋梧叶，飘然下堕，恰恰落在杜月海东书房天井中。

杜月海与甘虎儿爷儿两个正在书房中酌酒谈心，陡见有人飞下。

杜月海大惊失色，甘虎儿早横身而前，灯光下认得是云杰，喝问：
"云杰，你来此做什么?"

云杰道："适才道台衙门盗去印信，是你干的事不是?"

甘虎儿道："不错，是我干的，你可怎样?"

云杰道："虎儿，你这么为非作歹，我擒你师父跟前去问话。你目中没有我，难道连师父都没有么?"

甘虎儿道："你休捐出师父来吓人，须知我是不忌惮你的。"

云杰道："虎儿，你要识时务，快将道印双手捧上还我。瞧平日分上，我就一概不与计较。"

甘虎儿道："你休欺人太过，有本领尽管使过来。"

云杰大怒，纵身直取虎儿。虎儿也还手对打，两个人就在书房中放对。云杰使的是猴拳，甘虎儿使的是豹拳。两位英雄，一双豪杰，打到个难解难分。杜月海早悄悄走了出去。

欲知后事如何，且听下回分解。

第二回

小侠单身访巨憝
大令入闹校多士

却说云杰在金鸡村杜月海家跟甘虎儿两个正战得难解难分，忽见一道白光自内而出，直冲自己咽喉而来，大喊一声"不好"，跳出书房。那白光也跟着出来，云杰急忙使出神剑，把白光抵住了。

看官，你道这白光是什么？却原来杜月海见虎儿、云杰两个儿厮打，难分胜负，卸身入内，叫甘小蝶行使神剑，突出助战。小蝶应允，立刻飞剑出战。云杰即用剑抵住，两道剑光在空中盘旋飞舞，宛如两道电光在那里比赛。此往彼来，此高彼下，夭矫变化，不可测度。

甘虎儿见妹子不能取胜，"唻"，放出神剑。兄妹两人，双取云杰。战到半夜过后，小侠云杰只能谨慎自守，甘家兄妹也究难于取胜。云杰大吼一声，挟剑飞遁。回到道衙，丧气垂头，只是叹息。

次夜，又到金鸡村探视，防守严密，竟然无懈可击。

转瞬三日已满，云万里上省见抚院，只得自行检举。抚院见案关遗失印信，实是爱莫能助，少不得据实上闻。

旨意下来："该道疏忽已极，不堪监司重任，着即革职，降为知县，听候浙省差遣。钦此。"抚院宣过旨，云万里谢了恩，退出道班，归入州县班了。

恰值永嘉县丁了忧，抚院就叫云程署理永嘉县知县，吩咐道："永嘉乃温州首县，你到任后倘能缉获盗印人犯，人赃并获，兄弟当替你图谋开复。"云万里感恩叩谢，又到藩臬两署禀见禀辞，随即领凭到任。

到了温州，接了任，即到道、府两衙禀见。本府因万里做过温州道，原是上司，现在倒做了下层，晋接之下，很是谦恭，不敢以上司自居。云万里却恪守礼节，毫无僭越的举止。

接任不到一月，奉到公事，调当帘差。万里十分欣喜，云杰道："哥哥前年升迁，做府做道，都不觉着什么。这回调当帘差，倒这么快活，是何缘故？"

云万里笑道："老弟有所未知，乡会两试，是国家抡材大典，没有凤根的人，断不会逢着。愚兄身逢其盛，怎么不欣喜。"

云杰道："我也随哥哥进场，见见世面，使得么？"

云万里道："闱中例不得携带亲友，老弟必要去时，只好扮作长随。只是有屈老弟，可怎样？"

云杰道："逢场作戏，那有何妨。"云万里应允了。

不多几天，代理官已到，云万里交代清楚，随即起程进省。到了杭州，落了公馆，先到抚院禀见，又到藩臬两署禀见。谒过三宪之后，闲散无事，逛了一回西湖，游了几处名胜。

转瞬月底月初，八月初二是考帘官的日子。云万里穿戴公服，乘轿上辕。巡捕官引入别院，应试的帘官都已齐集。云万里逐一招呼过了，堪堪坐定，抚院踱出来，款曲了几句话，随即入内，就见当差的安设笔砚，送上茗碗。万里与各帘官都各从容就座，遂见巡捕官粘出题纸来。云万里因这一考是无关得失的，信笔挥洒，如题而止。须臾当差的搬齐肴菜，延请午膳。三五人一桌，杂坐闲谈。

一时膳毕，完了卷，跟众人缴掉，联袂偕行。信步游览，看看日色西沉，拱手作别，都各乘轿而回。

这几日闲中岁月，不过同寅互相聚谈而已。初六这日，到藩台衙门赴宾兴宴。宴毕，乘轿入贡院。云杰扮作长随模样，跟着轿后。进了龙门，瞧见两旁号舍鳞次栉比，想到少年时光，初次观场，携筐觅号，何等劳碌。现在乘轿而过，不胜云泥之感。

到大堂住轿，这时候还未分内外帘呢。一时抚院到，吏人唱名。先唱内帘，唱到云万里，并不直呼名字，只唱道"永嘉县"。云万里知道自己分在内帘，内帘官共是十二员。点毕之下，即由本道送入内帘门，就是衡鉴堂。

这座衡鉴堂共是五楹，正面设着正、副两主考座位，两旁设着十二位同考官座位。座位上都各铺张华丽，但是终觉有一种清贵气象，与俗荣浊富不同。云万里在堂后第一层第二房官舍中，安顿了行李。一排官舍，共是七楹，十分宽绰。

一时正、副两主考登堂传见同考官，云万里随众进见。闱中仪注与外面官场不同，相见时只作三个揖，绝无跪拜请安之烦琐。揖毕归座。其时次序未分，混然而坐。正主考从桶内随意拈一签，吏人高唱第几房。副主考也从桶内取一签，吏人唱报某县。这唱着的帘官就起身归到第几房座位，那原坐在位的人，急忙让座。霎时之间，十二房房官都各唱毕，分定房号，于是十二房房官齐都起身，对两主考三揖，退散。

云万里谈锋极健，众房官都来叙谈。说地谈天，到四鼓方散。

初八日是刊印题纸之日，由内监试主政，经四位帘官监督，四面封锁，关防严密。乃请试官命题，饬匠人刊刷。云万里虽在帘内，也不知所出何题，但闻炮声隆然，连轰九炮，知道是开场。每放一炮，知道是一府点毕。结末又轰九炮，知道是封门，一毫关节不通风，真是严密不过。

十一日，正、副两主考传房官登堂阅卷，相见依旧是三揖。但见考卷共分十二束，内收掌送进来。两位主考各于签筒中拈出一签，左边的吏人唱道第几束，右边的吏人唱道第几房，即把两支签并插在束中，由内监试加盖上第几房戳，送与那房官收阅。一时分派定当，各房官就静悄悄坐在衡鉴堂中阅卷。

看官，房官分派到的考卷，总瞧外收掌所进之数，经内收掌分匀送来。此时各房官都在堂上阅卷，鸦雀无声，静悄悄绝无咳吐讲话。阅看佳卷，立时加批呈荐。荐卷由内监试加盖上"某房阅荐"

戳子，进于两主考。两位主考也各于堂上阅卷，取中的取中，黜落的黜落，都在此俄顷之间。可怜场中士子，此时方进二场，还逢人道其得意文字，不知已落孙山之外，真是可怜可叹。

十一、十二派来的卷，每人只有四五十本，终日而毕。到十三、十四卷子就多了，每人派有二百多本。那么在堂上阅不及的，带回房中夜阅。到十八、十九，卷子都已阅定。到二十这日，二、三场卷子都按头场红号分派到来。云万里只取荐过的加评荐上，其余不过点注而已。

果然有事，云万里于十三日在衡鉴堂中，得着一本卷子，誊录得字不成字。因为瞧不清楚，留下预备晚饭后灯下细阅。及至细阅，四百字短文，精悍无匹，三艺一律。十四日呈荐上去。

十五是中秋，正、副两主考来答拜。云万里接见之下，无可攀谈。聊及时事，因言："昨儿呈荐一卷，文字很佳，可惜誊录得多不成字，阅它很费心目。"

副主考道："我也这么说，想来这一个考生总是老师宿儒，不然怎会这么老练。"坐了一会儿，两主考告辞而去。

到二十五日，主考草榜已经粗定，该发刊闱墨的卷子，发交本房修饰。云万里收到三本卷子，那一本短文也在其中。修饰完毕，交于主考。此时闱中有宾主酬酢的事情，主人酬宾，宾酢主，主考与房官迭为宾主。主考送房官扇对，房官必至贶仪。主考官的家丁送房官土宜，也总有赠答，都是第一房领袖的。众房官都有条幅纸扇，互相索书。主考监临提调也都这个样子，并不讲究书法美恶，不过鳞次书写，以志一时之盛罢了。内中两主考用墨笔，内监试、内收掌用紫笔，同考官用蓝笔，五色迷离，有如藻绘。

到九月初六这日，是放榜之期。仁和县知县先来安设座次，中间四个座位，是正、副两位主考，左首是监临，右首是学院。东西八个座位，是藩臬以下各官。十二位房官分坐在东西两壁，西边的专司对读，东边的专司中条。各官都翎顶辉煌，按照座位坐定。榜从第六名唱起，只见正主考发一卷，吏人唱道："某字第几号。"但闻东墙下卷箱砉然一开，一本墨卷取出捧呈主考。主考接来拆开弥封，与朱卷比较无误，送到西壁同考官对读过了，再呈于主考。正主考即在墨卷填写中试名次，副主考在朱卷填写中试名次，再送到东壁同考官书写中试条，填明年貌籍贯。正主考按着墨卷，核对中条，用朱笔点定，吏人捧条，呈与各官阅过，向外站定，高唱"中试第几名举人某某"。宣讫之后，即把中条发给填榜的题名榜上。写榜的人在檐前卷棚下，堂上众官都能瞧得见。按名填写，写至榜尾才题前五魁。此时灯火灿然，但见吏人频频易烛，照彻上下。题毕，监临以下各官随榜送出。

次日，云万里检点落卷，交于内收掌，随同众房官出闱回寓。

初八日起鹿鸣宴。这一科，云万里房中，中了九人。宴毕回来，各新贵都来拜座主。那做短文的姓封，年只二十一岁，余杭人氏，翩翩少年，倜傥非凡。云万里殷殷垂询，封举人亹亹而谈。师徒两个相见恨晚，问问这样，谈谈那样，才知封家是世代为医。封举人的老子封迪吾极精内科，为浙西名医魁首。

云万里大喜，遂道："尊府既精医学，好极了，我有一事要请教。"

封举人道："什么事，门生总知无不言，言无不尽。"

云万里道："误中蛊毒，不知也有药好解么?"

封举人道："蛊毒非常厉害，误中了就要迷失本性。门生粗解岐黄，未精奥义，倒未敢妄对。待家去问过家父，问着了，门生亲到永嘉禀复。"

云万里道："如此，我在衙中恭候是了。"

封举人去后，云万里笑向云杰道："可谓不虚此行。"

云杰道："我因不曾见过乡试情形，跟哥哥来瞧瞧。不意闷了这几日，险些闷出我病来。现在得了解药，也就罢了。"

云万里道："事情完了，咱们上三大宪辕禀辞了，也就回去。"

欲知后事如何，且听下回分解。

第三回

云万里智勘盗案
胡禄堂风鉴人豪

话说云万里到抚藩臬三衙禀辞，抚藩两宪倒都不说什么，臬宪传见之下，笑道："云万翁，你却走不得，还有事相烦，我正要叫人来请你呢。"

云万里道："宪台大人有何着委？"

臬台道："钱塘出了盗案，该事主嫌本官勘案不公，讦道为窃，来辕请委干员勘视。兄弟想这件事非万翁不可，请万翁且缓回任，好不好？"

云万里道："谨遵宪命。"臬台大喜，当面给了札委。

云万里带了云杰立刻乘轿到钱塘县拜会。钱塘县置酒相待。膳毕，传齐书吏衙役，叫跟随云老爷前往勘案。当下云万里乘轿而行，云杰紧步跟随，吏役人等前呼后拥，好半日才到。

事主施监生、地保赵胡子接入施姓家中。云万里传上事主，问了几句话。施监生供称强盗七八人明火执仗撞门而入，翻箱倒笼，劫去衣饰一千三百多金。

云万里道："'七八人'到底是七人还是八人？"

施监生道："黑夜遭盗，心慌意乱，没有瞧清楚，大致是七八人呢。"

云万里道："'明火'是拿的什么火，'执仗'是执的什么仗？"

施监生道："为首两人各持一个油捻，后面的人都执有刀子、铁

132

尺之类。"

云万里叫吏人记了供，又问了地保几句话，遂命事主引路，入内勘视。

勘视既毕，施监生又禀道："左右邻舍都愿出来作证，请公祖传问。"云万里点头，立传左右邻舍问话。

右邻王老实是个怕事的人，供道："小人本经纪为生，沿街唤卖，做了一整天生意，辛苦不了，晚上只是熟睡，不曾听见。直到天明起身，才听人家说隔壁施家夜来被盗。"

云万里又传左邻陈监生上来询问。陈监生供称夜间听得刀杖之声，很是厉害。

云万里道："什么时候听得？"

陈监生道："三鼓时候。"

云万里即命两邻具结，陈监生道："右邻口供不符，可怎样？"

云万里道："各出各结，碍什么？"

不多会子，两张结送进。云万里接来一瞧，见陈监生结上，添了一句"惊见火光一片"六个字。云万里心上便有些不耐烦，遂道："你只供闻刀杖声，不曾说见火光，如何横砌上这一语，给我照原供换过一张结来。"叫一个役人同他去换结。

候了好一会子，役人空手回来，禀道："陈监生高坐铺中，大言道：'结偏不换，听官如何，叫他同来。'又昂然不睬。请老爷的示，该如何办理？"

这时光，钱塘吏役都旁立伺候，瞧见云万里这么受忤，都很诧异。云万里暗忖：吏役林立，受了他，如何对这堂下众人；不受他，必致激生事端，且将控余扶同讳盗了呢。踌躇了半晌，忽地心生一计，传事主上来，向他道："尔果然是真遭盗案，可惜被陈监生一结所误，转成虚事了。"

施监生不解，云万里道："言恐不详，判给汝看。"遂取朱笔在结上判道："事主原呈油捻两个，试想两个油捻，只能屋内照亮，何得邻舍人家看见一片火光？该生砌此一语，不过为油捻添一证据耳。

孰知措语过当，反觉谎不近情。该房将此结存卷，毋庸该生画押。"

判毕，向施监生道："陈监生以其结未画押，疑余收之不可，退之不能。余这么一判，尽可入卷。将来上官见了，亦如铁案矣。尔恃为事主，疑官不能奈何事主之邻，所以串出来窘余，余又何曾受窘？你今夜姑宿在陈监生家，叫人在你屋里燃油纸捻两个。你若瞧得见火光，我的判语就不对了。"施监生瞠目不语，云万里立命回钱塘县衙，于是乘轿而行。

一时行到，钱塘县接着。云万里说起具结的事，钱塘县大赞判笔敏妙。万里上臬辕销差，臬台很为嘉许，回寓收拾行李，即日起程，往温州进发。在路无话。

这日，到了永嘉，代理官交代清楚，自上省城销差。云万里休息一宵，检阅各种案卷，见有陶举人控告妹夫夏禹谟失性胡行凌虐发妻一案，情节十分怪诞，探索了一会儿，拍案道："此案十分离奇，十分有味，倒不能不细细研究一下子。"

原来永嘉望仙屯有一家富户，姓夏名禹谟，表字拜昌。田连阡陌，屋舍连云，真是个巨富。这夏拜昌本从陶举人为师，延聘在家教读。陶举人仰慕他家财豪富，就把幼妹许之为妻。夏拜昌成婚之后，因族大丁单，连娶四妾，都是绝色。夏拜昌有着偌大资财，拥着娇妻美妾，真乃人世第一个福人。偏偏美中不足，男果女花，都没有见过。夫妇虽都在少年，有钱人盼望儿女的心，比较寻常人为切。

这一日却中来了一个相面的，断出来十分灵验，屯人诧为神奇。夏拜昌听了，便也要相看，叫家人请进那相面先生来。及至请进，大吃一惊，只见那相面的年纪不过三十岁左右，却生得浓眉大眼，狮鼻虎口，满脸横肉，一身杀气，状貌很是凶恶。

夏拜昌道："能得先生极精风鉴，善决休咎，专诚请教，务望直言毋隐。"

相面的道："小子粗解麻衣，略知相理，不过到处蒙士绅称许，誉为神相，其实也不过依书真讲，并没什么神奇。"

夏拜昌请问姓名，相面的道："小子姓胡，名禄堂。虽闯江湖，未染习气，并无某某子某某山人名号。"

夏拜昌道："足见高明得很，但不知相法古亦有征么?"

胡禄堂道："如何没有？如刘先主垂手过膝，有三分天下之征；汉高祖大度美髭，开四百余年之祚。秦侩当朝拜相，眼有夜光；管辂抱疾夭亡，睛不守舍。神放隐居林皋，希夷相二十年后当显贵；李斯身为要官，唐举言一百日外秉国钧。龟形鹤息，终军素襦而振声名；燕领虎头，班超投笔而成功业。陈平有观玉之观，身居九鼎；卫青有覆肝之额，禄食万钟。尧眉有八彩，舜目有重瞳，耳有三漏。大禹奇形，臂有四肘，或汤异体。周公两手反握，文王四乳垂胸，孔子河目海口，汉高胸斗准隆，明珠出海。太公八十遇文王，火色鹅眉；马周三旬逢唐帝，神如秋水。崔宗之潇洒而号酒仙，清于寒冰。李太白秀曜而居翰苑。房元龄凤目龙睛，三台位列；唐李绛珠庭日角，五品荣尊。勾践长颈鸟啄而亡身；翼德环眼虎须为上将。潘安号曰美丈夫，身膺显臣；何宴称为传粉面，职列宰官。李牧神光射人。重耳骈胁兴霸，鹤形龟息；吕洞宾得道成仙，龙脑凤睛。郭汾阳出将入相。吕望耳毫红细，贵寿无双。石崇鼻孔圆收，富丰第一，学堂既萤。岑文夷词章立显，兰廷已满。范仲淹相业堪嘉。廉颇竖天双眼尾，襄王当胸五花纹。都是有书有证，历历可考的。余如楚虞姬身似脂凝，唐丽娟气芳兰馥，汉吕后阴毛过膝，桃叶媚眼横波，女子有异征，可断贵贱。"

夏拜昌见胡禄堂如是渊博，异常钦佩，就请他看相。

胡禄堂举目瞧视了一会儿，连称好个相貌。夏拜昌问他好在哪里，胡禄堂道："面有三停，自发髻到眉为上停，自眉毛到准头为中停，自准头到地阁为下停，这三停最要平正。相书上交代，'三停平正，终身衣禄无亏'。现在尊驾上中下三停均匀平正。棱称五岳，额角为南岳，地阁为北岳，额旁棱骨为东、西两岳，鼻为中岳。这五岳最要丰隆，互相朝拱。相术上交代，'五岳相朝，一世资财足用'。尊驾的五岳，又是相朝的。天庭最要高耸，尊驾的天庭，何等高耸，足征祖上根基不薄。地阁最要丰隆，尊驾的地阁，这么丰隆，足保晚岁风光尤妙。两眼梢的部位，叫作奸门，关系妻妾。此部丰润无纹，定得妻贤妾淑。就可惜额下有横纹三条，这地方名叫天中，天中现横纹，当应少年丧父。眼下名叫泪堂，此部肉彩不丰，难免子息艰难。眉心部位名叫印堂，印堂气色也不很好。'气色'两个字最要分看，隐现在皮内的叫作气，露现在皮外的叫作色。现在尊驾印堂色青气滞，印堂为心之外部，最是紧要。目下节交立夏，最要光明。印堂青滞，须防灾祸飞来。"

夏拜昌不禁凛然，又伸出左手来请教。胡禄堂细视一过，开言道："手软如绵，一世禄食丰足。指为龙，掌为虎，龙虎最要相配。尊驾的龙虎，恰好相配。掌中分为八卦，掌外下为乾，上为坤；掌内下为艮，上为巽；中指下为离，掌根为坎；掌内为震，掌外为兑。乾起得祖宗福荫，坎起有大好根基，艮起田宅旺，震起好贤妻，巽起丰财帛，兑起多奴仆。尊驾的掌，各部都起，那就不须说了。并且坎、离有纹相通，坎为水，离为火。水火既济，禄食无忧。"

相毕，又道："尊驾眼下泪堂不丰，掌中坤宫抵陷，这就是丁财不能两旺的缘故。"

夏拜昌道："可有挽救的法子没有？"

胡禄堂道："这就要看女相了。男相子息艰难，女相宜多男子，那就可以假借。"

夏拜昌道："那么我就叫贱内和小妾们出来，请先生一看如何？"

胡禄堂道："使得使得。"

夏拜昌进去之后，好一会子才出来，道："请先生内堂坐吧。"

胡禄堂起身，向夏拜昌道："请，请。"

夏拜昌道："如此引导了。"当下陪了胡禄堂进内。

进了垂花门，经过穿堂，直到内客堂。夏拜昌道："这里是了，请坐请坐。"

胡禄堂见几椅桌凳都是水磨楠木的，十分朴素古雅，随便坐下。小厮泡出茶来，接杯到手，要饮还未饮，就见三四个丫头簇拥出一

136

个美人儿来。但见这个美人儿好一副相貌，生得面如满月，目似明星，鼻如悬胆，口似含丹，行步如云云出岫，吐语如流泉走海，不禁暗暗喝了个彩。

夏拜昌道："这就是贱内，请先生一相。"

胡禄堂抬身，先称了一声"大奶奶"，然后细细地相视。先瞧面，后瞧手，瞧过开言道："大奶奶的相是好极了。"

欲知胡禄堂说出何话，且听下回分解。

第四回

中蛊毒夏生迷本性
准状祠云令出朱签

话说胡禄堂相过陶氏，开言道："九美完备，难得难得。头圆额平是一美，骨细皮滑是二美，唇红齿白是三美，眉长目秀是四美，指纤掌厚、纹细为丝是五美，语小声圆、清如流泉是六美，笑不见媚、口不露齿是七美，行步详缓、坐卧娴雅是八美，神气清和、皮肤香洁是九美。照大奶奶这副相，真是有福之女。定卜子贵孙荣。"

夏拜昌道："这么说来，内人是宜男的了？"

胡禄堂道："宜男之至。"

夏拜昌道："先生瞧内人几时可以受孕？"

胡禄堂道："大奶奶贵造是二十有二，二十二在相家只作得二十岁。为什么呢？大奶奶生日是在九月十一，要到今年九月十一日，才二十一岁足，到明年九月十一，才二十二岁足。目下只作得二十岁有零，仍作二十岁看，行运在左右两转角。现在两转角紫气腾涌，以相论相，喜期已至，明年今日，定抱麟儿。"

夏拜昌大喜，索性叫四个姨奶奶出来，都请胡禄堂相过，都是好的。胡禄堂见夏拜昌这么大的家资，这么娇的妻妾，陡地心起不良，乘人不防备，从怀中取出一个小小鼻烟壶，倾出些些药末，用指甲弹在夏拜昌的茶碗里。夏拜昌因与妻妾们讲话，绝未觉着。

一会子，陶氏同了四个姨奶奶入内，胡禄堂举杯向夏拜昌道："请喝茶。"

138

夏拜昌不知就里，接杯就喝。不喝下万事全休，才一喝下，陡见他一个寒噤，浑身震荡起来，顿时间就改了性儿，眼中瞧出来，就只有胡禄堂最为亲热，是世界上第一个心腹人。

看官，原来胡禄堂鼻烟壶中藏的也是蛊药。夏拜昌自从服了蛊药之后，性灵已经失去，家中大小事情，都与胡禄堂商议，胡禄堂发出的话，比了圣旨还灵。请胡禄堂在家中，充当账房，财政上收入支出一切事情，都由他一个儿专主。

后来胡禄堂又想出一个法子，说夏拜昌相上无子，亏得历年阴功积德，感动上苍，卧蚕上已现有乱纹，可以生有假子。"我感拜昌相待之厚，甘愿借给他种，代为生子，以延夏姓一脉。"偏偏夏拜昌奉若神明，立刻允从。偏偏这几位姨奶奶都不曾丧心病狂，都不曾寡廉鲜耻，抵死不肯听从。夏拜昌使尽手段，威逼呀，利诱呀，终是不济。后来胡禄堂想出一个法子，把蛊药暗下在食物内，叫夏拜昌拿给她们服食，果然服下之后，就变了样儿，都服服帖帖地遵从恐后。四个姨奶奶，一个个地失了节，胡禄堂倒左拥右抱，恣意淫乐。

偏偏这淫贼心贪不足，得了陇，再望蜀，妄想蛊惑陶氏。陶氏如何肯依从，胡禄堂仍用蛊药下在食物中，叫夏拜昌送进去。也是合该有事，陶氏瞧见丈夫志志诚诚送进一碟百果糕来，因才吃过东西，接来搁着。

夏拜昌道："这糕是一家新开茶食铺做的，我尝了味儿很不差，你试尝尝。"

陶氏道："我不饿呢，搁着停会子吃。"夏拜昌不敢催逼，退了出来。陶氏恰为了件什么事，也走了开去。

陶氏身旁有一个贪嘴丫头，名叫春桃的，走进房来，一眼瞧见了桌上一碟百果糕，恰恰没人在房，是偷吃东西的绝好机会。从碟子中取出糕来，往口中只是送，风卷残云，何消半刻，一碟百果糕早已完结。

正这当儿，陶氏进房，瞧见春桃呆呆地正发怔，唤她也不应。

陶氏道："春桃，你这丫头变了样子了么？"

一语未了，夏拜昌急匆匆进来。春桃一见拜昌，顿时露出说不出的亲热，迎着叫少爷，问长问短，问个不了。陶氏瞧见春桃举止异常，很是怀疑。

夏拜昌问道："方才那一碟子百果糕你吃完了没有？"

陶氏回头，见桌上只剩个空碟子，回言："我不曾吃呢。"

夏拜昌道："你不曾吃，那必定是春桃偷吃了。"

一语提醒了陶氏，急问："你这糕谁叫你送进来的？"

夏拜昌道："这个我可不能告诉你。"

陶氏想到丈夫原是好好的，自从那日相面之后，忽地变了性，把胡禄堂留在家中，当作心腹人，言听计从，凭你如何劝他，总是不听。夏家的产业，差不多变了胡禄堂的。最奇怪不过，是硬逼自己妻妾干那无耻勾当。起初四个姨奶奶也还像个人，不知怎么隔了不多时，都会听从他的乱命起来。从今儿春桃看起来，这一碟百果糕必有大大的缘故在内。从今以后，在食物上倒不能不留心一二。

从此之后，陶氏件件留心，般般注意。胡禄堂计无所施，就逼迫夏拜昌把她虐待。陶氏不堪其虐，逃回母家，诉知哥哥陶举人。陶举人大怒，立刻撰状投县控告。代理官准词之下，随即交卸。

云万里细阅案卷，不禁大起疑心，即命请二老爷。

一时云杰进来，万里即把状词给他瞧看，遂道："此案情节离奇，烦老弟到望仙屯一探。"云杰应诺，立刻改扮行装，向望仙屯而去，直到黄昏时候才回来，进见万里。

万里问探访的事情如何，云杰道："望仙屯离城有二十多里，屯中也有几家屯店，我恰好遇着夏家一个家人，就在一家屯店里喝酒细谈。才知夏拜昌家的家政，都由胡禄堂一个儿做主。夏拜昌本来很慷慨的，现在胡禄堂管了家，锱铢必较，悭吝异常，下人们无不怨声载道：'主人却把妻妾都让给胡禄堂，大奶奶不肯依从，主人就把她十分虐待。下人们都很不服气，听说陶家新老爷已经进城告状了去。但望官法如炉，狠狠把胡禄堂办一下子。'我问他：'你们主人与胡禄堂萍水相逢，怎么会如此相信，内中可有什么特别缘故？'他们回说也不很仔细，大概也是前世缘分。我所探不过如是。"

云万里道："照此说来，这胡禄堂也是放蛊的，绝无疑虑。明日须出朱签把这一干人立提到案，问一个明白。"

次日清晨，云万里标下朱签，命干役徐勤、姜德把胡禄堂、夏拜昌即夏禹谟拿来，限本日申刻拿到，不准延误。徐勤、姜德当堂领了朱签，立刻出衙，带了两个伙计，向望仙屯进发。公事紧急，不敢怠慢，脚不停步，午牌时候，已到了望仙屯。

徐勤是老公事，先去找寻本屯地保冯松泉。冯松泉见是县衙上差，宛如州县官见了督院委员，不敢怠慢，殷殷勤勤地接待。

姜德道："我们奉老爷面谕，领有朱签，下乡拿人，限时限刻，公事十分紧急。你是地保，这一个门口却要你领我们去的。"说着，取出朱签来给冯松泉瞧。

冯松泉道："夏拜昌是本屯富户，我领上差去是了。"

徐勤道："事不宜迟，我们就走吧。"于是冯松泉引着徐勤、姜德并两个伙计径投夏家来。

霎时走到，只见墙门高大，气象巍峨。踏进墙门，家人瞧见，早都起身询问。冯松泉道："县里上差到了，快请你们少爷出来。"

徐勤道："夏禹谟、胡禄堂都在家里么？"

家人回称都在，徐勤道："都在家中就是了。"说着，一行人早都到了客堂。

姜德道："既在家里，不必多讲，快叫他出来。"两个家人飞一般入内报信。

一会子，听得破竹筒似的声音在隔室问道："谁找我，找我有什么事？"即见一个浓眉大眼、狮鼻虎口的汉子大踏步闯出来。

众家人都道："胡禄堂相公出来了。"

徐勤一见，迎着道："你就是胡禄堂么？"

胡禄堂应声"是的"。

徐勤向伙计一努嘴道："上家伙。"伙计抖出铁链，只一套，早把胡禄堂锁住。胡禄堂大惊失色，问有何事。

徐勤道："老爷要你，什么事到了衙门自会知道。"

夏拜昌也恰走出，姜德问明不误，遂道："夏相公，有人控下你，县里老爷传你去。"遂取出朱签，给夏拜昌瞧。

胡禄堂道："上差放个情，松了铁链，我跟你去是了。"

徐勤道："上头的公事，可与我无干。"

胡禄堂向夏拜昌道："拜兄，快取十两银子来，送与这四位上差。"

夏拜昌应了一声，果然入内取出十两一锭银子来，双手赠予徐勤。徐勤接到手掂了掂，笑道："多谢夏相公了。夏相公，你有家务事情，快快料理料理，公事紧急，就要请你动身了。"

胡禄堂道："上差，求你把铁链松一松，我总不会逃走的。"

姜德向徐勤道："老勤，你办公事办老了，几曾见过通只十两一锭银子就松掉铁链之理，从来没这么便宜呀！"

徐勤道："听见么，不是我不肯，我同伴不答应，叫我也难。"

胡禄堂只得叫拜昌又取出了十两来，姜德还不肯。徐勤道："老德，好了，看夏相公分上，放点子情分吧。"徐勤做主，替胡禄堂松去了铁链，押着起行。

徐勤同一个伙计打头，夏拜昌、胡禄堂居中，胡禄堂同一个伙计押后。地保交代了人，自去干他的事了。

这里一行六人出了望仙屯，径向府城进发。走走歇歇，歇歇行行，到申末西初，早已行抵县衙。徐勤派伙计看住夏拜昌、胡禄堂，自己同了姜德，持朱签进了签押房来销差。恰好云万里正在签押房看公事，听说人犯拘到，心下大喜，把该差着实奖励了几句，遂命内丁传谕出去，晚饭后升座二堂审问，着该房书吏、该差人等，齐集伺候。

一时夜饭已毕，二堂上书吏衙役都已齐集，案上点起两盏明角灯，签筒朱墨笔砚，排列齐备。两旁小板、大杖、夹棍、木枷各种刑具，齐齐整整，好不威严。

霎时家丁出传："老爷升堂了。"两旁役人齐声高喊堂威，连喊三遍，真是天地震动，岳撼山摇。云万里翎顶公服，坐出堂来。家丁献上茶，一个家丁剪去明角灯中烛花。云万里手执朱笔，在夏禹谟名字之上点上一个朱点，开言道："传夏禹谟。"两旁衙役连呼"带夏禹谟，带夏禹谟"。遂见原差徐勤抢步下堂奔了出去。

一时带上夏拜昌，衙役齐呼"夏禹谟带进，夏禹谟带进"。只见夏拜昌斯斯文文向云万里拜揖，道："公祖在上，生员夏禹谟有礼。"

云万里点了点头，遂把他仔细打量一番。只见他眉清目秀，齿白唇红，好一副相貌。

欲知后事如何，且听下回分解。

第五回

云万里审明蛊药案
封棣华送来神效方

话说云万里将夏拜昌打量一会儿，遂道："你是夏禹谟么？"

夏拜昌应道："生员是夏禹谟。"

云万里道："你多少岁数了？"

夏拜昌道："生员二十三岁。"

云万里道："作何生理？"

夏拜昌道："在家闭户读书。"

云万里道："本县提一个人，你可认识？陶景潜是你何人？"

夏拜昌道："陶景潜是生员的大舅子。"

云万里道："你大舅子平日跟你要好不要好？有仇没有仇？"

夏拜昌道："回公祖，生员原本从游过大舅子，大舅子原本是生员的师父，皆为生员有一长可取，才做这头亲事的。大舅子跟生员因此异常要好，绝无仇怨。"

云万里道："你大舅子跟你是毫无仇怨？"

夏拜昌回了一声"是"。

云万里道："你妻子陶氏为人可贤惠，平日有没有失德的事？"

夏拜昌道："生员妻子人很贤惠，平日并无失德之事。"

云万里道："据你供词，陶景潜跟你绝无仇怨，陶氏为人更无失德，那就可见所控不诬了。本县问你，你既读书明理，你妻子既毫无失德，你为什么把她虐待，逼迫她干非礼之事？现有你大舅子把

144

你告在本县案下，你到底听信了谁的指使，这么的丧心病狂？照你这种行径，实属有玷士林，本县把你行学详革也不为过。姑念你一时糊涂，究属受人之愚。你倘然从实供认，还可从宽发落。讲来!"两方衙役齐声催"快讲"。

夏拜昌道："公祖明鉴，生员素性和平，待到妻子，更属恩至义尽。"

云万里道："且住，你某月某日把陶氏拖住殴打，打得鼻中流血。某日强逼陶氏吃有毒的面饼，陶氏不肯吃，你就绝她的饭食，这些事难道都是诬你的不成?"夏拜昌哑口无言。

云万里道："你到底为了何事把陶氏这么地虐待?"

夏拜昌停了半晌，才道："实因陶氏不肯听话，有违三从之意。生员不过将她略略管教，不敢虐待。"

云万里道："你叫她干什么，她不肯听从?"

夏拜昌顿住了口，不能说话。

云万里道："你不说，本县也早明白。我问你，你家中为什么窝藏着歹人?"

夏拜昌惊道："生员素来安分，并不敢窝藏歹人。"

云万里道："胡禄堂是个江湖匪徒，你把他留在家中当作上宾看待做什么?"

夏拜昌道："胡禄堂是天下奇士，生员遇着他真是平生幸事。"

云万里道："你还执迷不悟，可怜可怜。本县知道你着了人家蛊也。"

遂命带胡禄堂。两旁差役一迭连声喊"带胡禄堂"，该差疾步下堂，霎时早见胡禄堂铁锁锒铛带上堂来。两旁役人接着高呼"胡禄堂带到，胡禄堂带到"。

胡禄堂上堂，开去锁链，向上跪倒。云万里问过姓名、职业，遂令他抬起头来。胡禄堂抬头，只见生成一副凶恶之相。云万里道："胡禄堂，你既然做了相面，理应闯走江湖，自食其力，为什么逗留本地，蛊惑士人，种种作歹为非？难道不知道有王法么?"

胡禄堂道："相士挟术遨游，自问不曾违条犯法。蒙各地士大夫瞧得起，倾盖交欢，也是人情之常，不知公祖何闻何见，把我捉拿到案，缧绁非罪，真是我的晦气。"

云万里见他咬文嚼字，不禁恼起来，喝道："江湖棍徒，胆敢巧语花言，唐突本县。你说人情，我知天理，你干的事哪一件稍有天理！左右，给我掌嘴！"

两旁答应一声，早走过两个役人来，一个执住手，一个扭住辫，皮巴掌一五一十地奉敬，一气打了三十个巴掌，问他："再敢自称相士，称本县公祖么？"

胡禄堂连称："小的不敢，大老爷开恩。"

云万里道："胡禄堂，你在夏禹谟家中干点子什么事，从实讲来，本县还好开辖你。"

胡禄堂道："小人因夏拜昌好意相留，住在他家，帮同料理家务，实不曾干犯王法。"

云万里道："夏禹谟没有认识你之前，好好一个读书君子。自从认识了你，就变了性，丧心病狂，所干事情跟从前大不相同，你到底用什么妖法，把他蛊惑得这个样子？况且你是个相面的，料理家务也非你所长，你竟去掉相面本业，帮人家料理家务，倘非有利可图，你哪里肯干？即使无利可图，你丢掉自己本业，干别人家的事，也属不安本分。你到底用何妖法，把夏禹谟蛊惑得丧心失性？讲来！"

胡禄堂力白全无恶意，万里向夏拜昌道："夏禹谟，你与胡禄堂认识之后，胡禄堂叫你所干的事，你可从实诉知本县，本县还能原谅与你，把胡禄堂从轻办理。你若畏首畏尾，本县有权力把胡禄堂杖毙阶下。你跟胡禄堂要好时，快快直说！"

夏拜昌到这时候，真是霸王逼到乌江口，奈法奈何，只得从实招供，一一诉知。万里即叫胡禄堂当堂对质，胡禄堂还是抵赖。云万里大怒，喝令用刑，责打了二百小竹板，还是不认，吩咐鞭责藤条。走过四个役人，左右开弓，一边一个，执住了手，那两个各执一条藤鞭，一起一落地鞭责，随打随喝报数目。打到四十下，已经皮开肉绽，再四五下，就见血肉横飞。胡禄堂连称"愿招，愿招"，云万里即令住了鞭责。

胡禄堂穿上衣服，供称因见夏姓巨富，见财起意，暗下蛊药，图谋钱财不讳。

云万里道："你谋他财产已经够了，为什么再淫乱他的闺阃？"

胡禄堂道："小人实是该死。小人因精于相术，瞧见夏拜昌额下司空部分，直至眉心印堂，色青气滞。又见他眉梢之外现有黑痣，此痣法当破财。他年正二十三岁，照相家扣算，只作为二十二岁，行运恰在司空部分。此部色青气滞，小人知道他今庚行运不利，才下蛊药，逼他几个钱。又见他眼梢鱼尾奸门部现有白色，鱼尾奸门为妻妾宫，此部白色，不遭刑剋，定应妻妾有外遇，小人才敢萌出异想，用蛊药惑他的四妾。好在他的正室大奶奶不肯听从。"

云万里道："原来你这厮是挟术行奸，不是挟术行道。本县问你，你这蛊药是否是自己合制的？"

胡禄堂道："小人不曾合制，是出钱买来的。"

云万里道："你向哪里买来的？"

胡禄堂支支吾吾，不肯实说。云万里又要用刑，胡禄堂只得说出是向金鸡村杜月海家购来的。

云万里叫该房书吏录了口供，着胡禄堂画了押，遂道："胡禄堂，本县与相法亦略知一二。你既精于此术，可曾相过你自己的面貌？你的财帛宫，天仓、地库、金甲、金匮、井灶各部，可是载得住财的么？你眼形三角，火色贯睛，山根横断，鼻孔朝天，满脸横肉，声若破锣。现在天中旁之天狱、印堂旁之刑狱都有竖纹。生就凶恶之相，眼见牢狱之灾，不肯修心补相，还要作恶多端。本县若不将你尽法惩治，后之人必要疑到命相无权。"遂命把胡禄堂钉镣收禁。夏禹谟具结悔过，交保释放。胡禄堂口头求饶，云万里只是不理，遂判监牌收禁讫。夏拜昌的悔过结也写就了，云万里瞧过，遂令画了押，发交捕厅暂行看管，等候亲族来衙具保。

147

退堂进内，即与云杰商议拿捕杜月海之策。云杰道："拿捕杜月海不难，难的是甘虎儿、甘小蝶兄妹两人在那里保护，都不是好惹的。"商议了好一会子，没有善策。

次日，云万里正在签押房办公事，外面送进一个手本来。云万里接来一瞧，见写着"受业门人封仪顿首百拜"，大喜道："棣华到了，快请快请。"

原来这封仪就是云万里新收的门生余杭举人，其父封迪吾是浙江名医。当下家丁引进封举人，见礼已毕，云万里道："老弟便道过此呢，还是专程见访？"

封举人道："门生专程来给老师请安。前日老师吩咐的话，门生谨记在心。回家之后，禀明家严。家严说解救蛊毒，方子虽多，都不很有效。只先曾祖考亭公留下一方，神效异常，百试百验。但是此方经考亭公毕生研究所得，子孙珍藏秘传，已经数世，从未敢轻易泄露。现在一因老师的德望，家严久有所闻；二因门生亲受栽培，受恩深重，为此将历代珍藏的家传秘方叫门生录出，专程送来，不敢差遣家人，就怕路途有失。"说着，探怀中取出一个信封，双手呈于万里，道："这就是解救蛊毒的神效秘方。"

云万里大喜，退去封套瞧时，只见上写着"神效吐蛊散，白矾、马兜铃根、桑枝汁、建茶、刺猬皮炭、蒜汁、土常山、败鼓皮炭、甘草节、雄黄、鸡翅下血（赤雄），右共十一味，各等分，研为细末，每服五分，以吐为度。按周礼，有秋官庶民掌除蛊毒者。蛊之为害，由来久矣。其名有五：所谓蛇蛊、蜥蜴蛊、蜈蚣蛊、蜣螂蛊、草蛊是也。其法以诸蛊同畜一器，任其互相吞啖，存者即以为蛊。中其毒于饮食中，能蚀人脏腑，发症难以名状，缓治即无生理。千百年来，大抵皆淫乱之俗，及妄图福利者之所为，故其害于今犹未泯也。然有解蛊之法，能令人不至于死地者，考古治法，初中蛊者，当越之使吐，去尽恶物，可不致死。余故采择古人解蛊效验药饵，配合成方，名曰'吐蛊散'。方中用雄黄解五蛊之毒，刺猬制五蛊之神，蒜汁纯阳，制五阴之毒，桑汁杀腹内蛊，专制蜈蚣，赤雄鸡翅下血，入血而性升，善祛伏风，故解蛇蝎蜈蚣之风毒。败鼓皮炭以其久鸣而败，能令病人自言造蛊者之名。土常山出天台，性凉味甘如蜜，岭南人呼为'三百头牛'。马兜铃根味苦能吐五蛊，草蛊之毒，非此不除，岭南人呼为'三百两银'。甘苦同行，必发吐也。白矾出闽中北苑，性寒味苦，治热毒苦涩，寒热相佐以行，当发吐也。常山、兜铃、白矾、建茶皆攻毒涌越之品。再以甘草载引于上，则无有不倾囊而吐者矣。考亭谨识。"

欲知云万里有何举动，且听下回分解。

第六回

审痰涎棣华辨蜈蚣
运奇谋万里救双侠

话说云万里见了神效吐蛊散秘方，向封举人再三称谢，一面办酒接风，一面亲把十一味药录出，差云杰到药铺配药。

封棣华瞧见，就道："回老师，方中有几味药品须要自备的。桑枝汁、蒜汁、赤雄鸡翅下血，这三味是不用说的。就是刺猬皮炭、败鼓皮炭，药铺中也没有的。并且桑枝很难取汁，法须把鲜桑枝截下尺许长，浸在清水中，用炭火炙出汁来，两头盛以瓷碗，积少成多，听用。"云万里立传家人依法去办。

师生两个把酒谈天，谈谈诗文，谈谈时事，把夏禹谟一案说与封棣华知道。封棣华道："老师真是民之父母，得老师宰治，一方人民之福。"

云万里道："什么父母子弟，我也无非求我心之所安罢了。"

当下，云万里问封举人道："老弟府上走得出么？据我意思，尊大人康健如常，吾弟似不妨暂离膝下，小衙清寂，我想屈留吾弟在此，当一个幕友，未知尊意如何？"

封棣华道："老师厚意，门生得待老师可以时时请益，门生也非常欢喜。但是家严在家悬望，才要回去禀明一声，务求老师原谅。"

云万里道："我看老弟也可以不必回去，只消写一封信回去就是。这一件事谅尊大人总也没什么不愿意。"

封举人见云万里一片诚心，也就应下了。云万里大喜，立刻备

150

了聘书关约，延请封举人入幕。

不多几天，刺猬皮、败鼓皮都办到，煨做了炭。又办到桑枝，炙出汁来。又捣成了蒜汁。赤红雄鸡更是现成。先把雄黄等各药研得极匀极细，阴着候干。

此时夏拜昌已经亲族来衙保出，云万里道："吐蛊散合成了，但等阴干之后，棣华，我与你同伴下乡，到夏禹谟家，解救他一门六口的蛊毒，瞧瞧这药散的神效。"封棣华应允了。

过不到两日，药末已经干燥，研成细粉，藏在瓷瓶里。云万里非常高兴，约了封仪、云杰，只带得两名家丁，青衣小帽，徐步出门，径向望仙屯而来。在城市住久了，一到郊外，瞧见平畴绿野，流水小桥，眼前顿觉一清。

云万里道："睹此天然野趣，几自忘身为风尘俗吏了。"

封仪道："一经这野外清气，顿时扑去俗尘三斛。"

谈谈说说，行路不觉疲劳，眨眨眼，早到了望仙屯。才入屯口，早有两头黑狗，迎着乱吠。封仪胆怯，便不敢上前。两个家丁便蹲身取拾土块，飞掷两犬。这两条狗一边避让，一边叫，引得阖屯的狗都跑出来乱叫，共有十多条。好似屯中知道县老爷下乡，狗团体特地开着欢迎大会欢迎似的。这"喤喤喤"一片吠声，顿时引得屯中人都出来瞧看。村男乡妇瞧见万里等衣服齐楚，脸上都现出惊诧的样子。

家丁喝问："夏禹谟家在哪里？"

屯人不很懂官话，都白瞪着两眼呆看。

云杰道："不必多问，那所白粉墙大宅子，想必是不错的。"说话时早到了那里。

云杰叫问："这里可是夏家？"有三五个家丁在院场柳荫下抹骨牌，听见有人叫问，便有一人迎来询问。云杰说了姓名，那人大惊，飞步入内通报。

云杰道："今儿进了西屯口，顿觉生疏了许多。东屯口还有两爿屯店，我前儿来此，就进的是东屯口。"

一语未了，夏拜昌早仓皇迎出，开言道："不意公祖降临，真是辉生蓬荜。请里面坐。"

让到花厅坐定，庄客送出茶来。夏拜昌亲自接来，双手奉客。云万里道："兄弟今儿奉访，是有一件要事，与你老哥却大有利益。"

夏拜昌连声唯唯，云万里道："你老哥原是安分良民，遭匪徒暗算，失了本性，可惜可怜。现在觅得秘方，合就良药，兄弟亲自送来，请老哥吞服，可以解去蛊毒，回复本性。"遂向封棣华道："把药末取出来。"

封仪取出瓷瓶，要了张纸，倒出约有五分光景，笑向夏拜昌道："趁有热茶，就请吞服。"

夏拜昌迟疑道："这是何药，服得么？"

云万里道："是胡禄堂请我们送来的，如何服不得。"夏拜昌听说是胡禄堂叫送来的，就愿意服了。接到药末，分作三口吞下。

一时吞毕，只见他起居谈吐如常。云万里双目注视，验这秘传药方的效否。霎时之间，就见夏拜昌大呼腹中难过，在椅上坐不住了，站起来满间中打旋儿，"喔"的一声，吐出好些顽痰，心里就清醒了好些。隔不多时，又要吐了，连吐三回，吐出一大堆白沫痰，大为清醒，自诧道："我这几时在梦中么？"

云万里喜道："真是灵药，神效得很，神效得很。"

封棣华道："瞧瞧痰沫里有什么东西没有。"

云杰走过去一瞧，只见痰沫中都是寸许长的小蜈蚣，蠕蠕自活，大叫道："了不得，都是小蜈蚣。"

夏拜昌听见，过来一瞧，身子早凉了半截。

云万里道："这光景就是蜈蚣蛊了。"

夏拜昌道："怎么我腹中会生小蜈蚣呢？"

云万里就把胡禄堂下蛊的事说了一遍。夏拜昌大为感激，扑跪下地，向万里叩头，开言道："生员此后余生，都是公祖所赐了。"

云万里扶起道："老哥不必谢我。我这位幕友封君倒是你的救命恩人。"夏拜昌又向封举人拜下去。封举人还礼不迭。

152

夏拜昌起身，就入内吩咐备菜。云万里道："拜兄不必忙碌，我还有正经话交代。我知道尊府中中蛊的不止你拜兄一人，还有四位如夫人、一个尊婢，特多带良药在此，请拜兄赶快进去救治。"

封仪先要了几张纸，五分一包，共包上五包，向拜昌道："请老哥进去，每个人一服，用清茶过下。我们在此，立候回音。"

夏拜昌接了药包，欣然入内去了。不过顿饭时候，喜滋滋出来道："小妾与小婢服下药都大吐大呕，呕出不少的痰涎，涎中都有径寸小蜈蚣。小妾们感念大德，要出来叩谢。"

云万里道："叩谢很可不必，我只望老哥以后交友谨慎，万不可再与江湖上人来往。"

夏拜昌道："公祖教训得是，生员矜铭肺腑。"

忽见两个老妈子出来道："姨奶奶与春桃姐出来了。"

云万里不及回话，早见袅袅婷婷，一阵香风吹送出五个美人来。那为首的美人问夏拜昌道："哪一位是云大老爷？"

夏拜昌道："这位就是本县云大老爷，这位就是封师爷，都是大恩人，快过来拜谢了。"

云万里要辞让时，五个美人早排了班，插烛也似拜下去。拜过万里，又拜封仪。拜毕，起身入内而去。

此时酒菜完备，夏拜昌邀万里等入席。云万里言："此辈怯弱女子，横遭蛊毒，被匪徒蹂躏，很是可怜，望你逾格矜悯，万不可虐待。"

夏拜昌道："公祖爱民如子，生员自当谨体此意。"

饭毕，万里起身告辞。夏拜昌道："乡间苦没有官轿，竹轿已经预备，人手齐集，就请公祖屈尊乘了竹轿回衙吧。"

万里笑道："我们原是步行来的呢，有竹轿坐已经好极了。"

当下云万里、云杰、封仪都乘了竹轿，两个家人跟着，就客堂中登了轿。夏拜昌送出大门才回。

却说云万里回到衙中，不胜之喜，连称药散灵验。云杰道："药是灵验，只是甘家兄妹都在杜月海那里，如何能够叫他服食呢？"

153

云万里道："我已经想过，这件事只好全仗老弟了。"

云杰道："我会剑，他们也会剑，我一个儿，他们两个人，劝是劝他不听，战又战他不过，叫我也难处置。"

云万里道："我不叫你去当说客，'劝'字自然是用不着；不叫你去冲锋打仗，'战'字更不消提得。"

云杰道："那么叫我干什么呢？"

云万里道："你附耳过来，我告知你计策。"

云杰真个附耳过来，云万里密语低言，讲了好一会子。云杰喜道："好计，好计，果然是好计策！不但甘家兄妹得救，杜贼也可以成擒，道印也可以找获。我明日就去，依计而行是了。"且暂按下。

却说金鸡村村后一道溪湖环绕，溪边密密种着枫树，前面正对着仙岩瀑布，藏风避气，形势十分佳胜。杜月海的住宅，正在溪湖曲处。这日，夜饭之后，杜月海携了甘虎儿、甘小蝶两人的手，趁着月色，在村后枫林中散步一会儿。忽见林中宿鸟飞起，好似陡然受惊的一般。两小侠究竟受过了蛊毒，性灵泪没，没有先前的清醒，竟然毫不觉着。

回到家中，又闲话了一会子，小蝶跟着义父杜月海入内去了，甘虎儿就在书房歇宿。才欲解衣就寝，听得村中犬声唠唠不绝。虎儿推窗而出，纵身上屋，向四边巡哨了一会子，不见什么，才回来，瞧见桌上有一包点心，解开来见是麻酥。这麻酥是甘虎儿心爱之物，不禁取来就吃。通只六块小麻酥，风卷残云，眨眨眼就吃完了。不意才一吃下，心头一阵作恶，就大吐起来。恶一个不住，吐一个不止，吐出不少痰涎，心头大为清醒，自诧道："我怎么会在这里，奇怪呀！"

正在自言自语，不防床底下爬出一个人来，一瞧不是别人，正是老师弟云杰，问道："云杰，你如何也在这里？"

云杰道："老师兄，你受了人家暗算，我是特来救你的。"

甘虎儿诧道："我如何会受起人家暗算来？"

云杰道："你不信时，自己去瞧。"遂取油灯向地下，指着痰涎，

154

道："这是你吐出来的，里头有点子什么？"

甘虎儿一瞧，见痰涎中不少的小蜥蜴在那里蠕动，诧道："我腹中怎么会生出这毒东西来？"

云杰道："哪里会生出来，这是人家种下的蛊毒。"遂把酒楼相遇后一番情节，如何失印，如何丢官，下乡访案，彼此相战等事说了一遍。

甘虎儿听了，恍如隔世，愤然道："我就去结果杜月海性命。"说着，就要起身入内。

欲知杜月海性命如何，且听下回分解。

第七回

吃麻酥虎儿先得救
卖蛊药月海陡遭擒

话说云杰知道甘虎儿喜食茶点，听从万里之计，将"吐蛊散"做在麻酥内，安放在他房间内。虎儿吃下，果然大吐痰涎，倾尽蛊毒，如梦初醒。问知中蛊后一切事情，愤然而起，就要把杜月海结果残生性命。

云杰一把拖住，道："师兄，你休莽撞！这件事还须从长计较。"

甘虎儿道："这厮如此歹毒，如此可恶，难道还要叫我饶过他不成？"

云杰道："我们何尝叫师兄饶过他！不过这厮罪大恶极，断非一杀可以了结。现在第一件，令妹还中着毒呢；第二件，县中还有好多件案，须要等他去结束，盗印一件案，蛊人是二件案，卖蛊是三件案。再他出售蛊药，不知每年销掉过若干，害过若干人，也须细细究问。你想岂是一杀了结的事！"

甘虎儿道："你的心计真密，说来头头是道。我真粗莽，不配办事。为今之计，该如何办理？"

云杰道："现在你虽已清醒，却须不动声色，假装糊涂的样子，依然认贼作父，称他为义父。他向你讲的话，总要千依百顺，千万别与他违拗，使贼人坦然不疑。给你一服解药，你偷偷地给令妹服了。她服了此药，定然作呕，吐出痰涎毒蛊。你等她清醒之后，紧嘱她别向贼人翻脸，速来县衙报我知道，我们自有妥法办这贼人。"

说着，即在怀中取出一包药末来，告知他服法。

甘虎儿应允，云杰道："时光不早，我要回衙告知哥哥。嘱咐你的话，千万小心。"

甘虎儿道："师弟放心，我绝不会误你公事。"

云杰说一声"我去也"，飞身上屋，霎时间就没了踪迹。挟剑而行，疾如闪电，回到永嘉衙门，鱼更才只三跃。云万里已经安睡，未便惊动。

次日清晨，云杰正在梳洗，万里已叫家丁来请了。云杰握发而入，见了万里，遂把昨夜金鸡村的事细说了一遍。

万里道："那么今儿小蝶总已服下'吐蛊散'了。事不宜迟，我们亟须发动。老弟，你休辞劳苦，今日的事，依旧要你领队呢!"

云杰道："这个自然。"

当下梳好了辫，弟兄两人同桌早膳。膳毕，万里传上值班头儿，发下朱签，叫他带同伙计，随同二老爷，火速驰往金鸡村，把该犯杜月海锁拿到案，并在他家搜抄蛊药，一同解来，不得有误。

头儿徐勤接下朱签，即去知照伙计，在班房中取齐，等候二老爷到了，请了示，一同出发。云杰在签押房与云万里、封棣华闲谈了一会子，叫家丁出去瞧瞧，人儿齐集了没有。

一时家丁回称："徐勤等都已齐集，伺候老爷呢。"

云杰道："我去了。"

踱出大堂，徐勤早迎上来道："二老爷，金鸡村路很不少，小的已备下一只快船，打从水路走吧。"云杰点点头，于是一同下了船。

水手开船，徐勤备下几肴菜，十多斤的酒，笑道："长途无事，喝杯水酒，消遣消遣。不知二老爷可肯赏小人个脸?"

云杰道："喝酒是很有趣的事，只是怎好生受你?"

徐勤道："二老爷肯赏脸，就是小人的福了。"

说着，早命水手煮水烫酒。取出杯筷，就平几上安下，四个伙计搬出菜来放好，摇出二三里路，酒已热了。徐勤执壶斟上，先敬与云杰，然后各人面前斟了。大家喝着，浅斟低酌，说说谈谈，几忘路之远近。那几个伙计也会摇几橹，撑几篙，酒喝得高兴，就帮同摇船。驶船如驶马，三四十里水程，眨眨眼就到了。

云杰吩咐就金鸡村后面歇了船。徐勤道："二老爷，你老人家先上去，还是我们先上去，请你老人家的示。"

云杰道："徐勤，你先带了个伙计进去，说是要买蛊药。等杜月海出来，问明是正身，出其不意，突出铁链将他锁拿下，然后给朱签他瞧，等候我来搜查蛊药。"

徐勤道："这个小的省得。"当下带了一个伙计上岸。云杰指示了门口，徐勤袖了朱签，伙计藏了铁链，径投杜月海家来。

踏进门就问："杜月海先生在府上么？"

就有家人出问姓名。徐勤假说姓张。家人问："要见主人有何事？"

徐勤道："我有一个朋友慕名而来，要相让点子宝药，请杜先生出来，当面谈话。"家人引入客堂坐定，入内通报去了。

一时杜月海出来，徐勤起身相见，问道："尊驾可就是杜月海先生？"

杜月海回称："然也。"

一语未了，徐勤向伙计一努嘴，锵啷啷，哗啦啦，立抖铁链向杜月海颈中一套，辖尺，锁上了锁。

杜月海惊问："二位做什么？"

徐勤道："县里老爷为你的蛊药制配得十分灵验，要趸批购买，你的鸿运到了。"说着，袖出朱签给他瞧看。

杜月海大惊，立呼："吾儿何在？"

家人飞步入内传话。甘虎儿、甘小蝶应声而出，问有何事。杜月海道："这两个强盗要拿为父的去了，快快救我。"

甘虎儿道："别慌，有我们在此。"

一语未了，云杰同了两个差伙大踏步进来，问道："拿下了么？"

徐勤道："正犯拿下了。"

云杰道："师兄师姐，贼人已经拿下，快带我们入内搜赃去。"

158

甘虎儿道："当得效劳。"说着，就引云杰等入内去了。

杜月海见了，惊得面如土色，连言："我儿好端端的怎么会变起心来，变起心来？"徐勤只是冷笑，不去理他。

此时云杰同了虎儿、小蝶直闯内室，逼着杜月海老婆交出蛊药来。杜月海老婆一味抵赖，推说不知。甘小蝶道："你还抵赖什么，我倘不服解药，定然吃你们蛊死。方才呕吐了一朝，吐出不少的痰涎，涎中都是小蛇儿。倘然不中蛊毒，我们兄妹怎么会在你这里呢？受蛊以后的事，虽然记不起，受蛊以前的事却很清楚。记得我们来此之初，原要拿捕你们，为世界除一大患。不知怎么就中了你们的蛊，迷惑了本性，所做的事，如同梦里。你们到底这毒人蛊药藏在哪里，快快拿出来，万事全休。要不然，我们就要亲自动手搜查了。"

杜月海老婆只说不知道。云杰道："我们不必跟她讲话，押了她搜查是了。"

于是开橱启箱，逐一翻搜。翻到床后一只牛皮箱，见装着十多个银瓶，上面贴有天字号、第字号、元字号、黄字号等标记。银瓶之旁，又有一个小包儿，提起来沉甸甸颇有点子分量。解开一瞧，只喜得个云杰眉开眼笑，连说："惭愧，惭愧。"你道是什么？原来就是在温州道任上失去的印信，正是"踏破铁鞋无觅处，得来全不费工夫"。

甘虎儿道："这许多瓶，想必就是毒人蛊药了。"

云杰道："把箱子盖上了，索性连箱子一并解到县里去，听官发落。"就命两个差伙扛箱子出外。

杜月海见了，更为着急。云杰道："我们下船去吧。"于是押了人赃下船，立刻开行回城。

在路无话。直到衙前登岸，云杰要紧的是印信，取在手中，飞步入内报信。瞧见云万里在签押房中，正与封举人谈什么事呢，叫道："哥哥，恭喜你，失去的道台印信搜得了！"

云万里喜问："真有这件事？印信在哪里，印信在哪里？"

云杰呈上印信。万里接来一瞧，视刊有满汉合璧文字"分巡温处兵备道"七个字，喜出望外，连言："老弟，难为你，自己弟兄，我也不便说谢字。"回头向封仪道："老弟，这件事谅你还不很仔细，我来说给你听。"遂把在温州道任上丢印失官及降为知县的话说了一遍，又道："一切事情总逃不了个数。即如此事，倘然不丢印信，断不会降为知县。不降作知县，断不会奉调入帘当作房官。不做房官，我与封老弟又如何会认识？虽老弟的文章有目共赏，断不会埋没风尘，你我这段因缘却没有了。不认识老弟，这张吐蛊散秘方，又如何会得着。不得秘方，甘家两小侠又如何会得救，万恶大憝的杜月海又如何会拿住，失去的印信又如何会搜获。照现在想起来，不都是事有前定么？"

一语未了，家丁回该差徐勤进来销差。万里叫进，约略问了几句话，知道人赃并获，着实奖励了几句，一面叫："把牛皮箱扛进，待本县验看。"徐勤应了几个是，退下来招呼伙计，将箱子扛进，放在花厅当地。

云万里同了云杰、封仪踱出厅来瞧视，开去了箱盖，见满满装着一箱的瓶，随手取出一个，见标有"寅"字号字样。瓶盖是螺旋式，旋开一瞧，内贮着大半瓶末子，向封仪道："想来这就是蛊药了，厉害得很，倒不敢轻试呢。"

封仪道："门生有一个法子可以试验，只消取才宰下的牲血，猪血羊血都可用，盛在碗中，取少许药末投入，蛊虫一得血气，立可现形，是蛊不是蛊，不难一试而知。"

云万里道："这个很易，衙前回回馆天天宰羊的，叫家丁去照知一声，要一碗才宰下的鲜羊血是了。"遂将药瓶盖好，依旧安在箱内。

云杰道："师兄甘虎儿兄妹两人现在船上，我想叫他们进衙。"

云万里不等说完，道："我真被这蛊药闹得昏了，这两位小剑侠都是天生人豪，现在眼前，不去倒履亲迎，真是昏聩。杰弟快给我去请他们来。"

云杰大喜，飞步出衙请甘家兄妹。

此时徐勤早把杜月海带在班房中，派有伙计看守。云杰下船，甘家兄妹已不在船中。问水手时，回说到街上馆子吃点心去了。云杰急忙找去，到一家状元馆点心铺，走上楼梯，果见虎儿、小蝶对面坐着靠窗那副座头上，叫道："师兄，师姐，累得我好找呀！"

虎儿站起来笑道："我因饿慌了，不及招呼你得。"

云杰道："吃什么点心？"

虎儿道："温州城中有什么呢，都不过海味罢了。"

云杰道："我哥哥叫我来请师兄师姐，吃完了点心，就请同行好么？"

虎儿道："我本拟到衙相谢呢。"

于是云杰会了钞，陪同甘家兄妹投永嘉县衙门而来。

欲知后事如何，且听下回分解。

第八回

云大令倾心交小侠
甘虎儿黑夜探银村

话说云杰陪了甘虎儿、甘小蝶到永嘉县衙门与云万里相见，万里见甘家兄妹人物轩昂，性情直爽，不觉相见恨晚起来。云万里是懂相术的，细相虎儿，不但燕领虎头、龙睛凤目，并且行若龙腾，坐如虎踞，定是不凡之士、出众之人。又相小蝶，面如满月，唇若涂脂，两目黑白分明，双眉翠秀欲滴，行如流水，止若春山，却是个端庄贞洁好女子，心中愈觉倾倒。

家人忽回馆子里送进才宰的鲜羊血来。万里道："咱们同去验看蛊药吧。"

于是同到花厅，从牛皮箱中取出银瓶。家人捧上一大碗生羊血，遂揭开瓶盖，取一个小匙，每瓶中取一匙药末，倾在羊血里。须臾之间，就见化成了许多小蛊虫，蠕蠕欲动。蜈蚣、蜥蜴、蛇、蟾蜍、蜘蛛、守宫都有。

封棣华道："瞧见么，这东西吃到人腹中，作起怪来，就要迷住本性。因为我们人的知觉运动，全仗着心君的作用。心为君主之宫，神明所出。此物凭着气血，就能作耗。人身肾主气，心主血，心肾合气，阴阳互根，所以要迷住本性。"又命把"吐蛊散"取来，倾二三钱入药中。不意药一入血，就与蛊药互相角逐，在碗中盘旋不已。

封棣华道："可见此药一入腑，邪正相争，邪气必不自安，所以

162

要涌吐而出，不尽不已。"

　　试验已毕，众人方都恍然。万里叫把药瓶藏好了，盖好了箱盖。家人回筵席已经端整好，云万里道："端整好了，就摆出来吧。"

　　家人站着不动，云万里道："还有什么？"

　　家人道："请老爷的示，两席酒都摆在外面么？"

　　云万里道："甘小姐一席自然设在内室。"家人应着自去。

　　甘虎儿道："又何必这么费事。"

　　云万里道："没什么，不过彼此叙叙罢了。"一面却叫把杜月海暂禁外监，听候提审。

　　当下把酒筵排开，邀甘虎儿上座。封仪、云杰左右相陪，万里坐了主位，宾主四人，传杯弄盏，煮酒清谈，吃到个尽欢而散。云夫人在内陪着小蝶，问问这样，谈谈那样，只道她大马金刀，只会锄奸除恶，不意针织女工、笔墨写算，没一件不会，没一样不能。云夫人不觉大为合意，谈话中间，就刺探她可曾许过婆婆家。小蝶虽不是小家女儿气派，一味地害臊，却也未便回话，只把头摇了一摇。

　　万里席散回房，云夫人就向他道："我看健叔也不小了，论年纪也可以提得亲事了。甘小姐人品、学问、本领，都是天下少双、人间无两的，除了我们健叔，怕没有第二个人配得上她。你是个做哥哥的，健叔既在我们这里，这件事很该你替他做主，向姓甘的求亲。他们本来是同窗师姐弟，谅总没什么不允的。就是燕叔公他日，总也不会不见我们的情的。"

　　云万里道："你的话很有理，我也这么想呢，等过一天烦棣华到松江去求亲是了。"一宿无话。

　　次日，云万里开审蛊药案，从监中提出杜月海，排齐刑具，细心推问。杜月海自知恶贯满盈，情真罪当，万难推诿，索性直认不讳。问他销过多少蛊药，售过多少主顾，回称："祖传秘方，到我已经三世，每年售出蛊药四五十两，主顾众多，不能记忆。"云万里大怒，喝令先责藤条八十，然后钉镣收监，把他定了个斩立决枭首示众。又把胡禄堂定了个军罪，充发黑龙江。具了文书，申详上宪。

甘虎儿在衙，每日与云杰、封仪闲谈消遣，因说起温州三桩大害。杜月海的蛊药是铲除了，还有银杏村卫仲材的毒药，白凤村陶菊屏的蒙汗迷药，江湖上都很著名，都是害人不浅的事，都该一并铲除，永绝民害。

云杰道："除恶锄奸，本是我们剑侠的职分。前辈八大剑侠，轰轰烈烈，不知干过几多惊人骇俗的事情。挨到我们小剑侠出世，便要借重官府的权力，那么对于那个'侠'字，不很有惭愧么？现在金鸡村的蛊药案已经被官府破掉，不必讲。银杏、白凤两村，师兄，我与你大家担任一个，你欢喜找陶菊屏时，我就去拜望那卫仲材。既然如此，你到白凤村，我到银杏村是了。"

封仪道："我瞧二位这么豪气凌霄，说什么就干什么，瞧得天下每一件难事，真令人又敬又羡。"

云杰道："各有各的本领，各有各的能耐。先生仗的是笔锋，一支笔可以褒贬百代。我们粗人，仗的是剑锋，一口剑不过取快一时。"

甘虎儿道："休小觑了先生，倘没有先生那秘方，我们兄妹又怎么会回复本性呢？"说到这里，忽又跳起来道："老师弟，求你恕我，我可不能陪你银杏村、白凤村去了。"

云杰问他为何，甘虎儿道："我们是服了妙药灵丹，解除了蛊药，回复了本性，所以心源洞彻，性海澄清。外边中蛊受害的人却还不少，何忍坐视不救？我想向令兄要几两药散，出去施药救人，可就不能分身银杏村去了。"

云杰道："果然是一桩大事，迟缓不得。但据我看来，这件事不必亲劳大驾。舍药救人，究不比除残去暴，小蝶师姐也可以去得。师兄依旧可以银杏村去，我们三个人分头办事，各走一路，岂不甚好？"

虎儿听说有理，遂道："谨遵台命，就这么办理是了。"

当下计议已定，云杰便向万里要了三五两吐蛊散，封仪用小纸

164

包开，五分一包，共包了八九十包，又总包成了一个。甘虎儿接来交代与小蝶。

这日，三位小剑侠分头进行。小蝶取了药包，挟剑飞行，自向西北一带舍药救人。受毒浅的易救，受毒深的难治，都不过是吐尽毒物，顿时清醒，千篇一例，絮烦亦属乏味。

那云杰与甘虎儿于晚饭之后，凝神运气，施出剑术，径向仙岩而来，通只四十多里路程，眨眨眼就到了。

到了仙岩，甘虎儿就向银杏村进发，云杰就向白凤村进发。平话家套话，花开两朵，各表一枝。且说小侠甘虎儿，一道剑光，飞腾到银杏村。收了剑，扑身下地，恰在卫仲材内室天井中。卫家的屋共是五开间五进，第三、第四两进是楼房，余外的都是平屋，他的内室做在第四进东次间楼上。

甘虎儿扑下之地，就是第四进的天井。抬头见东楼映出火光，知道室内人还未睡，纵身上了牙檐，站住脚，面向楼窗。听得里边有人在讲话，伏在窗隙里张时，见屋内陈设精美，桌上灯火明亮，一个汉子年三十来岁，生得獐头鼠目，鹰嘴鼻，吹火口，正在那里比着手势，向一个小子讲话。那小子背窗向内而坐，看不出面貌。

只见那汉子道："现在柴米贵得这个样子，度日何等艰难。你们吃饱了现成饭，穿暖了现成衣，也该帮帮我的忙，替我想想法子。没得叫你探听一个消息都不会，进城去一趟，就花掉我二两多银子，打听的事全无眉目。亲戚们来往，住十日半月是有的。现在长年连月，都要我供养，吃的穿的用的都在我一个儿身上。老弟，说一句不怕你恼的话，我究竟要了你姐姐，没有娶了你。养老婆是名分，养小舅子可是名分么？"

那小子道："姐夫，你这样嫌我，我明日就离掉你这里是了。我瞧你这么的进益，偏是小气，吃一口子白饭都悭吝。"

那汉子道："不是我悭吝，金鸡村杜月海已经定了斩立决的罪，京详一转，就要绑缚校场斩决。这个瘟官，我知道他最是多事，办掉杜月海之后，难保他不念到我身上来。差你进城探探消息，好做个防备。偏你这么没中用，一点子眉目没有。"

那小子道："官办的是杜月海，又不曾办我们，我们究竟不曾卖过蛊药。"

那汉子道："你知道什么。从来说'兔死狐悲，物伤其类'。我这里出售毒药，江湖上也颇有点子声名，如何不要忧虑。"

那小子道："咱们不如搬到外府他州住几时，倒安稳呢。"

一语未了，房后一阵脚步声响，走出一个二十五六岁光景的妇人来。那妇人瘦削脸儿，一双三角眼，两叶吊梢眉，一见那汉子，就掀动两片很薄的嘴唇道："枉做了男子汉大丈夫，这么没智慧，活现世。一个瘟官，又不是三头六臂，就吓得这个样子。"

那汉子道："你们妇人家只念在家里说凉话，那是县大老爷呢，不比邻舍人家孩子，好和他怎样。你把外面事都当作煮饭做菜的容易，倒编派我没胆子，我问你有多么胆？"

那妇人把嘴一撇，道："县大老爷，县大老爷便怎样！这瘟官好便好，果然要与妖作怪，老娘弄一个法子，立刻结果他一门子残生性命，你可相信？"

那汉子听了，顿时面现喜容，追问："有什么妙计可结果这瘟官？"

那妇人道："你适才嫌多我兄弟，打量我不听得呢。我兄弟被你作践得不够，我连忙献殷勤，讨你的好，替你想想法子，你可做梦呢。"

那汉子道："我不过说一句玩话儿，大娘娘就认起真来。从来夫妻无隔宿之冤，你我究竟是夫妻呢，银杏村中谁不知我卫仲材娘娘是贤惠，多智多能，帮夫得力。我有危难，你不救我谁救我。"

甘虎儿才知这位汉子就是卫仲材。只见那妇人道："你们瞧他，方才他多么凶，现在又这个样子。我又是个软心肠人，搁不住人家这么央恳，终然瞧他提心吊胆，吓出病来，又是我的事。我来告诉了你吧，咱们有的是毒药，费点子手脚，弄个几两去，药杀这瘟官一家门，毫不费事，看他再能够办我们不能。"

卫仲材道："大娘娘你说得这么轻易，县衙里头，官吃的东西，哪里能够投放毒药？我们又不能近官的身子。"

那妇人道："这个很容易，县衙中喝的水，都在花厅天井那口井内，只消多取点子毒药，偷偷进去，倾入了井内，不就结了么？不论喝茶吃饭吃菜，都可着手，不比放在食品里，放了这样，偏偏吃的是那样，可就白费心思了。"

卫仲材道："此计甚妙！谁去行事呢？"

那背窗坐的小子接口道："这件事交给我去办就完了。"甘虎儿大怒，立欲扑身入内。

欲知后事如何，且听下回分解。

第九回

卫仲材吞服毒药
甘虎儿毁灭秘方

却说甘虎儿闻言大怒，即欲腾身飞入，忽一转念道："且慢，瞧他毒药放在哪里，静心等候。"

只见卫仲材道："这么大一口井，倒要费掉我斤许毒药呢。四弟，东厢房去瞧瞧毒药，事不宜迟，明日就去干。"

那小子道："明日干，明日去看是了，忙也不在一时呢。"

卫仲材道："孩子家偏又这么懒惰。"

甘虎儿知道他毒药藏在东厢房里，遂用神剑穿窗，腾身入房。用剑光照看，只见东西两壁满列着药橱，橱中谅都是毒药。用剑挖开橱门一瞧，见是三隔，每隔上列着十多个药瓶。连开几个橱，都是如此。一检点，共是四个橱，只靠西末一橱中是空着，余外都装着药瓶儿，暗忖：这几十瓶毒药放在这里很可危，不如先把它运了出去。

才欲动手，听得脚步声响，有人咕噜着进来，"都像你们这么懒，这些事情叫谁去干呀！"确是卫仲材的声音，遂见开门声响。

甘虎儿一纵身，贴在二梁上。只见一道火光射进，接着进来两个人，一男一女。男的就是卫仲材，女的就是那薄唇快嘴的卫仲材老婆。卫仲材一照火，见药橱洞开，惊诧道："谁到这里过，怎么四个橱都开了？"

他老婆道："今儿有人来买药，别是你忘记了关闭吧。"

卫仲材道："我明明闭上的，总是老四这孩子。"遂唤道："四弟，四弟，快走来，问你话呢。"

即有人应着"来了，来了"，遂见一个猴形小子雀步蛇行地跳进来，一进门就问："姐夫唤我做什么？"

卫仲材道："药橱的门为什么洞开了不闭？"

那小子道："我不知道，我又不是专与你管药橱的，一味地问我。"

卫仲材道："是你开了，我才问你。"

那小子道："你瞧见我开的么？"

卫仲材道："能够到这药室的，通只我与你姐姐，连你共是三人，没有第四个。现在我不开，你姐姐不开，除了你还有谁？何必亲眼看见！"

那小子发起急来，开言道："你冤我，我要立誓了。我倘然开了这口橱，立刻就死。你倘是冤了我，也立刻就死。"

卫仲材道："你倒出口伤人，你那口比了我瓶里的毒药还要毒。我死了，你姐姐就要做寡妇呢，你心里倒舒服么？"

说到这里，一抬头，瞧见二梁上躲着一个人，唬得直跳起来，喝问："你你你，你是何人？"

甘虎儿腾身飞下，回道："我是我，你问什么？"

卫仲材道："知道是你，你究竟是谁呀？"

甘虎儿道："我就是我，你还不知道么？"

卫仲材道："你怎么会到我这里来的？"

甘虎儿道："大致是用两脚走来的。"

卫仲材道："我这药橱的门是你开的么？"

甘虎儿道："不错，是我开去的。"

卫仲材道："谁叫你开的？"

甘虎儿道："我叫我开的。"

那妇人插口道："你休跟他斗口，大概他还不曾知道毒药的厉害。四弟，快拿一柄毒药刀来。"那小子应着，才要走，虎儿怒喝一声，放出剑光。那小子咽喉上觉得一凉，顿时绝了命，唉都不曾唉一声。

卫仲材夫妇一见就吓得魂不附体，连喊"杀了人也，杀了人也"。

甘虎儿道："杀个把人，也不是什么大事，值得这么大惊小怪。难道天下世界，只许你用毒药杀人，就不许我用剑术杀人，哪有这个理！"

卫仲材惊道："你就是使剑术的剑侠么？"

妇人还不知轻重，问道："剑侠是什么东西，你就这么惊异?!"

卫仲材也没暇与老婆答话，问虎儿道："剑侠，我没有得罪你老人家，你光顾到来做什么？"

甘虎儿道："我因久慕卫家毒药，特来做成你生意。"

卫仲材知道不妙，即探怀中取出一小瓶毒药，拔去塞直向口中一送，早倒出了半瓶来，一起吞下，顿时毒发倒下地，一阵乱滚，就绝了命。

甘虎儿向那妇人道："你瞧见么，这是他自作自受，与我不涉。我要问你一句话，他那配制毒药的秘方藏在哪里，快快交了出来。"

那妇人道："你要秘方，你自去问那死鬼。"

虎儿大怒，腾身进步，伸出两个指头儿，照准那妇人背上轻轻一点，那妇人立刻疼麻起来。疼麻欲死，不禁哀声求饶。

甘虎儿道："要我饶也不难，只消把秘方交了出来，我就饶你。"

那妇人连称"情愿交出，情愿交出"。甘虎儿一举手把妇人拍转，立刻筋舒骨泰，复了原状。

虎儿押着她进房，见她开衣橱取出一只小拜匣，开去盖，见里面放着一本小小册子，取出送与虎儿，道："这就是我们世传毒药秘方。"

甘虎儿接来，就灯下翻阅，见纸色很旧，一张张毒药方子，都是端楷，共是三十多张。因不解药性方义，瞧了很没趣味，问道："都在这里么，此外有无秘本？"

那妇人道："尽在于此，此外并无一方。"

虎儿听说，又问："除此之外，有副本没有？"那妇人回说没有。

甘虎儿立把小册子向灯上一掠，早着了火焰，腾腾烧起来，霎时化作了灰烬。

那妇人着急道："这是卫家祖传秘方，怎么烧掉了？"

甘虎儿道："这种害人东西，留在世界上做什么？"

又向妇人要了一个大包袱，将橱中毒药瓶包起来，包成一个大包袱，笑向妇人道："敬扰敬扰，我要走也。"话声才绝，人早没了影踪。

妇人见了，惊得半死，歇了好一会子，心神才略定，幸喜金银财宝都没有动。次日，便办理丧事，从此银杏村中铲除了毒药窠。这妇人挟有许多不义之财，不到一年，就嫁了人。这就是卫仲材历代作恶的恶报，不在话下。

却说小剑侠甘虎儿取了许多毒药，腾空飞行，回到永嘉县衙门。云杰还未回来，封棣华接着，问事如何。虎儿就把所做的事从头至尾说了一遍。

封棣华听到焚灭秘方一节，跌足道："可惜，可惜。"

甘虎儿道："可惜什么，终不然留这祸根子在世界上害人不成？"

封棣华道："毒药毒用，也不见得定是害人的。譬如田家用来杀害稻之虫，猎户用来除猛烈之兽，岂非都是于人有益的？并且这秘方都是奇人异士穷究阴阳默参造化绞心沥血研究出来的，得来很非容易，一朝毁掉，岂不可惜！即如甘兄是松江人，贵处松江地方，有一位奇人，他有一个治温热病的秘诀，神验异常。只是无论是谁，他总不肯传授。家严曾经专程往访，送给他千金厚礼，求他指教，究竟不曾应允。家严乘兴而往，败兴而回。后来又出了重聘，聘请著名的神偷前往偷盗，也不曾偷得。可知秘诀秘方，都是不易遇见的。"

甘虎儿听了，也懊悔不迭，遂道："封师爷，你说我们松江地方有奇人，这奇人到底姓甚名谁，怎么我生长在松江倒不曾听见？"

171

封棣华道："甘兄，你道天下除剑侠客外，就没有奇人异士么？你的眼光只围在剑师侠客里头，自然于剑侠外都瞧作庸夫俗子，怎么会知道呢。即如这一位奇人，是个医家，却是医林中出类拔萃的人。"

甘虎儿道："是做郎中的么？我对于郎中，从来不敢轻视。因为我师父的丈夫吕先生也是做郎中的，我们的剑怎再厉害些，除得掉贼，除不掉病；救得人难，救不得人命。即如我们兄妹，倘没有师爷的妙方，如何会有今日。这位奇人既是个郎中，想来总不错的，不知他姓甚名谁，住在哪里？"

封棣华道："提起这位奇人，真是奢遮。他姓陈，名叫祖恭，表字叫伯平。我只知道他住在松江，那小地名听老人家说过，却记不起了。他的温热症独出心裁，另辟蹊径，从来不曾有过。只是秘密异常，不肯泄露。我想稍有机会，还要拜恳吾兄劳动大驾呢。"

甘虎儿道："封师爷敢是要我做贼子，到陈郎中家去偷他的秘诀么？"

封棣华道："不敢请耳，固所愿也。"

甘虎儿道："只是我从来不曾做过贼子，封师爷是我的救命恩人，吩咐出来，无论如何，我总不能违拗。何况这治病秘诀，不过是一本书，就不比金银珠宝，你要来无非为是救人，究不比自私自利。我就破格做一回贼子，也无不可。封师爷，你把这件事交给我，我替你去办是了。"

封棣华正欲称谢，窗外突然跑入一人，道："好呀，你们商议做贼子，我都听得了。"

二人大惊起视，来的不是别人，正是小侠云杰。

甘虎儿道："师弟，你几时来的？"

云杰道："我来的时候，你们正商议偷什么秘诀呀，书本呀。"

甘虎儿道："大丈夫可以偷听人家讲话的么？"

云杰道："大丈夫可以商议做贼的么？"

甘虎儿道："谈正经事吧。白凤村的事情办得怎么样了？"

云杰道："我到白凤村，探入陶菊屏家。事有凑巧，恰遇着这厮正在配制迷药。我见他翻开了一册小书本，正在抄录方子。那方子都是秘方，他把秘方分抄作七八张方子来，才成一张迷药方。我知道他就为是防有泄露，你道他秘密不秘密！"

封棣华道："果然秘密得很，他这一册秘方，想来总是手抄本。"

云杰道："怎么先生也知道的?"

封棣华道："那也不过想当其然罢了。"

云杰道："我见那厮把小册子藏在抽屉里，等他走开之后，就偷偷开出抽屉一取，却见小册下有一本账簿，翻开瞧时，开列着正月初九日，合成甲种迷药八十九两七钱；三月十一日，合成乙种迷药一百十九两三钱，丙种迷药一百五十一两；四月二十三日，合成丁种迷药一百二十八两。下面列着售出总数，每月销售甲种药若干，乙、丙、丁种若干。瞧他的价目，甲种是十五换，乙种十二换，丙种十换，丁种八换。核算数目，知道他现在合的是甲种迷药了。又见他载着藏药的所在，是在厅后库房里。我就藏了秘方本子，找到那里，见迷药都藏在瓷瓶内，触景生情，想出了一条计策。"甘虎儿忙问什么计策。

欲知云杰说出何语，且听下回分解。

第十回

云杰投药迷陶贼
封仪千里作冰人

话说云杰道："我见甲字瓶中还有一两多药末，遂生一计，将药末倾出，包了一包，偷偷走入他厨房，见淘好的白米在饭箩中盛着，我就把药末倾入了米中，颠了个匀。办理才毕，就有人进来了，我就蹿身梁上，见进来的是煮饭的两个家人。我候他米下了锅，将次要煮好，闪身出来。听得陶菊屏向家人道：'你们各把药方藏好，吃过夜饭就开船。候天明进城，取了药就回来，我明日就要配制的呢。'众家人齐声答应。一时开饭，陶菊屏与家人团座共食。夜饭才罢，药性就发作了，一个个头眩扑倒。我不禁哈哈大笑，闯进去，先把各人身边的药方搜掉，然后再向账房中把抽屉翻了个遍，把账簿细查，通只四种迷药，就到库房中将七个瓷瓶都取了，取一床被单，包成一个包儿，却把小册子并七张药方儿点上了火，烧掉了。"

封棣华听到这里，又不禁跌足叹息。甘虎儿道："我因毁灭了秘方，封师爷才说过我，碰着你又来毁灭秘方了。"

云杰道："我没有知道呢。"

封棣华道："想来这也是大数使然，没法奈何的事。"

甘虎儿道："后来怎样呢？"

云杰道："我就把这七个药瓶运到仙岩顶巅，人迹不到之处，藏在石谷中，免得它害人。再回到白凤村瞧瞧，七颠八倒，扑了一屋子的人，想来今宵总不会醒的了，才腾空地飞回来。"

甘虎儿也把银杏村的事说了一遍。云杰喜道："温州三害，一旦尽除，真是可喜。"

过不多几天，京中钉封文书已到。云万里升座大堂，掷下提犯牌，从监中提出杜月海，验明正身无误，就大堂上捆绑起来，脱去衣服，五花大绑，扣了个结实，判了斩旗。又把胡禄堂一般地捆绑插旗。镇标左营王守备乘马带兵到县，云万里打恭相见，一同押解人犯，押赴刑场。

刽子手早已执刀伺候。斩讫时光，瞧热闹的人拍手大呼，欢声雷动。

事毕回衙，即把胡禄堂戴上了枷，贴上了封皮，签发两名解差，即日起行，解赴黑龙江而去。

忽地抚部院专员送来朱批谕旨："永嘉县知县云程，破获积年巨匪，寻获印信，干练亲敏，殊属可嘉。查该员原系道员，因事降调。今据所陈功绩，于开复原职，尚无不合。云程着授为温处兵备道，毋庸来京陛见。钦此。"云万里接过圣旨，喜溢眉宇。封棣华等忙来道贺。

一时消息传出，本地官员、镇道、府县也都来称贺。客去宾来，永嘉县衙门顿时热闹起来。拜了几天客，忙乱了几天，又进省谒过抚院。抚院着实勉励了几句，从省中回来，交卸了县篆，就到道辕接印。

诸事完毕，即向封棣华道："老弟，我要烦你松江去一走。"遂把代云杰求亲的事，告知封仪。封仪一口应允。

这夜，封棣华就秘密告知虎儿。甘虎儿道："封师爷，我陪你走遭。"

封棣华道："很好，我没有到过松江。一是为正经事，二是借此游览九峰三泖胜景，三是那位陈伯平老前辈的治温热症秘诀，不知有没有机会。倘然有缘，这一行就可以得偿平生志愿了呢。"一宵无话。

次日，甘虎儿就向万里告辞，并言小蝶来时，知照她速回松江。

175

万里知不能留，遂设盛筵，与虎儿、棣华饯行。棣华主张从水程出发，雇定了船，发下行李，只带得一个家丁，沿途服侍。

初七这日，是黄道吉日，最利长行。封棣华、甘虎儿起身下船，云杰直送到船码头，候船开了才回来。

却说水程安逸，不比陆路辛劳。除昼行夜宿、渴饮饥食之外，无非是风顺使帆，风逆拉纤，逢镇流连，遇城玩赏。共走了半月有余，才到松江府城。

船到外官驿，就停泊了。虎儿、棣华相将登岸，向东而行。走过里官驿，才到高家巷。甘虎儿道："我们就住在这一条巷底。"

转步进巷，霎时已到。虎儿道："到了，到了。"封棣华进门一瞧，见小小一座住宅，三开间两厢房，前后三进。前进是门房，后进是厨灶、柴房，中间这一进是楼房。棣华就在客堂中坐下。

甘虎儿入内找寻父亲，见父亲正在厢房中喝酒，案上摆着几肴菜，叫了一声父亲。凤池一见虎儿，喜道："阿虎，你才回来么？这多时在哪？见过了你妈不曾？阿蝶怎么不来见我？"

虎儿先应了几个是，遂道："孩儿今回身遭大难，倘不遇封师爷，孩儿与蝶妹怕今生不能与爹妈相见呢！"

忽见门帘掀动，陈美娘执着个小碟子进来，一眼瞧见了虎儿，放下碟子，一个健步腾过来，搂住了虎儿，心肝肉儿乱叫："我的儿，我不是梦里么？"

虎儿道："孩儿还同一个朋友来家，现坐在客堂中，船泊在外官驿，此回从浙江温州来呢。"遂把在金鸡村中蛊的事说了一遍。

甘凤池道："蛊毒害人，我也略有所闻，不料它竟这么厉害。"

陈美娘道："我的儿，你又是一世人了。"

甘凤池道："外面有客，别尽谈天了。"携了虎儿的手走出客堂来。

封棣华见跟虎儿携手的人容色很少，不像是父子，倒觉愕然，不敢称呼。凤池抱拳道："这位不是封师爷么？听小儿说起，小儿小女的性命，多亏了师爷，师爷真是吾家的救命大恩人，感激感激！"

虎儿忙道："封师爷，这就是我父亲。"

封棣华忙尊声"凤池老伯"，心下暗忖：虎儿已有十八九岁，他老子至少也总四十往来。现在瞧他面貌，只二十多岁，不知是何缘故。但是"甘凤池"三个字，我自会吃饭时光，早已闻得，莫非另有一人么？

虎儿见棣华沉吟不语，早已猜透他心思，遂道："封师爷瞧见我父亲容貌，有点子怀疑么？我父亲是服过仙草的人，返老为童。说出他真年纪来，谁也不肯相信。"封棣华始得恍然。

此时甘凤池已叫人到码头去接行李，陈美娘也出来向封棣华称谢。棣华见她鸡皮华发，夫妻宛如母子，不禁暗暗纳罕。凤池即把西厢房收拾为封仪下榻之所，行李搬到，立刻布置。

这夜，甘凤池特备盛筵给封师爷接风。饮酒中间，封棣华就言："此来奉云观察师台之命，特向凤老伯求亲。云观察有一位令弟，名叫云杰，想凤老伯总也认得。论年貌本领，恰与令爱小蝶天生一对儿，云观察特挽小侄出来做媒人。好在令爱与云杰本是同门学友，云家又是缙绅大家，小侄才敢冒昧登门，务望凤老伯俯念云观察一片热忱，赐一个满意的回复。小侄还拟在府叨扰几天，静候佳音呢。"

凤池道："这一件事情关系着儿女的终身，仓促间未敢奉复，容与家人们商议。"

当下席散之后，凤池就与美娘斟酌。陈美娘道："论到云杰的家世、本领都不弱，只是他这副嘴脸，猴头狗脑，火眼金睛，讨人厌得紧。我花朵儿似的女孩子，配这么一个女婿，岂不可惜！"

甘凤池道："我也愿配一个才貌双全的女婿，不合叫她学了剑，把女儿的眼光抬高了，我知道她必不肯随随便便配一个庸夫俗子。你想世界上能有几个剑侠？何况封师爷又是他们兄妹的救命恩人，大远地诚心向我求亲，我也不好意思回绝他呢。你可这件事该如何办理？"

陈美娘笑道："听你口气，已经是千肯万肯的了，还与我商议做什么？"

甘凤池笑道："人才门第却还相对，不过夫妻总要商量做，不能不问一句你。"

陈美娘道："蝶儿的终身大事，论理总该问一声她自己，你我也只有一半主儿。偏偏她又不在眼前，你我硬做了主，别找得她终身抱怨。"

甘凤池道："这话对了，他们究竟是求蝶儿的亲，不是求我的亲，光是我应允是没中用的。但是封师爷面前，如何给他的复信？"

陈美娘道："光景封师爷一两日里不见得就会走，等他动身时光，给他一个半允半不允是了。"凤池大喜，一宿无话。

次日，封棣华向甘虎儿道："贵处地方陈伯平先生住在哪里，费神打听一下子，我拟前往拜访。请教请教。"

虎儿转向凤池，凤池道："这位陈伯平，本领是不错，只是脾气儿不好，不很容易请教。"

封棣华道："光景诊金定得很贵么？"

甘凤池道："倒也不一定在钱财上。他的看症，是要碰他的高兴。高兴起来，白给人家看症也不在乎；不高兴时，恁你金山银山堆满他屋子，他也不愿意。并且他还有一个脾气，与世俗相反。目今的风俗，总是重富轻贫，他的脾气，却偏是看轻富贵人家，看重贫贱人家。他说富贵中人，平时一切享用，总是加人一等。并且依仗着富贵，总不免盛气凌人，贫贱人受他的亏已经是够了。亏得老天无私，一样的风寒暑湿燥火，六淫之邪侵入他的贵体，罚他害病，使他奄缠床席，免得他舞爪张牙地害人，很可不必给他治。就是死了，他棺材也买得起。贫贱人家是靠着精力挣几个钱来养家活口，一天不做活，一家不得命。有几个紧要当家人死了，死一人就是死一家。所以无论如何，总要给他治好。他的见解这么偏，所以在松江地方站不住身，已搬往别处去了。"

封棣华惊问："陈先生已不在松江了么？"

甘凤池道："不在松江了。"

封棣华道："现住在哪里?"

甘凤池道："已经搬往天马山去了。"

封棣华道："天马山离此有多少路程?"

甘凤池道："路却不多,通只二九一十八里。这座天马山,原是云间九峰之一。那边也有个小市集,有山有水,风景很是佳胜。"

封棣华听说,才放了心,遂问:"陈先生几时搬去的?"

甘凤池道："在今年三月。讲到他搬乡的大原因,就为恶了本府周太爷,才站不住身的。"

封棣华问怎么一件事,欲知甘凤池如何回答,且听下回分解。

第十一回

甘小侠演讲天马山
封举人拜访陈医士

话说甘凤池道："彼时本府周太爷的少爷患了病，请了城中三五位郎中都治不好。有人荐这陈伯平，周太爷就派家丁拿着名片请他，要他立刻就去。偏偏他到小昆山荞澳塘一带去看症，直到第三日饭后才到府衙。周太爷很是不耐烦，向他道：'先生贵忙得紧，我请了你，三日才来。若是寻常百姓家，怕不要三个月、三个年，才得你大驾降临呢。架子果然大得了不得，就怕是病人不能久待了呢。'倘是识势的就赔一个不是，府太爷总也不会把他怎样。偏偏他老人家是个吃软不吃硬的，听了周太爷的话，就生气起来，向周太爷道：'太守明鉴，晚生本来是个乡曲下士，生来傲骨，不惯趋承贵人。每日忙忙碌碌，要紧给贫贱小民治病。想太守这里，总是名医毕集。公子贵恙，吉人总有天相，晚生就迟到一步，总也无妨。这一段下情，还请太守原谅。'周太爷见他倔强到这个样子，心下很不为然，也不要他诊治了，立刻端茶送客。这陈伯平自从恶了周太爷之后，府医学、县医学就天天出传单，传他到监牢中诊治病犯，累得他不敢在松江安身，搬了乡下去。"

封棣华道："这位先生真是个医林豪杰、世间奇人。既然天马山离此不远，今日风和日暖，我就前去拜他。虎兄倘然没事，就烦你做个伴如何？"

虎儿道："很好。"

甘凤池道："你们要到烧香山，还是走水路的好。"

封棣华道："烧香山是什么所在？"

甘虎儿笑道："封师爷是客边人，不解此间俗名。烧香山就是天马山的俗名。因为山上上峰寺、中峰寺香烟极盛，所以本地人就称它作烧香山。"封仪听了，方才明白。

当下甘凤池叫人备好了船只。封棣华带了个跟来的家丁，邀虎儿做伴。下了船，舟人收去跳板，一篙撑出码头，欸乃一声，一叶扁舟向西摇去。封棣华坐在舱中，凭窗闲眺，只见沿岸河旁都有妇女临镜晓妆，映着南岸青青杨柳，愈觉别饶风趣。

霎时船到秀野桥，转舵向北。封棣华道："松江有一种鱼，名叫四鳃鲈的，现在可有？"

虎儿道："四鳃鲈总要十月中才登市，这个鱼就出在秀野桥底下。据说秀野桥下面产的是真四鳃，别处产的就是三鳃。"

过了秀野桥，就见东岸石坊矗立，接二连三，络绎不已。出了松江，已是乡间，两岸农人都在田间耕作。天上青云如画，晓日射人，照得四乡风景更是宜人可爱。舟人道："今日风色很佳。"拽起布帆舟行如箭。只听得船头下水声噗噗作响，激得水花如雪。甘虎儿连说"有趣，有趣"。

封棣华回望，松江西林塔影已经是隐隐约约。行了一阵，望见远远一山，山上矗立如笔。

甘虎儿道："这就是天马山。"

封棣华道："瞧此山形势，宛如一头卧马。有人说是玉马，有人说是宝石马。恰恰彼时近山村人又种了三五亩黄瓜，通只结得一个瓜。那人气极了，索性不去采下，听它自存自灭。忽一日，有个识宝的江西人，走来问他买这黄瓜，情愿偿还他五亩瓜的价。那人见江西人出如许重价买一个黄瓜，不禁动了疑心，问他有何用处。江西人道：'告知了你，怕你不肯卖。'那人道：'一个瓜得着五亩瓜的价，哪有不卖之理，你告知我吧。'江西人道：'这座山中生有一头宝马，有座天生的山门，没有钥匙，不能开启。你这个瓜就是开山的钥匙。我得了就好前往开门取马。'那人道：'山门在哪里，怎

181

么我生长在此，走遍了不曾瞧见？'江西人道：'门在山后，此门是天生的，不是人工做的，俗眼必不会瞧出。有一株大榆树，树下有三棵绿草，经冬不凋的。那地方石壁就是门了，须先拔起绿草，遂把黄瓜叩壁，山门自然会开。随即走进，用绿草引那宝马出来，我就是这点子用处。'那人听了道：'不卖了，我自己去开山了。'江西人叹息而去。那人摘下黄瓜，找到山后，果然瞧见一株大榆树，树下果然三棵绿草，用力拔在手中，就把瓜向石壁上轻轻叩去。叩至一处，'豁剌'一声怪响，果然石门洞开。那人大喜，大踏步闯进去。千不该万不该，就不曾把黄瓜留在外面，携了进山。那宝马奔出来，那人用绿草引它，宝马一口衔住草。那人心下一慌，手里一松，宝马就把草吞了下去。吞下了草，再奔向那人，那人大惊奔逃。逃出石壁，山门重又阖住。瞧黄瓜时，已经忘掉在山中了。瞧石壁时，天衣无缝，如何再能开启。就此，此山名叫天马山。"

封棣华道："原来有这么一段故事。"

甘虎儿道："闲谈着不觉寂寞，已行掉这许多路了。今日风真利，此时离山已只三五里路了，望到山上，比众清晰。"

封棣华道："这座塔已经荒废，这么倾着一边，倒又不倒下来。"

甘虎儿道："不然早倾圮了。据说那一年忽来一个花子，用草绳把塔套住要拉直。还没有拉得直，就被人瞧见，唤了一声。花子突然不见，才知道是仙人化身。"

封棣华道："这话真么？"

甘虎儿道："真不真也没有对证，不过就流传下来，一径这么说。"

当下说说谈谈，早到了天马山镇。停船上岸，访问陈伯平先生，就有人指点道："陈先生就在市梢尽处那座新盖的草庐内。相公们不是求他治病的么？"

封棣华道："我们是远道来此访他的。"

那人道："那么相公总是陈先生的朋友了。陈先生为人极好，我们这里没一个不叫他好的。相公，我来陪你去。"

封棣华道："感谢得很。"

那人道："那是很便当的事，毋庸谢得。"又道："我听相公口气，不像是本地人。"

封棣华道："我是从温州来此。"

那人道："温州离松江有多少路？这个地名生得紧，我还是头回儿听得呢。"

甘虎儿道："温州远得很，离此有近千里路呢。"

那人惊道："那不是天边了么？"

说说谈谈，草庐已到。那人道："这就是陈先生家了。"

封棣华一瞧，见一带短篱，几株杨柳，双扉虚掩。推门而入，小径曲折，却是一座小小园圃，满植着药草，分疆画界，秩序井然。篱边正面是何首乌，左边是山药，右边是金银花，藤儿都附在篱上。小径曲折成"之"字形，径旁划作数畦，一边是生姜、莱菔、白芥子，划界处便是薤白、韭子、葱蒜；一边是牡丹、芍药、菊花，划界处便是紫苏、薄荷、荆芥、益母草。中间叠砖为架，供着几缸荷花。那草庐两边，一面种的是丝瓜，一面种的是扁豆。草庐前列着三五株绿萼梅，宛如草庐的护卫。

封棣华不禁点头叹赏。家丁入内投帖，遂见一个十三四岁的童子出来，道："先生出诊未回，来客请入内少待。"

封、甘两人步入草庐，见纸窗竹榻，四壁尽是图书，收拾得十分清洁。几椅桌凳，一式都是水磨白，木不雕不漆，朴素异常。案上列着几个宜兴紫砂盆，一盆是鲜石斛，一盆是石菖蒲，盆内石子却是紫石英、白石英。几上瓷盆中供着佛手香橼之类。

封棣华道："真是隐者之居，一入此室，药香扑鼻，早医去人俗尘三斛。"随即坐下，问："先生出诊就在左近么？"

那童子道："到横云山去的，大概快回来了。"

虎儿就告诉他横云山也是九峰之一，离此不过三四里。

封棣华仔细打量，见草庐一曲尺共是五间，横是两间，竖是三间。横的是东西向，竖的倒是南北向。两间一间是客座，一间是诊室。三间竖的，第一间就是厨房，内两间大约是内室呢。推开西窗，见是一小小溪湖，湖中种有泽泻、薏苡、水蒲、荸荠之类。溪湖之外，更有余地，植着侧柏、女贞、桑、杏等树。一圈围篱，却是牛蒡子、野蔷薇、月季花等组织成功的。叹道："这位先生心思真是细密，各种药材，随意布置，俯拾即是，偏是层次井井，红黄相间，一点子不乱。奇才奇才！"

那童子道："这些药都种着为施给贫苦病家的。"又指点那边是青木香，这里是地骨皮；此是青蒿，彼是藿香。溪中浮着的是紫背浮萍。道言未了，那童子忽道："先生回来了。"

封棣华回头，见进来的那陈伯平，年纪六旬有余，骨骼清奇，长身玉立，宛如一只仙鹤。急忙起身相候。甘虎儿也站起身来。那童子就迎着道："先生，两位相公来瞧你，候了许久了。"

陈伯平就过来向二人招呼，"请教尊姓大名，府居何处？"

甘虎儿道："我就住在松江，姓甘，贱名叫虎儿。这位是浙江封孝廉，官名叫仪，表字棣华的便是。专程来此拜候。"

此时童子呈上名帖，陈伯平道："原来是远客，快请客室中坐吧。"遂命童子快去烹茶，一面开动西边那扇门，向内只顾让。

棣华、虎儿走入西边那间屋，只见向东叠着一个书城，两壁悬有几副对子、几副横轴、几椅桌凳，一般是水磨白木。陈伯平连声"请坐，请坐"。

封棣华婉婉曲曲陈明来意，陈伯平谦逊了几句。封棣华再三请益，陈伯平道："封兄虚心好道，不耻下问，询及老朽，但是老朽亦何所知。据老朽私见，以为生于本清朝做医，真是便当不过，因各种治病的法子，古名医都已研究出了，咱们只消熟参古书，就能头头是道。如治伤寒当以仲景法为主，治温热当以河间法为主，治劳倦内伤以东垣法为主，治阴虚以丹溪法为主。余如葛可久治内损，余师愚治热疫，神而明之，进退周旋，有余豫矣。"

封棣华道："听说先生对于温病伏热有独得之秘，晚辈专程造府，尚祈不吝指教。"说罢，两眼望着陈伯平。

欲知陈伯平肯否赐教，且听下回分解。

第十二回

凤池两次用奇谋
虎儿三回盗秘籍

话说陈伯平道:"我也同人家差不多,有何秘诀,封兄休误信了人言。"

封棣华再四请教,陈伯平咬定口,只说并无秘诀。封棣华没法,只得泛论温热大家,探听他的意旨,遂道:"吴又可、余师愚都是近世的温热大家,但是又可《瘟疫论》,立方主重苦寒;师愚《瘟疫篇》,偏又注重甘寒。一喜用大黄,一喜用石膏,叫后学究竟从哪一家的说是呢?"

陈伯平道:"据老朽看来,各有至理,都有意思,都可从得。毒热在气分,自该用师愚的法子;毒热到了血分,就该用又可的法子了。我想又可治着师愚的症,自然也用石膏;师愚治着又可的症,自然也用大黄。"

封举人极佩高见,重又请教伏热秘诀。陈伯平终不肯说。

谈了一会子,天色已经傍晚,封、甘两人辞着出来。陈伯平直送至篱门,点头而别。

封棣华道:"这位陈伯平真不愧是名家,议论见识,都是高人一等。"

甘虎儿道:"你们讲的郎中话,我听了一句也不懂。"

封棣华道:"内家的话,外家听了是没趣味的。我们谈的医,犹之你们的说剑,不是道中人,都不要听的。"

甘虎儿道："学剑不过为除暴安良，学医不过为补偏救弊，那不是一个道理么？"

封棣华道："异途同轨，原是万事一理呢。虎兄，我们且慢回家，我要跟你商量一件事。"

虎儿问有何事，封棣华道："我慕名九峰三泖已久，既然到了此处，耽搁他二三天，游玩游玩，你肯陪我么？"

虎儿道："那也不值什么，住几天就是了。但是封师爷从浙江来，见惯了高山大泽，这里的山，土堆似的一墩，怕不入眼呢。"

封棣华道："风景各处不同，各有各的好处。"

当下在镇市游了一会子，随即回船歇宿。封棣华暗向虎儿商议，要他行使飞行术，到陈伯平家中偷取治温热病秘诀。虎儿慨然应允。人静之后，虎儿从船中腾身而起，眨眨眼就没了影踪。封棣华暗忖：虎儿那么本领，偷一本小小册子，总无有不成之理。

候到天色微明，才见篷窗飒然，宛如落叶堕地。起身瞧时，甘虎儿回来了，忙问事情如何。虎儿摇头道："难办难办。我自从出世到今，所办事情，从没有今回这件事的难。昨晚忙了一整夜，一点子头绪没有。自问才力实是不及，还请封师爷另聘高人吧。"

封棣华细问情由，才知虎儿飞入陈家，不过黄昏时候，陈伯平偏偏还没有睡，挑灯看书，直候到三鼓之后，才见他归房安睡。虎儿在他书房中点了灯，把书架上、书案上、抽屉中翻了个遍，哪里有什么治温热病秘诀。翻到晨鸡四唱，依然影踪毫无，不禁大大失望起来。听得里面有人咳嗽，知道陈伯平快起身了，不敢逗留，灭了火，飞腾回船。

封棣华道："这原是我的不是，治温热病秘诀，不过是一册抄本书，究不比古董字画、宝贝珍珠可以辨认。虎兄又不是内家，就放在面前，也断然不会认识。虎兄临走的时候，我不该少交代了一句，不然，这一册秘诀，早已到了我们手中了呢。"

甘虎儿忙问："忘记了什么话？封师爷，你吩咐了，我今晚鼓足勇气再去。无论如何，总要把这册秘诀书偷取到手。"

封棣华再三称谢，甘虎儿问："忘记交代是什么话？"

封棣华道："甘兄昨晚辛苦了一夜，且请休息半天儿再说吧。"

甘虎儿道："封师爷，你不说，我心里闷不过，如何能够休息？还是请你说了，爽快一点子。"

封棣华道："也没什么，不过请你把他手抄的书，不管他是温热秘诀，不是温热秘诀，都取了来，那么不求秘诀，秘诀自在其中了。并且'秘诀'两个字，是我臆想的，不知他自己题什么名儿呢。"

甘虎儿道："我瞧见手抄册子有三五册呢，早说了就取了回来了。"

封棣华道："那原是我忽略之故。好在计划已定，迟早不在一两日呢。"于是虎儿就在舱中打开铺盖将息。

封棣华闲着没事，带了个家丁，上天马山游览。行到中峰，已见九峰环绕，历历在目。横云山、机山、小昆山、干山、佘山、钟贾山、辰山、凤凰山，细审山脉，都从杭州天目而来。游览了一会子，日影业已过午，觉着腹中饥饿，遂徐步回船。

甘虎儿已经睡醒，问："封师爷到了哪里去？"

封棣华道："就在山上逛了一会子。甘兄，肚子饥饿么？"

甘虎儿道："饭已煮好，就叫船上开饭吧。"

于是开饭，封、甘两人对坐舱中午膳，家丁自在后艄与船上人同吃。饭毕，封棣华要游横云山，甘虎儿陪着，直到傍晚，才兴尽而返。

封棣华道："横云山顶那个白龙洞，深不可测。"

甘虎儿道："听说此洞直通到淀山湖呢。"

到深夜黄昏，甘虎儿又飞腾去了。封棣华暗忖：今晚计划周密，定然稳取荆州。巴巴盼望，望到鸡声四唱，甘虎儿回船。只见他垂头丧气，满脸露着不高兴，向封棣华道："封师爷，这件事我竟不会办，惭愧之至。"

封棣华道："偏又不顺手么？"

甘虎儿道："说也惭愧，找了一夜，抄本书一册也没有。昨夜明明有三五册，今宵都不知哪里去了。"

封棣华叹道："哎呀，这是我一时失著。你昨晚将他的书籍翻了个乱，他总已料到我们是去偷他的秘本，才把手抄本收拾起来。虎兄既然失败了两回，看来总也是机缘不巧。咱们不必停留了，就开船回去吧。"

甘虎儿一声儿不言语，于是吩咐船家开船。封、甘两人对坐舱中，各自无精打采。偏偏又是逆风，船到松江已经未末申初。偏遇着老侠甘凤池不解事，拖住了问长问短，细谈九峰风景。封棣华没精打采，问两句，回一句。

甘凤池见了不解，问儿子虎儿，也问不出什么。甘凤池道："你与封师爷好好地出游天马山，撞见了什么，回来却这么的不高兴？你告诉我，我或者还可以替你想一个法子。"

甘虎儿心想不错，遂把两次入陈伯平家中偷取治温病秘诀，没有到手的事，从头至尾，说了一遍。

甘凤池笑道："好孩子，我当是什么大不了的事，也值得这样愁闷。似此区区小事，何不早与我说，一百件也结了呢。这几间茅屋，又不是铜墙铁壁。内苑皇宫，几页秘书，又不是和璧隋珠、连城国宝。这点子事情都办不了，还有脸子见人么？"

甘虎儿道："你老人家站在屋顶上说风凉话儿，岂不省力。你不知道几间茅屋，比了铜墙铁壁还坚；几页秘书，比了和璧隋珠还贵。"

凤池道："这是何故？"

甘虎儿遂把第二次搜查手抄本一册也不见的事，说了一遍。

甘凤池笑道："这也何难。"遂叫虎儿走来，附着耳说了一会儿话。

虎儿恍然大悟，顿时笑逐颜开，连称"妙计，妙计"，匆匆到西厢房告知封棣华。棣华也大喜道："尊大人真不愧剑侠老前辈，谋勇双全，想出来的法子究竟高人一等。这一回，总可稳取荆州了。虎兄几时去做？"

甘虎儿道："事不宜迟，今晚就去。"且暂按下。

却说陈伯平自从那日突见封、甘两人来访之后，次朝走入书房，瞧见书房中各种书籍凌乱无次，就疑到封举人派人来偷秘籍。因自己久住松江，于甘凤池父子的声名，也约略问知。门不开，户不启，室中翻得碌乱，不是剑客，更有谁有这本领？只翻书籍，不搜别物，不是为秘籍为什么？因此就把各种手抄、手批、手撰的册子，一股脑儿收拾了，藏在卧室内，然后整理书籍。虎儿第二次光临，所以又撞了个空。

次日，陈伯平瞧见架上书籍，笑道："不速之客已经又来过了。"遂把书籍整理好。这夜倒很安静。

次日黄昏，才待就寝，忽闻房内陡起巨声，急忙秉烛往照，见地上遗有着一封书信，写着"陈伯平先生拆阅"。拾进房中，拆开见写着径寸的字，道："先生治温热病秘诀，秘不肯示人。余特定于今晚三鼓，来此偷取。望赶速严密收藏，小心防守，特此预报台闻。偷书者启。××年××月××日。"

陈伯平大惊失色，暗忖：此人这么胆大，要偷取我东西，竟然先期知照，我倒不能不格外提防。取了蜡台进房，遂开衣箱，取出两册小本子，放到床上枕头底下，自语道："这么布置周密，总可万无一失。"放好册子，再去关闭房门。上闩之后，又掇一只椅子顶住了门，才慢慢解衣就寝。

不意次日红日临窗，一觉醒来，推开枕头瞧时，只叫得连珠的苦。哪里再有书籍，只剩得一个空地方儿。

看官，这就是甘凤池的巧计。原来甘虎儿本来不知秘册藏在哪里，先发了那封信，使陈伯平瞧了着慌，将书本移过地方，虎儿却躲在暗处瞧得明白。俟他睡得熟了，轻轻抬起他枕头，只一抽，两本秘书早已偷取到手，腾身出外，飞行回松。

闯入西厢房，封棣华还未起身呢。甘虎儿唤道："封师爷，封师爷，快快起身。"

封仪被他唤醒，睡眼迷蒙地道："谁呀？"

甘虎儿道："封师爷，虎儿回来了，替你送宝贝来呢。"

封棣华道："秘诀得着了么?"

甘虎儿道："得着了。"

封棣华听说，顿时眼目清凉，急急披衣下床，问："秘书在哪里，秘书在哪里?"

甘虎儿立把小册子两本授予封仪。封仪接到手，先不开看，向虎儿把头一揖，连声称谢。

甘虎儿道："师爷救过我兄妹性命，这点子小事，谢什么。"

封棣华道："甘兄，你休小觑了这两本册子，这是治温热病的秘诀，我得着了，传布开去，可以援救万万生灵。甘兄，你这功德真也不小呢!"

说着，把册子放在案上。先瞧面子，只见签上标着"温热病指南"五个大字，下面写着"陈祖恭伯平甫述"一行小字，不禁心旷神怡，满面堆下笑来。

甘虎儿问："封师爷不错么?"

封棣华道："不错不错。"

甘虎儿道："不错就是了。"

欲知《温热病指南》中有何紧要秘诀，且俟下回书中再行宣布。

190

第十三回

北来恩诏任调厦门
夜半巨声书传秘密

　　话说封棣华得着《温热病指南》，如获至宝，快活异常。开卷细读，越读越有味儿。瞧到一段讲伏热病的，不禁拍案称奇起来。只见上写着"《内经》'冬伤于寒，春必病温'。注家咸谓冬令闭藏，寒邪伏于肾中，病不即发。至春，阳气大泄，内伏之寒邪，遂升令而外达。此言大谬。夫寒邪凛冽，中人即病，非比暑湿之邪，能伏处身中。故《内经》'风寒之中人也，使人毫毛毕直，皮肤闭而为热'。况肾为生命之根，所关至大，安有寒邪内入，相安无事，直待春时始发之理？"点头道："驳得极是，真是石破天惊的议论！"

　　再瞧下去，"不仅此也。寒毒内藏，何能化热？天来钱氏谓'冬伤于寒者，乃冬伤寒水之藏'，即冬不藏精之至辞，何得以寒邪误解。此言虽未免太偏，然冬月寒邪郁遏其火，因闭藏之令伏藏于内，至春夏内伏之火得外邪触动而发，则毫无疑义。"不禁叹服道："真是名家之言。我明白了，寒邪外束，本身之热，不能外达，势比内郁而成火。所谓伏者就是指本身所蕴之热，并不是寒邪化热之热。寒是寒，热是热，寒邪绝不为热化的。我从前真在梦里呢！"

　　翻下去又瞧见了一篇论湿热病的，其文是"脾本为胃行津液，若脾气健运，散布水精，上输于肺，下轮膀胱，总有湿邪，安能留着？唯是饥饱劳役，先伤中气，或生冷炙煿，内贼太阴，以致健运失司，湿饮停积。客邪再至，遏伏气机，病则倦怠痞闷必有至者，此皆先有内伤，再感外邪，非由肺及脏之谓。至于所感之邪为暑，为湿，为热，为风，或从内，或从外，又在治病者之临症时权衡矣。”

封棣华道：“这位老前辈的见解这么高超，时下名医对于温热病，外感与内伏，界划鸿沟，分判极严。他却发明出伏气的‘伏’字，不是湿遏热伏，就是寒遏热伏。再发明出外感引动伏邪，不有伏邪，光是外感，虽病亦必轻微，可以不药而愈。知是未经人道的话。”

正在自言自语，不防甘虎儿突然叫一声“封师爷”。棣华陡吃一惊，抬头见是虎儿，笑道：“虎兄，我被你唬一大跳。叫我做什么？”

甘虎儿道：“我防你发痴呢。怎么瞧瞧书，一个儿讲起话来？”

封棣华道：“我因读着这奇书，忘了情，被你好笑起来。你不知道我宝爱这书，犹之乎你宝爱你那柄剑。怪不得陈老先生要一得自秘呢。你与我取到此书，这一个大情，我一辈子都忘不了你。我取回家去，发愿把它刊刻出来。从今而后，做医家的治温热病有一条新路了。虎兄，你这一个功德真是不小！”

甘虎儿道：“封师爷，你起了身，还没有洗脸呢。”一句话提醒了封棣华，忙藏好了书，出来洗脸早膳。

早膳已毕，又进西厢房瞧书。瞧了一整日，忽然自责道：“我封仪很不该偷取人家的秘书。现在我这么得意，陈伯平不知如何失望呢。不如这么吧，我将此书赶快抄出了，这原本仍旧交虎儿送往天马山，交还陈伯平，才是正理。”主意已定，从此闭户抄书，足不出户。

整整抄了三天方才抄毕，校对过了，笑向虎儿道：“这两册原本，费虎兄神，替我依旧送还陈伯平去。”

甘虎儿问：“这是什么意思？”

封棣华遂把自己得意之余，陡起感触，及将抄出秘文送还原本的话说了一遍。虎儿道：“封师爷真是正人君子，难道难得！”

当下受了秘本，就这夜里飞腾而去，送还于陈伯平。陈伯平见

192

秘本失而复得，倒也十分欢喜，不在话下。

却说封棣华私事已毕，又要专心办理公事，向甘凤池提起婚姻问题。甘凤池已与陈美娘商议妥协，先出一个年庚八字。封棣华接了小蝶年庚，欢然告辞。凤池又办酒饯行。就在松江雇定一只船，次日开行，向温州进发。在路无话。

不则一日，早来到温州府城，登岸进衙，见了云万里，呈上年庚，回明一切。云万里道："费心得很，老弟今日回温，真是好极。倘然早了一天，昨日回来，可就不巧了。"封棣华道："这是什么意思，怎么早到了反为不美？老师的谕高深莫测，还请明白指示吧。"

云万里道："这也并没什么讲究。你今儿请到甘小姐庚帖，甘小姐前日来温，住了一宵，昨儿动身回松江的。她本人在这里，听得请她庚帖进门，她虽然是个英雄，究竟女孩儿家，不无面重，岂不是倒不巧了么？"封棣华方才明白。

云杰进来，一见棣华，就问："封兄几时回来的？"

封棣华道："才到呢。恭喜恭喜，甘小姐庚帖已给请到。杰兄，你拿点子什么谢我呢？"

云杰听了，也异常欢喜。云万里立刻写了一封家信，派家丁送往山西云家庄，禀知云中燕。一俟云中燕回信到来，再派人到松江求允。

有事即长，无话即短。不过一月开来，云中燕回信已到，拆开一瞧，也是绝对赞成的话。云万里喜道："我知道叔叔、婶子再无不允之理。"当下就恳恳挚挚写了一封求允书信。封棣华也写了一封信，派一个干练家人，给予川资，即日登程，前往松江。

偏偏烈火烹油，鲜花着锦，松江喜音未至，北京恩诏已来。杭州抚院转来上谕："福建分巡海兴泉永等处驿传兵备道，着云程调补。钦此。"云万里谢了恩。

此时消息传出，温州府知府，同了永嘉、瑞安两县，都来称贺。接着又奉旨："刻下海疆不靖，该道云程，着即赶紧到任，毋庸来京陛见。"云万里自然遵旨行事。

过不多几天，新任道台到了。云万里把交卸的事办理舒徐，即日起行。温州绅民都送来德政牌、万民衣、万民伞各物，众绅士衣冠，各耆老执香，吹吹打打，送进衙门来。云万里再三谦让，然后收受。

到动身这日，高升鞭炮，络绎点放不已。云万里荣耀非凡，到杭州租下公馆，即去谒见抚院，拜会藩臬各官。忙乱了好几天，一面做好叩谢天恩之折子，请抚院代奏，随即择定吉日，起身赴福建。按站而行，经过各处，官迎官送。云万里秉性廉洁不受地方官供应，一路上自办伙食。

这日行抵浙江、福建交界处所，厦门道道标、守备已经率了弁兵，在边界上迎接。

云万里打了尖，笑向云杰道："明日一出江山界，就是福建了。我想叫老弟保护着眷属先到厦门，我同了封棣华上福州去，这么布置似乎轻便点子。"

云杰道："好果然是好，但是哥哥与封师爷都是文人，路上万一有不测，可怎么样?"

云万里道："浙江地界已尽，总不会有什么了。我于福建，还是初次做官，未尝结怨群小，谅来不会有什么的。"云杰听说有理，也就应下了。

不意这夜三更时分，公馆中人已经睡静，忽闻客堂中发出大声，砰砰不已。云万里等都从睡梦中惊醒。云杰腾身跃出，四处巡察，不见什么，只客堂中有三五块瓦片跌碎在地下，瓦块旁有一封书信，急忙拾起，只见上写着"云万里观察台启"七个大字。万里披衣坐在床上，问有什么。家丁回："二老爷拾得一封书信。"

万里道："什么书信，取来我看。"家丁应声出外。

霎时云杰同着家丁进房。云万里道："听说拾得了什么书信?"

云杰道："真古怪，客堂中跌碎了三五块瓦，方才这大声，想就是掷瓦了。碎瓦旁有一封书信，标着哥哥的表字。"说着，呈上。万里接来一瞧，折开封套，抽出笺纸，只见上写着：

云观察，营卫已亏，外邪易入。申酉之交，防其厥逆。慎之。

青皮、龙齿、山栀、防风、刺蒺藜、右五味，各等分研细末，白汤调服。

云万里瞧过不解，向云杰道："我好端端的，不生什么病，怎么弄这一张方子来？奇怪很了，叫人真难猜测。"

云杰道："我们这里只有棣华会医，还是叫他来详解，怕还有几分道理。"一句话提醒了万里，忙命人请封师爷。

一时棣华走入，万里把方子递与棣华。棣华接到手，先瞧按语，后瞧方药。瞧了好一会儿，摇头道："这个方子是不通的，待我讲给你们听。开首'营卫已亏，外邪易入'不过是说得病之所以然，现症如何，舌苔如何，脉象如何，一个字也不曾说出，却就硬断'申酉之交，防其厥逆'，何所见而云然？'慎之'两字，更使人茫无眉目，从何处慎起？这个案不是已经不通了么？讲到这一方子，青皮是伐肝的，龙齿是镇肝的；山栀是泻火的，防风蒺藜是息风的。既已伐肝清火，何必再用风药，岂不是毫无意义？"云万里听了，很是茫然，遂向棣华要回药方，反复瞧看。

瞧了半晌，忽然道："这笔迹儿熟得紧，好似在哪里见过似的。"

棣华道："我不认识。"

云万里道："平地里来这一封信，真是个闷葫芦，叫人从何猜测，从何详解？"云杰、封仪见时光不早，都告辞了自去。

云万里和衣睡下，翻来覆去，哪里睡得稳。坐起身，剪去了烛花，再取方子瞧看，横看竖看，好半天，忽地大跳起来道："懂了，信中的奥妙我已参透，原来这其中有这么大的一个秘密！"

欲知是何种秘密，且听下回分解。

第十四回

云观察参透书中秘
封孝廉乔装新道台

话说云万里横瞧竖看，不禁恍然大悟，自语道："原来此中有这么一个秘密。此人是好人，特地来此给我消息。"心下一喜，精神也就陡增。索性披衣起身，走到云杰房中来。

云杰与封仪住在一间里，万里见房门不闭，只虚掩着，推进门，唤道："健弟，健弟。"

云杰从睡梦中惊醒，问是谁。

万里道："是我。"

封棣华也就惊醒，道："讲话的不是老师么？"

云万里道："不错，是我。棣华也醒了么？"

封棣华道："老师好早。"

万里道："天还没有明呢。这张药方我已经解出了，内中却有个大大的秘密！"

云杰、封仪齐声问："如何解释？有什么秘密？"

云万里道："你们只要把第一个字横读下去，就明白了。"

封棣华道："哎呀，那不是'青龙山防刺'一句密话么？哦，我都明白了。'营卫已虚，外邪易入'，明明知照我们防卫万万不能松暇，一松暇，外邪就易入了。这'外邪'两字，是指外来的邪人。'申酉之交'，是明明知照我们行刺的时刻。'防其厥逆，慎之'无非叫我们谨慎的话。青龙山是在福建崇安县地界，按站而行，后天

196

就到那边。"

云杰道："家眷先走的话，当然不能行了。"

云万里道："这个自然。现在咱们且商量防刺的事。"

云杰道："我可惜长得身子太小，脸儿太瘦，不像是个官模样，不然，我来装作官，坐着大轿前行。"

封棣华奋然道："我受老师栽培深恩，从来说'士为知己者死，女为悦己者容'，现在老师身逢大难，我来代坐大轿，报答老师的知遇。"

云杰道："棣华肯代坐大轿，那是再好没有了。好在代坐大轿，也绝不会有什么意外。我在轿旁，充当戈什哈，要是有什么，我早出手，把来人擒住，至多受一点子虚惊罢了。"

云万里道："果然只一点子虚惊么？"

云杰道："没有意外就是了。"

斟酌定当，恰好天色大明，大家也就不睡了。当差的也都起来，梳洗完毕，吃过早饭，随即长行，厦门道标兵跟随护送。

这日，只走得五十里路，就打了尖，地方名叫红叶渡。云万里因昨夜没有睡，疲倦极了，一到客店，打开铺盖，倒头便睡。

正睡得酣熟，銮铃响处，一匹快马到来，进了红叶渡，喝问路人："新任厦门道云大人在这里么？"

路人回道："全家店有一位贵官，大概就是厦门道。"

那人听罢，把缰绳一紧，直到店门，滚鞍下马，就举起马鞭挝门。店家开门询问，那人道："厦门道云大人是不是在这里？"店家应声"是的"。那人就把马交给了店家，大踏步进门，来找万里。

云杰听说有人飞马赶来，吃了一惊，大喊"了不得，刺客来了"，赶忙出来阻拦。不意来人正与云万里在房中讲话呢。

看官，你道此人是谁？原来就是差往松江甘凤池家求亲去的家丁。那家丁到得松江，凤池、美娘待得异常恳挚。瞧过来书，随即回书应允。原来甘小蝶回家，凤池夫妇已经问过，小蝶也很满意，所以书到事成。那家丁在松江住了几天，凤池把复信写好，又复封

197

棣华一信，中言："我女已被先生作伐，许给人家。在先生果是好意，在我家却陡少一人。论情论理，礼无不答。我儿虎儿，年已长大，尚未有妻。先生既然夺了我女儿去，就该赔还我一个媳妇来。务恳留意，专此拜托。"写好了信，又赏给了那家人二十两银子。

那家人万分欢喜，藏了书信，作别登程，回向温州来。哪知回到温州，云万里已经交卸到省，动身赴任，于是雇了一匹马，跨马追赶。赶到江山，知道云万里才动身，那家人就马不停蹄，一路赶了下来。进了红叶渡，探知全家店住下贵客，投鞭进问，果然遇见了。

云万里正在问话，忽见门帘掀动，一个汉子腾身而进，吓了一跳。抬头见是云杰，忙问："杰弟，你做什么，虎虎然进来，几乎把人吓死！"

云杰道："我听得突有一人跨马而来，径奔上房去了，只当是刺客呢，吓得什么相似，急急赶来保护。"

云万里道："要真是刺客，候你到来，早已不及了呢。"说得大家都笑了。

此时封棣华也已进来。云万里瞧过来书，笑道："甘家已经允下，这门亲事是做定了。"遂把书信递与封棣华。

棣华瞧过，遂向云杰道喜。云万里道："大媒，你还有一封信呢。"

棣华拆去封，瞧了一遍，笑道："我真交了媒运了。这位风老先生，要我给虎儿做还一个媒。但是照虎儿这么人品，这么英雄，叫我到哪里去找他配偶，不是很难一个难题么？"说着，把信递给云万里。

云万里瞧过，笑道："祥麟威凤，岂无配偶。只要瞧咱们的杰弟，你替他留在心上了，好在他不限定日子，迟几天早几天都使得。"

封棣华道："本来是成人之美，门生有什么不愿意，就为的有对头难找。"当下无话。

次日清晨，云万里梳洗完毕，青衣小帽，并不穿戴公服。封棣华却大装起来，头戴红缨大帽，上冠明蓝顶子，后面拖一支孔雀翎。身穿二蓝江宁绸织花箭衣，两个马蹄袖高高地卷着。丝丝扣带，紧紧扣在腰间。外面套一个硬围领，罩一件天青缎外套，钉着平金前后三品补服，加上一百单八颗伽楠香朝珠，后有堕头，前有纪念珠。脚上茶青套裤，穿上乌缎粉底京靴，配上他白脸朱唇，剑眉星眼，一望而知是位新放的监司大员，又谁知是假扮的呢?

穿扮定当，踱出客堂，道标、兵弁上来投手本，唱名参谒，封棣华不过微点了一点头。云杰也全身更换衣服，头戴貂皮大帽，冠着水晶顶子，身穿玫瑰哈辣呢乌绒滚边镶如意马褂，玫瑰紫甩裆大裤。脚蹬抓地虎薄快底靴，腰间跨着口刀，站在旁边，威风凛凛，宛然是个戈什哈模样。

但见戈什哈云杰抢步奔出店门，向外一站，传谕道:"奉大人论，排齐执事，立刻登程前进。"道标、兵弁齐齐应了一声"嗻"，顿时排班伺候。十二名夫子抬进一乘绿哆啰呢四人大轿来，因事长行，夫子备有三班，预备途中更换的。

当下大轿打进中堂，封棣华缓步登舆。夫子上了肩，四个戈什哈，两个向前，两个扶轿，只听夫子喝一声"升高，瞧脚下"，轿子就缓缓起行。前面是清道旗、金鼓旗、飞龙旗，接着四对卫牌，第一对是"钦命"两个大字，第二对是三品顶带，第三对是赏戴花翎，第四对是福建海兴泉永兵道。接着就是道标、兵弁、大旗队、大刀队、钢叉队、鸟枪队，一队队整肃前行。接着便是军健，两面大锣。大锣之后，两匹顶马。顶马之后，就是戈什哈扶轿缓行。大轿后两匹跟马，接着便是师爷的小轿，与行李随从人等，旗锣伞扇、军健、执事、夫马、兵弁人等，浩浩荡荡，直向厦门进发。

行至晌午，戈什哈回称:"已到青龙驿，可要打尖?"封棣华点点头，戈什哈立刻传命:"大人有谕，吩咐打尖。"前道听说，立刻住步。早有青龙驿驿丞、青龙汛千总、青龙司巡检等一干地方文武，高擎手本，跪地唱名迎接。

封棣华吩咐毋庸伺候，各回本职，只传了驿丞上来，问他："这里离青龙山还有多少路？"

驿丞道："回大人，从青龙驿到青龙山，有四九的路。"

封棣华道："什么四九？"

驿丞道："四九就是三十六里。"

封棣华道："这里是个小市集，咱们人多，毋庸你供应，即烦贵驿丞知照各店家，赶快备起饭来，该多少钱，就给多少，丝毫不得短少。钱呢，本道自己备着，不消地方破费的。本道带来的人，倘有需索情事，立刻回我，自当按法重办。"

驿丞应了几声"嗻"，自去照谕办理。一时上来回道："这里青龙驿小市集，菜蔬真少，勉强凑了两荤两素，只是酒没处备办。"

封棣华道："酒本来免了，咱们长行，喝醉了酒，叫他们如何赶路。"

一时驿丞引封棣华等入市，到一家最大的屯店里坐地，一式白柳木桌凳。道台卸去朝珠外套，升去大帽，光着头，只穿着箭衣，围着硬领，同师爷两个据案而坐。戈什哈、顶马、道标、守备人等就在下首两桌上分坐定当，众夫子、护兵人等却就席地而坐。先送上茶来，茶叶倒也罢了，却都泡在公碗里，热腾腾一碗一碗。道台让着师爷，各呷了几口。

一时搬上饭菜，上席倒是六肴，是白煮鸡、腊猪头、炒猪肝、葱烧咸鱼、拌海蜇、炒青菜。那下席只有猪肝、咸鱼、青菜、海蜇四肴，若腊猪头、白煮鸡等美味佳肴，是不可多得的。毛竹筷、粗花公碗，呈上饭来，倒是粒粒珍珠白米饭。道台与师爷只吃了几块鸡，几筷青菜，其余都不曾动。

一时饭毕，叫店家问账。店家听说是道台，比了本地的巡检老爷要大起五六倍，大概与北京皇帝差不多身份。现在听说道台大人传唤，早身不由主，轧轧地抖将起来。偏那戈什哈双眉倒竖，两眼圆睁，凶神似的走过来，喝一声："你那王八羔子，大人传你，只管蝎蝎螫螫，不上来做什么！"

200

店家抖道："我的将爷，我是乡下人，不会讲话，不敢见大人。"

戈什哈怒道："大人传你，你敢抗传，我就抓你这王八蛋去。"

店家哀求道："快饶我一命吧。"

戈什哈道："谁要你的狗命！"

店家道："见大人说错了话，不是要敲牙拔舌的么？"

云杰听得，连忙走出道："店家，你休胆怯，咱们大人人极和气，叫你去不过是算账。你放心。"一面把那戈什哈埋怨了几句话，引店家入内算了账，给了钱，遂命登程前进。

欲知青龙山如何遇刺，且听下回分解。

第十五回

青龙山刺客遭擒
台湾岛山民起事

却说封棣华代替恩师云万里穿戴公服，乘坐大轿，登程前进。过了青龙驿，但见官道两旁都是垂髫杨柳，那柳枝儿随风飞舞，绿得很是可爱，道旁屯童乡妇都站住了瞧热闹儿。

行了一程，青龙山早已在望。只见高山插天，横云断峰，山间树木隐隐。愈行愈近，山坡上僧院塔寺都历历在目，知道离山已不远了。

只见云杰询问同伴："离青龙山只三五里么？"

同伴道："瞧着很近，走去怕还有八九里呢。"

又走了一程，看看斜阳欲堕，只听众夫子道："这才到了青龙山。过了青龙冈，有一个市集，名叫祝家寨，就可以打尖了。"

封棣华听说到了青龙山，心下未免着慌。云杰咳嗽一声，这一咳嗽，是暗暗知照封棣华，叫他不要胆怯，差不多说"恁你天坍大事，有我云杰在此"。咳嗽未了，陡闻山坳里一声啸声，突见一团黑影，风一般地来，盘旋飞舞，宛似一头青鸾，径向封棣华大轿飞扑，疾如雷电，眨眨眼就到了大轿。

封棣华觉着旋风如刃，大惊失色，喊一声"哎呀，我命休矣！"这时候，戈什哈云杰腾身而起，飞腿一格，早把那团黑影格住。此时戈什哈、顶马、道标、兵弁等人全都得着警信，住了步，摇旗呐喊，齐喊"拿刺客，拿刺客"。百余人齐声狂喊，这一个声势，不啻天摇地动，岳撼山崩。

那刺客瞧见这里有备，急忙返身逃遁。云杰如何肯舍，紧紧追赶，这一追直追到山坳里。那刺客就站住身，反扑将来。两个人一来一往，斗将起来，战到个难解难分。众戈什哈、兵弁人等都瞧得呆了，那守备连声喊"好斗"。战到半个时辰，但见云杰高喝一声"拿住"，便以鹞鹰抓小鸡似的把那刺客一举手抓住了，如飞一般奔回来，一口气直奔至大轿前，喝报一声"回大人，刺客已经拿下，却是个女子"。

封棣华道："是个女子么？带回公馆去究办。"

此时兵弁人等瞧见戈什哈拿住刺客，觉着各人脸上都有光辉，顿时雄赳赳气昂昂，一个个精神百倍。云杰喝令兵丁把刺客捆缚了，大众打道而行。

行过青龙冈，天色已终尽暗，径投祝家寨市集。落了店，只见师爷向道台拱手道："老弟受惊了，费心费心。"

封棣华笑道："装了一整天官，累得我乏了，如今我们可以各归旧职了。老师还做老师的官，门生还做门生的幕友。"

云万里道："那原是我累老弟的。"

一语未了，就见云杰掀帘而入，问道："我叫他们备办晚饭了。可要吃过晚饭，审那刺客？"

云万里道："那是不消说得，一定的事。我们几个人风尘仆仆，最好叫他们先舀几盆水来，洗洗脸。"

云杰道："我去知照。"

一时当差的打进脸水，各人洗了脸，又送进来茶喝过，才搬上饭菜，总不过是屯铺菜蔬，大家胡乱吃了一顿。

洗毕脸，云杰道："如今可以审问刺客了。"云万里点点头。

云杰才待出走，云万里道："就烦老弟带她到这里来问吧。"云杰应了一声，出外去了。

这里云万里与封棣华才谈得三五句话，就见门帘动处云杰带进一个刺客来。灯光之下，云万里定睛一瞧，见这刺客是个十八九岁的绝色好女子，心下不禁纳罕道：这么一个人怎么会做刺客？古怪古怪！遂道："你姓甚名谁？哪里人氏？十几岁了？为什么充当刺客？谁叫你来此行刺？"那女刺客听说，笑了一笑。

看官，你道这位女刺客是谁？说起她的来历，真是奢遮。她姓朱，她的父亲朱继贵号称"镇海王"，在福建洋面横行劫掠，洋面上英雄，不论内洋外洋，都尊奉他的号令。朱继贵的父亲就是台湾王朱一贵。

台湾这一块地，在闽洋之外，恰与福兴泉漳四府相对，距离厦门约有五百里，是一个长形海岛，袤延二千八百里，阔狭二百里余。中多山，其山起自基隆，南到沙马奇，共有一千多里路。不过山西、山东两面都是沃野，从海边到山脚，浅阔相均，约有百里光景。

隋代大业年间，虎贲将军陈棱到过澎湖东向望洋而返。元代在澎湖地方置一个巡司，明初也就废去。到嘉靖年间，隋贼林道乾在内地不能容身，逃入台湾来，拒地自固，被琉球人驱逐。至天启年间，被荷兰侵占。到明末清初时候，中国出了个大英雄郑成功。这郑成功原是福建泉州同安县人，他的老子郑芝龙原是个海盗，勾通日本人，在台湾地方成家立业，生下郑成功来。崇祯年间，巡抚沈犹龙招抚了芝龙，授予官职。芝龙屡立战功，履平剧盗，积官到都督同知。恰逢闽中大旱，郑芝龙献计于巡抚熊文灿，叫用海船迁徙饥民数万到台湾，每一个人给予银三两、牛一头，叫他开垦荒岛。熊抚台依计而行，载送饿民过海，一座荒岛顿时成为邑聚。这时光，台湾地方只有荷兰人二千多住在城中，荒民数万散屯城外。荷兰人专管商船，不征田赋，跟流民耦俱无猜。洪荒初辟，土膏愤盈，一岁三熟，流民只身渡海，耕一余三，一两年间，都成了小康。漳、泉两府的人，赴之如归市。

到大清龙兴，派兵南下。郑芝龙卖主投降，他的儿子郑成功偏是忠贞不贰，投袂奋起，力图恢复。明隆武帝封他为招讨大将军，并赐国姓朱氏。永历帝晋封他为延平郡王，于是这朱成功遂统率兵船履攻浙江、福建、江南各地，清廷连年戒严。顺治十七年，朱成功与张煌言联师北伐，直杀到南京城下。偏偏明朝气数已尽，成功屡胜而骄，被清将杀得大败，回到厦门，就有夺取台湾之志。事有凑巧，荷兰人在台湾已经筑有坚城两座，特置揆一王在那里镇守，与南洋、吕宋、占城诸国帑市通商，渐渐成为都会。恰恰他的财政主任亏空了公币二十余万，怕遭发觉，于是走投成功，愿为向导。成功览其地图，叹道："这也是海外扶余也。"遂于顺治十八年，绝率海船百艘，进泊澎湖，乘潮涨，扬帆直指鹿耳门。顷刻之间，数百艘全都抵岸。荷兰人仓促不能抵御，弃下赤嵌城，都逃了王城去。朱成功督众进攻王城，这一座王城是用乱石叠砌，火煅成灰，融为石城，坚凝不受炮子，攻打了半截，攻打不下。朱成功用了个包围的法子，塞断他的水源，并与他约道："只要给我先人的旧地，所有财产宝货，可以携取的，恁你们取去。"于是荷兰人以大舶迁移而去。

朱成功得了台湾，与原有金门、厦门两岛成为掎角之势，一面礼处士陈永华为谋主，辟屯垦，修战械，制法律，定职官，兴学校，起池馆，以待故明宗室遗老之来归。改赤嵌城为承天府，置天兴、万年二县，招徕漳、泉、惠、潮之民，一时岛强民盛。清廷大惊，康熙帝下诏迁沿海居民与内地，禁商船渔船出海。近海三十里，不准有人居住，避他的锋锐。

朱成功虎踞台湾，传有三世。本书开始的八大剑侠，都是郑氏旧客。到康熙二十二年，清水师提督施琅攻克台湾，灭掉郑氏，置台湾府，诸罗、台湾、凤山三县，西面为澎湖厅，后来又分诸罗、北乡、彰化为县。再北为淡水厅，设巡台御史、台湾总兵、澎湖副将等文武官员。偏偏这种新朝官吏，都是虎狼似的人，把台湾人视作奴隶牛马，贪便贪到个极顶，虐便虐到个万分。台湾人遭此暴官虐政，真是天高皇帝远，没处诉冤。一年又一年，一岁复一岁，俟到康熙六十年这一年，就闹出大事来了。

那时台湾府知府叫王珍，这王珍本是个贪官首领，酷吏班头。一到任，就苛派杂税，滥捕结会及私伐山木的人，拿到二百多名，淫刑拷问。台湾人大愤，凤山人民都各结寨自保。内中有几个首领，一个姓黄名殿，一个姓李名勇，一个姓吴名外，都是很干练，很有谋划的人，当下密议道："咱们台湾地处海外，形势险要。从前延平王国姓爷雄踞虎视，传有三世。清人以中原全力，争了数十年，才得克掉。并且清人用的黄梧、施琅，都是国姓爷旧部。名是清人克掉台湾，实是台湾人自相残杀呢，算不得清人之力。现在承平已久，民不知兵，清朝的国力大不如前。只要瞧台湾，水军、船是最要紧。台湾的水军，篷是破的，樯是朽的，舵是坏的。船舷外青苔茸茸，海藻虬结。这种水军，还有什么用？镇台名为辖水陆兵八千，空额有一半多，并且大半是老弱。海外如此，内地可知。现在贪官污吏这么地肆虐，咱们不如起义，万众一心，立起国来。不要说免眼前的祸，还可以图日后的福。"创议的是黄殿，李勇、吴外齐声附和。黄殿道："既然大家齐心，好极了，我推举一个人出来做首领，此人姓朱，名叫一贵。"

欲知李勇、吴外同意与否，且听下回分解。

第十六回

垫竹片日久印龙纹
造天书宵深发狐火

话说李勇、吴外听了黄殿的话，就问朱一贵是何等样人。

黄殿道："此人是金枝玉叶，大明朝帝室后胤。现年二十往来，生得一表人才，好人品。现在凤山一带，贩鸭为生，朝晚出入。他的鸭儿竟如军营中兵丁，行列整齐，成为队伍，这就是他的异兆，好多个人说他是真命天子。咱们起事，就拥他为主子，你们看是如何？"

李勇道："拥他为主子，事情成了，我们都是开国功臣，不失为富贵。就是事情不成，咱们不是主子，也容易走掉。"于是大家到冈山塘见朱一贵。

黄殿替李、吴两人介绍。李勇留心观看，见那朱一贵生得天庭饱满，印堂开阔，虎目龙睛，长眉大鼻，猛一瞧时，大有龙虎的形状。

看官，这朱一贵上半个脸，生得真是不错，就可惜下部尖削，地阁不丰，唇薄口撮，两耳反轮，所以结局就不很吉利，但是当时黄殿、李勇、吴外又哪里知道相法？

当下三人把来意说明。朱一贵道："难得诸位深明大义，我也久有此心，暗中结识好多位豪杰，就为羽翼未丰，时机未至，所以还不曾动手。现在三位来归，真是天心助顺，吾大明朝合当中兴。三位手下共有多少人马？"

黄殿道："瘟官禁止采木，失业的人何止三五千。这三五千人没一个不把胡清恨得牙痒痒，只要有人做主，都肯舍命冲锋。其余全台人民，谁甘心服清朝，不过没有力量罢了。"

朱一贵道："我也结纳有好几位英雄，明日招来，大家会会面，商议商议。"

次日到朱一贵家中，已有四五筹好汉候在那里。朱一贵一一替他介绍，一位姓杜，名叫君英；一位姓杜，名叫会三；一位姓陈，名叫福寿；一位姓江，名叫国伦。相见之下，谈吐起来，无不情投意合。内中陈福寿是个星家，选定日子，说四月初三日午时起事，最为大吉大利。此日此时，与朱一贵的命造大有关系。

看官，这朱一贵本是明朝宗室旁支，因他出世太迟，国亡家破，已经享不着荣华富贵。亏得生来聪明伶俐，九岁上没了老子，他就投在一个算命的瞎眼先生门下，当一个小子，每日扶着那瞎先生东奔西走，浪游江湖，替人家算命。

一日，那瞎先生因天雨，没有出门，闲着没事，就问起他的人字来。朱一贵说出了，瞎先生掐指一算，报出四柱，推开行运，失声道："哎呀，你怎么会在我这里！"朱一贵问他为何，那瞎先生张着两只白洞洞的瞎眼，道："你要是时辰准得，定然极贵，大富大贵。就可惜煞重，走到庚运上，不免有些挫折。念一岁上倘然没事，度得过，一帆风顺，步步增高，前程不可限量，后福无穷。"

朱一贵听了，万分欢喜，就不免隐然自负。他就暗里取两块毛竹片，带水磨得精光，自己用小刀慢慢雕刻，雕成两条游龙，夜间睡觉，就把竹片垫在身下，仰天而卧。这竹片是雕有龙纹的，贴肉垫着，日子久了，背上隐然成为龙纹。夏暑天陪瞎先生到人家算命，他推说天热，解衣赤身。人家瞧见他背有龙纹，都很纳罕。问他，他只说从母胎中生下，就这个样子，不过五岁以前，不很清楚，近来愈清楚了。人家见他有这么的异相，互相传说，布为奇谈。

不上几年，凤山、诸罗、台湾三县，彰化、淡水各乡镇全都知晓，说凤山地方出了个异童，背有龙纹，将来必然不凡。朱一贵见没有人破他的秘密，异常欢喜。他就想出第二个计策，跟瞎先生出外算命，却暗把算过的人姓名、生辰八字记在一本册子上，年复一年，岁复一岁，积成了三厚册。每个姓名之下，注明官爵，某某国公，某某侯，某某伯，某某子男，某某为丞相，某某为将军，某某为都督。写好之后，藏在一个铁箱中，用蜡封固，悄悄到山脚大松树下，掘了个深窟，把铁箱放入，上面掩满泥土，踏了个结实。

俟下过两回大雨，知道泥土经雨之后，必然愈加坚实，铁箱必然生锈。恰好时至初秋，天气还很炎热，屯庄人家每晚必到外边来乘凉。朱一贵却用松香火硝在埋藏铁箱处焚烧，烧得火光冲天，自己却就悄悄走开了。乘凉的人瞧见山脚下红光发现，都奔集拢来瞧视。奔到山脚下，并不见有什么人，人人纳罕，个个称奇。内中有几个有识见的，便说此处定有藏银，藏银发现，是有红光的。大家听说藏银，眼珠子都红起来，巴不得立刻就开掘取出。于是照灯的照灯，拿锄铲的拿锄铲，人多手杂，无多时刻，早已掘开。掘不到二尺，就发现了一只铁箱。

众人发一声喊，一个道："这一箱银子是我掘得的，理应我得。"

一个道："是我主张开掘的，该我得。"

又一个道："你们都不必争论，我第一个望见红光，当然归我才是正理。"

又一人道："据我意思，见者都该有份。"

一个老者冷然道："箱子还没有开看，大家倒先争论起来，不知里头是银子不是银子。打开了箱子，才可议到分派这一句话。"

众人听说有理，立把锄头敲那个箱子，哪里知道敲去敲来，再也敲不开。一锄头下去，那箱子随锄而转，骨碌碌转得何等轻快，哪里像有银子。众人听说，宛如当头浇了一桶冷水，发财的热度顿减一半。

那老者道："不是金银，难保不是珍宝。金银有价，珍宝没有价，你们偏又不高兴了。"

大家听说，鼓起精神，重又高兴起来。只是弄了半天，终未开得分毫。又是那老者道："别是蜡封的吧，白费力没用。"众人问他用何法开启，老者叫用火把铁箱烧热，箱热蜡融，自然就开启了。

众人依言，如法炮制，不多一会儿，果然铁箱就开启了。倒去了蜡，见是一个油纸包。解开油纸，却都是近屯人的姓名、年庚、八字，都道："古怪透了，我们的姓名、年庚怎么会在这册上？"

又见下面都注着官爵。有一人道："我知道了，此书是部天书。我们这一班人都大有来历，前程很是远大。"

众人都道："胡人做中国皇帝，气数原是不久。从前胡元吞金灭宋，那么厉害，不到百年，咱们太祖皇帝一起义，就光复了大地山河。现在满洲入关到今，差不多已有八十年，很该真命天子出世。咱们既然名留天书，定是星宿下凡，倒要留心访求访求这位真命天子，访着了大家帮他做事，博一个封妻荫子。"

内有一人道："这位真命天子是谁，册子上想总有的。"

众人听说有理，检查下去，查到第三册，见末一页上写"承运君王朱一贵，年十六岁，二月十八午时建生"。众人一见，都说："查着了！这朱一贵是谁？十六岁了。"

就有两人接口道："凤山城中那个算命的瞎子先生，不是有一个姓朱的小子扶他的么，或者就是此人。"

众人都问何以见得，那人道："这小子生有异相，背上有两条龙纹，恰好姓朱，不知他是不是叫一贵。"

内有一个叫杜君英的接口道："不必问得，我知道的，这小子是叫朱一贵。上月瞎先生到我们家中算命，我因见这小子身有龙纹，细细问过他的龙纹，他说是从母胎出来就这个样子，不过幼时不很清楚，现在愈清楚了。问他姓名，才知他叫朱一贵。不知他是不是十六岁，是不是二月十八午时的生辰。明日就去访一访，大家留着心，谁访到，就是谁的大功。"大家听了，都异常高兴。

次日，各人分路出发，分头访求真命天子，约定夜间都到杜君英家齐会。

偏偏杜君英的哥哥杜会三福气大，找着了瞎先生，就把朱一贵一把拖住，问道："老弟，你不是姓朱么？"

朱一贵道："不错，我姓朱。"

杜会三道："你叫什么名字？"

朱一贵道："我叫朱一贵。"

杜会三道："你十几岁了？"

朱一贵知道铁箱的效验来了，心下大喜，突然答道："我年正一十六岁，二月十八日午时建生。"

杜会三喜极，宛如获着了奇珍异宝，把朱一贵拥抱起了，叫道："我的小爷，什么地方不找到，却在这里遇见你。他们还在访求呢，我们快去。"

只一拖，但听得"扑啪"一声，遂闻一人道："阿坏坏，跌死我了，跌死我了。"

路人都喊："快扶呀，瞎先生跌倒了。"

原来杜会三只顾拥抱朱一贵，朱一贵扶瞎子的明杖不曾放手，遑势一拖，就带倒了。当下杜会三连忙扶起了那瞎子，遂道："先生不必再算命了，快随我们去。"于是把朱一贵连那算命的引到杜君英家中，杜君英等还没有回来。

傍晚时光，诸人陆续到来。一时杜君英也到。杜会三说明原委，杜君英率同众人，把朱一贵困在垓心，跪地罗拜，口称万岁。

朱一贵假装作惊惶样子，问道："诸位做什么？"

杜君英道："小爷，你是真命天子，我们都愿扶助你得江山。"

朱一贵道："此话何来？我出身虽是金枝玉叶，但是祖上根基已尽，现在只剩得一身，飘零在此，哪里再敢萌什么异想。"

杜君英道："万岁不要多疑，这是天数呢。"遂把铁箱放光的事说了一遍。

朱一贵道："果然天命在我，我也何敢多辞。承诸位帮助，事成之后，自当按功封赏。现在我们只做平交，仔细被官兵知道，可不是玩的。"

众人都道："主上圣虑周详，臣等自当体此圣意。"

当下，杜君英有一个女儿，愿配与一贵为妻，屯长陈福寿也愿招一贵为婿。陈、杜两家为了这件婚事，竟至互相争竞。朱一贵道："依我看来，两家都不必争论。杜女为后，陈女为妃，一举两得，都成了国戚。"

　　欲知后事如何，且听下回分解。

第十七回

朱一贵自称中兴王
林爽文发起天地会

却说杜君英、陈福寿争做国丈，各欲把女儿配与朱一贵。一贵说出"杜女为后，陈女为妃，尔两家都成了国戚，同扶国家，共建功业"。杜君英见己女为后，即言："主上圣明，微臣自当遵旨。"陈福寿虽然不很愿意，然也没法奈何。

朱一贵择了日子，先娶杜女，次纳陈女。陈家的邻舍不知就里，见陈福寿好端端把女儿送给一个穷小子做妾，都很纳罕。朱一贵恐衙门中人识破机关，深有不便，遂借贩鸭为生，往来城乡各处。他有一种特别本领，把鸭儿驯成队伍，整整齐齐，人家见了，都很称奇道异。

现在黄殿、李勇、吴外到冈山塘见朱一贵，一贵问起有多少人马，黄殿说明山中采木的失业人民何止三五千，这三五千人，都很可用。一贵大喜，又替他介绍杜君英、杜会三、陈福寿、江国伦几位好汉。陈福寿是国戚，精于星命之学，选定四月初三日午时起事，于是积极预备，分头召集人手。

到了四月初三这日，大众齐集冈山塘。是陈福寿出的主意，叫二三十个汉子，假装作打架，扭入冈山塘汛。余众跟随着，装作瞧热闹的，一窝蜂冲入，抢取汛地营兵器，就此揭竿起事。彼时万头攒动，人潮起落，喊杀之声，震天动地，撼岳摇山。

警信报入府城，知府王珍、总兵欧阳凯都慌了手脚。

游击刘得紫奋身道："冈山离府城不过三十里，贼人初起，都是乌合之众，器械谅多不备。卑弁愿率马步一千，星夜驰往。如其不胜，甘受军法。"

欧阳镇台道："事至造反，其谋并非一朝一夕。贼人声势，必然浩大。刘将军虽然英雄，终嫌鲁莽。圣人云：'临事而惧，好谋而成。'光仗血气之勇是没中用的，此事还宜从长计较。"

又隔了一天，才命游击周应龙率步兵四百，同了四社土番数百，前往讨贼。

周应龙出城五里，即命扎营歇宿。次日，又进了十五里。此时朱一贵已经派众劫掠槺榔林汛地，戕掉把总，掠得军械，杀声遍地，烽火烛天。周应龙只有一河相隔，不敢往救。此时南路是杜君英，北路是黄殿，朱一贵居中策应，声势一日胜似一日。偏偏那些官兵打仗时光不肯用威风，欺压百姓却偏肯用威风，焚掠屯舍，奸淫妇女，都各勇锐异常。百姓恨极了，全都树旗响应。旬日之间，全台都归附了朱一贵。凤山参将苗景龙带队出战，杀了个全军覆没。

警报传入台湾，文武各官面面相觑，商议了半天，议不出一个好法子，只得各把家眷及细软什物搬上了船，预备出海逃走。

百姓们见官府这个样子，愈益人心惶惶。总兵欧阳凯说不得是个武官，只得督同副将许云、游击刘得紫，带了镇标兵一千五百，鸣金伐鼓，出城讨贼。哪里知道军心不固，才出得城，就自相惊扰，一夜工夫，散去了大半，直至黎明，才稍稍奔集。喘息未定，贼军已至。许副将拍马舞刀，大呼陷阵。各兵士摇旗喊呐，跟随而进，杀了个大胜。

次日，朱一贵、杜君英合队数万，大呼杀来，游击刘得紫奋命迎敌。有两个时辰，战马受伤跌倒，被杜君英活捉生擒了去。欧阳总兵督众抢救，不意后队喊声大起，人涌如潮，把总杨泰飞马闯营，报称："镇帅，不好了，贼军从后杀来，离此不远，请镇帅快快做主。"

欧阳总兵闻报大惊，忙问："贼军在哪里？贼军在哪里？"

杨泰指道："镇帅请瞧，那不是贼军旗号么？"

欧阳凯回头，杨泰乘其不备，举刀一挥，血光四溅，赫赫欧阳镇台早已斫为两段。杨泰立马大呼道："我已归顺朱真主，欧阳抗命，已被斫掉，降者免死。"官兵大溃。于是风声所布，人人丧胆。台湾文武赶忙跳上战船，扬帆出海，逃向澎湖去了。

朱一贵唾手得了台湾，大开仓库，又开红毛楼，得着郑延平旧贮的炮械、硝磺、铅铁。朱一贵自称大明中兴王，建号永和，大封群臣公侯、太师、将军、总兵各贵职。戏班中的冠服，搬取一空。究竟草泽之雄，有几多学识，有几多政治，不知台湾之外，更有世界；不知享福之外，更有事情。一个个衣紫腰金，呼奴喝婢起来，弄得遍地都是开府，满街都是公侯，被清朝的水师提督施世骠，调齐战舰，派总兵蓝廷珍为先锋，总率水陆兵八千渡台。先抵澎湖，会同澎湖军，共计兵一万二千，战舰六百艘，扬帆直指台湾，径捣鹿耳门。

这施世骠就是平台将军施琅的儿子，蓝廷珍就是平台先锋蓝理的后代。施琅与蓝理的本领，在下已在《八剑十六侠》中叙述过，看官总已知道。一是将门将种，二是熟门熟路，那些草泽之雄如何抵挡得住。果然兵抵鹿耳门，南北两港伏兵齐起，从炮台上望下去，蛔蛔蜒蜒，飘飘荡荡，尽是大清旗号。台人不觉骇然，幸得炮台上架有大炮，遂令军士搬运火药上台，预备拼命守御，哪里知道清将林亮、董方驾了六艘战船，拼死直进。船炮只向炮台轰放，一个炮弹恰中在火药包上，轰然一声，烟焰四进，守台将士轰死不计其数，一个个烂额焦头，血肉狼藉。清舰大呼冲浪而前，渡过了鲲身，直抵海岸。

打仗这件事情，全靠着一股势，势盛的战无不胜，势衰的战无不败。现在清军得了势，旗开得胜，马到成功，军锋所至，宛如风扫落叶。不过一个多月，中兴王朱一贵、国丈太师魏国公杜君英、太傅越国公陈福寿、讨虏将军九江侯黄殿、平北将军广南侯李勇、荡清将军金华侯吴外、军事参军将军靖江侯杜会三、大都督中山伯江国伦等，都被生擒活捉，打入囚车，解送北京，受了千刀万剐之罪。台湾一岛依旧是静荡荡大清世界，倒作成了施世骠官上加官，得赐东珠朝帽黄带、四团龙补服。

这里官府还派差四出严搜叛党。朱一贵是已经死了，他的家眷杜后、陈妃可怜也在搜捕之中，名列叛眷，没法洗刷。偏偏杜、陈两女遂各身怀六甲，杜后怀胎三个月，陈妃才只两月身孕，搜捕得严，在台湾城里不能够存身的，暗藏了珍宝，扮作屯妇模样，混入难人队中，逃出城，随众求乞。

杜后密与陈妃商议："尔我不合年轻貌美，遭着变故，栖身无所，不如找一处尼庵，披剃了皈依我佛，忏悔忏悔此生罪恶。"

陈妃道："主子劳碌一生未有后胤，现在我与娘娘幸都重身，虽未卜男女，究竟是主子的亲骨血，做了姑子，如何再能够抚育孤儿？"

杜后听说有理，于是两个人形影相随，沿途求乞，走了几个月，到彰化镇的大理栈。

这大理栈是个大屯庄，树木丛杂，形势险要，屯人大半都是林姓。内中有一个叫林星南的人极豪爽，最是见义勇为。当下见两个少妇求乞，就叫住了询问家世。杜、陈两妇只说是遭难人民，"本来是城中富户，遭着此次变乱，家产荡然，丈夫死于乱兵。我们为保全名节起见，甘愿沿途求乞。今来贵地，务望相怜。"

林星南听是富家眷属，不禁动了恻隐，遂把杜后、陈妃留在家中。也是前世因缘，林星南的妻子与杜、陈两妇十分投契，日久情深，如胶如漆，不啻同胞姐妹。恰好林家娘子也怀着身孕，两家私约道："都生了男，叫他们结义为兄弟；都生了女，叫她们结义做姐妹。倘一家生男，一家生女，就把他们配作夫妻。"告知林星南，星南也很赞成。

后来十月满足，林家娘子先产，生下来却是个双胞胎，恰恰一男一女。杜后产的也是个女，陈妃直至次年二月才生，却是个男孩子。两家都各欢天喜地，于是联为婚姻。林家的男孩子，题名叫又南，女孩子叫云娘。朱家的男孩子叫继贵，女孩子叫杜娘。现在把朱杜娘配与林又南，林云娘配与朱继贵，四个孩子配作两对夫妇，到得成人长大，都成了亲。

林又南头胎就生一个儿子，题名叫林爽文。这林爽文长到八九岁就生成个小英雄模样，拳技弓马，长枪短剑，没一件不会，没一件不精。并且喜抱不平，好管闲事。又南几次管教他，管教不好。他母舅朱继贵倒称许他，说将来一定不凡。独有朱继贵成亲数载，男果女花，半个都不曾见过。后来林云娘得病身亡，继贵续娶凤山庄氏女为继室，也无所出。

这时光清朝因诸罗北境地方辽阔，新设彰化县、淡水厅两个治所，漳、泉、惠、潮的人渡海来归的，日多一日。人丁既增，风俗又异，于是各地的人，各自团结。偏偏地方官只知道敛钱，不知道办事，那么漳州帮、泉州帮、惠潮帮有了交涉的事，没人判断是非，只好诉诸武力，彼此邀齐打手，约期械斗。战斗起来，人数总有上万，官兵也不能弹压，只好俟他斗罢之后，用虚声胁和罢了。因此人民把官府更瞧得一钱不值。

这林爽文少年英雄，干略出众。林姓原是漳州籍，因此漳州帮就公推他做头领。林爽文见众心归附，就发起了一个天地会，纠人入会。立会的宗旨，是互相扶助，有福同享，有难同当。因此会务异常发达，官府虽也有点子风闻，因它声势浩大，恐怕激变，不敢过问。

这时光，近山的地土越辟越广，差不多全数垦熟了。偏偏新任抚台杨景素行一种新政令，建立界碑，限止垦殖，把界外已垦熟的良田，悉数界给生番。生番如何知道垦殖，依旧归给内地人民偷垦。地在化外，官府势难过问，少不得为非作歹，任其所为。并且内地有人命盗案，闹得紧了，差役没法破获，就诱杀几个生番来归案，生番因此也把官府视同仇敌。于是偷垦的人民、愍怨的生番都争来报名入会，因此林爽文的天地会大大的发达。

欲知后事如何，且听下回分解。

第十八回

柴总兵困守台湾
女将军接统舰队

却说这一年是乾隆五十一年十一月，台湾镇总兵柴镇台忽地发下军令，派出两文两武，征剿天地会。这位柴镇台，名叫大纪，英雄出众，谋略非凡。到任之初，天地会的横炽已有所闻，因为人生路不熟，不曾动手，于是派遣心腹四出侦查。现在接到细作报告，知道林爽文十分了得，遂聚众文武，商议道："林爽文这厮，本镇在此，还敢兴妖作怪，胆子真大。照他那个样子，何曾知道朝廷的王法，本镇的威名。今日不给他点子厉害，海外更不知有王法了。"众文武见镇台发了脾气，谁敢轻捋虎须，道半个不字，嗫嗫是是，都不过唯唯诺诺。

柴镇台发下军令，派知府孙景燧、彰化县知县俞峻、副将赫生额、游击耿世文率兵五百，驰往拿捕，务将天地会首领林爽文拿获究办。

文武四人奉到军令，不敢怠慢，当下点齐人马，浩浩荡荡地出发剿捕。行到大墩，扎住营寨，勒令村民擒献林爽文。耿世文喝令兵士焚掠屯庄，大大地示威。军士巴不得一声，四处动手，奸淫掳掠，放火杀人，便就无法无天起来。只可怜那些无辜人民没处奔逃，都断送了残生性命。于是远近屯庄，把官兵人人切齿，个个怀仇。

林爽文得着此信，大喜过望，立刻调齐会众，乘夜进攻，出其不意，攻其无备，只一阵，就把官军杀得片甲不回，乘胜大驱前进，彰化县城就唾手而得。知县俞峻发了急，请柴镇台留在这里弹压。柴大纪道："本镇深知此间地势险峻，异常紧要。无奈声势浩大，将寡兵单，不能取胜，须先回府城去调兵。"柴镇台走后，林爽文驱军大进，攻陷诸罗县城，戕掉知县及淡水厅同知。

此时庄大田也已起兵响应，攻下了凤山，柴镇台大纪、道台永福坚守府城。林爽文驱军分路进攻，柴镇台一面行文告急，一面扼住盐埕桥要隘，死守不退。

此时台湾各地都已归顺林爽文，朱继贵又统率着海船，邀截福建来救的兵船。柴大纪死守孤城，困顿异常。乾隆帝没法奈何，下旨命柴大纪捍卫兵民出城，再图进攻。柴大纪复奏"诸罗形势险要，万万不可弃去"。乾隆帝览奏堕泪，命改诸罗县为嘉义县，封大纪为义勇伯，世袭罔替，升他为帮办大臣。又命福康安为经略，出倾国之兵。又出大内珍藏之大吉祥右旋白螺，以利行海。于是新创邦家，势难抵抗，不过一年工夫，林爽文等又都死于非命，台湾依旧是大清疆土。

乾隆五十三年正月也，从此朱继贵知道清朝气运所归，断难跟他争疆夺土，就率了一百数十艘战船，在闽粤江浙一带洋面，横行劫掠。

到嘉庆初年，朱继贵又断了弦，重行续娶。老夫少妻，偏又十分恩爱，不到二年，就生下一个孩子。晚年得子，自然格外珍贵。偏偏昙花一现，没有满期岁，就殇掉了，第二胎才生下这位小姐。朱继贵夫妻爱如珍宝，偏这小姐生成粉妆玉琢，却又乖觉聪明。朱继贵爱极了，四五岁上就延聘名师教读，教她单日习文，双日习武。教到十二三岁上，早教成了一个文武双全的女英雄。朱继贵却就这一年上得病身亡。朱小姐继承父志，接统兵船，偏又干练，赏罚严明，号令不苟，部众无不悦服。

且住，这位朱小姐的历史，叙述了好几回书，到底芳名叫什么，为什么来此青龙山行刺，那秘密消息到底是谁送来，都不曾叙明。

看官，原来这位小姐因她老子朱继贵要她学成文武全才，就题了一个文武合璧的"斌"字做闺名，叫作朱斌。孙子、司马子等各种武经，江浙闽粤各省的通志，都叫她研究烂熟。拳技诸艺，驾驶诸术，以及海洋中沙线暗礁所在，无不深通默识，真是水军中仅有的人才，女界里空前的豪杰。论到面貌，偏是眉似三春之柳，色同春晓之花，婀娜中含有英风锐气，英雄里不脱儿女心肠。

朱家舰队自经她统带之后，号令一新。朱斌接任之初，就召集各舰舰长，吩咐道："诸位都是我父亲的旧人，论年纪，论行辈，都是我朱斌的长辈。既是长辈，自应扶助我，指导我，那么我有不是的地方，很该当面规谏。我现在做了全军主帅，就该照主帅身份行事，发出的军令，诸位就该依令而行，要有错误，我可不能管谁有脸，谁没有脸，一概明白处置。因为主帅做事不公，就不合主帅身份。朱斌不会做主帅，诸位长辈心里总也不愿意的。"各位舰长见她说得有情有理，无可指驳，都各诺诺连声。

朱斌道："海面上劫掠行船，这件事我看不很好。因为商船怕我们劫掠，出进的就减少，循此不改，势必至无船可劫，无货可掠，岂不是我们自绝生路。现在我想出一个法子，开设海上镖局，专替商家洋面上保镖，在厦门、舟山、潮州、吴淞、崇明、乍浦设下'斌记水面镖局'。凡商船出海，投局保镖的，就可以保他平安无事。出口的土货，要他每艘一百两至一百五十两保费；进口的洋货，要他二百两至三百两保费。"

众人都道："这个办法很好，不必出去劫掠，自会有人送上钱来。"

于是朱斌就到江浙闽粤各沿海口岸开设水面镖局，专事代客保镖。这一来差不多设了无数海关，征收进出口货税。战舰在洋面上游弋，专劫掠不保镖的商船。那些商船见不保镖，必不能免劫掠，大家都争着保镖，因此营业十分发达。朱斌在洋面上往返横行，数年如一日，人强器利，帆快船坚，从不曾遇着过敌手。

这一年，得着细作报告，说："清朝新放了个厦门道，是从浙江调来的。这个道台姓云名程，别字万里，是小剑侠云杰的哥哥。云道台在浙江时光，三个卖药的英雄，银杏村卫仲材、金鸡村杜月海、

220

白凤村陶菊屏都丧在他手内。此刻调任厦门，朝廷是要对付我们海上一班的人，主帅倒不能不仔细防备。"

朱斌闻报，心下也未免着慌，因为小剑侠的威名，不论海内海外，已经没个不知，无人不晓，知道善者不来，来者不善，想到自己的拳技，高来高去，很是来得。"云道台既要来找我的不是，不如迎上去一刀刺掉他，先给他点子厉害。"主意已定，于是不带伴党，独自一个上道。动手之前，先把舰队事情、镖局事情布置好了，悄悄地上路。逢店歇宿，遇镇停留，探听新道台消息。

一日，行抵仙游地界一个小镇，名叫清源镇的，投了店，正与店家问话："新任本管道台何时到任？这里地方官，想总要办差的。"

店家未及回答，就见外面走进一个女子，一进门，就问可有清洁点子的房间。朱斌见那女子生得柳眉杏眼，粉脸桃腮，十分娇艳。偏那眼角眉梢，含着一股英锐之气。

店主人一见那女子，忙着起身招接，连说："姑娘请坐，清洁的房间有的。"

遂引那女子到朱斌隔壁的那一间瞧看，就听那女子道："黑暗到这个样子，天日都不见，如何好住人！"

店主人道："还有还有，这一间可好？"

又引到右边隔壁去了。听那女子道："这里还罢了。"

那店主人道："店家房间，要像这么向亮，除掉小店，怕没有第二家呢。"

又听那女子道："你们宝店中自然总是好的。"

又听得小二进来请示，问长问短，说了一大串的话。那女子道："酒呀，饭呀，菜呀都不要，给我泡一壶好茶，打一盆脸水了。你们那手巾脏不过，别浸在里头，手巾我自己有，也不必你伺候，要什么我会唤你。"小二哥诺诺连声，跟了那店主人退了出去。

朱斌暗忖：这女子是谁？听她讲的话如出谷黄莺，十分轻圆流利，做的事如行云流水，绝无呆滞气象。但不知她本领如何，从外貌瞧来，似乎在我之上。

221

一时小二哥进房请示，问："可要酒饭，小店里白煮肉是著名的，价钱又巧。"

朱斌问："白煮肉什么价钱？"

小二道："很便宜，大碗二钱银子，中碗一钱六分，小碗一钱二分。"

朱斌道："就小碗给我做一个来。"

小二应着要去，朱斌道："且慢，我还有话问你。这里的分巡海兴泉永兵备道何日到任，你可知道？"

小二道："此间不见得会经过。既从浙江调来，建宁、崇安地方想从经过的，那便是与浙江、江山联界呢。"

朱斌点头道："此话有理。"

小二退出，自去备办饭菜。一时吃过夜饭，朱斌独自一人闭上了房门，用纤指蘸着茶，在案上默画地图。福建省汀州是与江西联界，福宁是与浙江泰顺联界，建宁是与浙江江山联界，邵武是与江西联界，自语道："崇安所属的青龙山，羊肠曲径，直通一人一骑，我就在那边乘间下手，岂不是好？"

不意朱斌一个儿自言自语，"隔墙终有耳，窗外岂无人"，被隔壁房中那个女子窃听了去，天机就在此泄露。

这女子听到此信，就用尽心机，想出方法，写成一张方案，飞行腾空，送到云万里行辕中来。偏偏被云万里识破秘密，叫封棣华改扮行装，乘轿而行。果然行到青龙山，朱斌就奋身行刺，哪里知道聂政未中韩傀，荆卿已遭秦虏，早被小剑侠云杰一抓手，活捉生擒了去。

现在推到云万里跟前，经万里亲自研问，朱斌怒道："既被擒获，斫头就斫头，多问做什么！"

云万里道："本道瞧你不像无名之辈，所以问你一两语。不料你空长这么一个好模样儿，原来也个贪生怕死之徒。本道真是错认了人也。"

欲知朱斌如何回答，且听下回分解。

第十九回

审刺客封仪定计
感大恩朱斌归心

话说新任厦门道云万里由浙江起程赴省，才入福建界，在浦城青龙山就遇着刺客，被小剑侠云杰生擒活捉过来。云万里亲自审问，见这刺客是个绝色年轻女子，眉梢眼角，掩不住豪情侠气，问她偏又不肯招供，遂用反激的法子，说她是个贪生怕死之徒，自己错认了人也。

朱斌自从出世以来，从未有人小觑过，经万里这么一激，一股无名孽火不禁从丹田中陡往上升，直透顶门。但见她珠喉中发出裂帛之声，道："咦，赃官住口，尔家姑娘岂是贪生怕死之徒！一身做事一身当，尔家姑娘姓朱名斌，金枝玉叶，中兴王嫡派女孙，十三岁上接统水军，在海面上横行到今，几曾逢过敌手？今日遭你毒手，也是天数，我命当休！"

云万里道："本道与你往日无仇，今日无怨，为什么前来刺我？"

朱斌道："我岂为一人之私，我的刺你，无非为江湖上英雄除一大害。你这赃官惯与江湖上英雄作对，我今日虽然遭了你毒手，天下像我这么的人正多呢，你提防着是了。"

云万里逐层细问，朱斌一字不讳，从头至尾，细说了一遍。遂命退堂。

退入房中，叫："快请封师爷与二老爷。"

一时云杰、封仪请到。云万里道："这个女刺客，人既美丽，性又磊落，真不愧女中豪杰。我很爱上她，怎么弄个法子劝她归顺了，于海防上定有大益。"

封棣华道："我倒有一个计策，不知行得去行不去。倘然行得去，倒也是一举而得三利。"

云万里问计从何出。封棣华附着云万里耳，如此这般，低低说了好一会儿话，万里点头称妙。

云杰问："什么妙计，大哥哥也说给我听听。"

云万里道："自然不能瞒你。"

遂把棣华的计策告知云杰，云杰喜道："端的是好计。"

三人计议已定，云万里重又坐堂。这一回的坐堂，可不比第一回了，道标、兵弁执刀站班。这家客店的大厅，原是很大的，却从大厅到天井，乌阵阵都是兵弁，明晃晃都是刀枪，一人微呼，百众雷应，这个势派，这个威严，真是动地惊天，撼山震岳。

但见云万里蓝顶花翎，袍套补褂，威赫赫坐出堂来，微喊一声"带朱斌"，两旁兵弁齐齐接喊。就见闯出两个戈什哈飞步出外，霎时已把那艳如花朗如月的女刺客朱斌推送进来，喝报"朱斌当面"。

云万里道："朱斌，你胆敢行刺朝廷命官、司道大员，你知道擅刺大员，行同叛逆，朝廷国法终不成加治于你。今儿本道就要按行王法，你到底还有何说？"

朱斌笑道："悉随尊便，要斫要剐，我朱斌是不怕的，你可不必装模作样。"

云万里大怒，拍案道："你这该死的顽徒，犯下了弥天大罪，还敢貌视本道。来，给我把这顽徒速速捆绑，押出处斩。"

两旁雷轰也似应一声，就走过四个雄赳赳气昂昂，虎一般健狼一般狠的兵弁，将朱斌两手托开，两脚弯起，将麻绳做成蝴蝶式一个圈儿，套入了手足，往后一收，收成饨饨样子。这一来名叫五花大绑，前清州县衙门有专干这一件绑人事的，叫作捆绑手。先用绳宽宽地绑在自己身上，犯人推出，只消一扳手一弯足，手对手，脚对脚，轻轻只一套，就套上了。凭你通天本领，越挣扎越紧，真是厉害不过的绑法。

现在女刺客朱斌受了这五花大绑，知道性命断然无望，不禁心潮起落。回想幼时父母何等威风，何等豪侠，再不道今年二十二岁，丧身此间，十年霸业，尽付东流。生死原不足深论，只是我死之后，部下各将难保不有变心。要是各舰哗变，舟山岛上还有五十多岁的老母，叫何人奉养呢？早知今日，悔不当初，自恨生性太傲，屡梗母命。假使早听母亲的话，招赘一婿，半子承欢，也好稍慰慈亲晚景。我只种种不孝，自该断首云阳。又想到春间遇着一个算命的，说我今庚红鸾照命，当获佳婿乘龙，哪里知道竟是白虎当头，身遭不测。想去想来，一起一落，两颗英雄珠泪几乎夺眶而出，索性闭住双目，把心一横，将生死问题置之度外。

正这当儿，只听得一阵脚步响，一人抢步上堂，向上跪下求道："大人息怒，标下向大人求一个恩典。念这女刺客朱斌是红粉队中不世出的英雄，她的行刺，完全出于误解。她若知道大人清正，除残去暴，无非为国为民，我知道她绝不会出来行刺，求恩赦其无知之罪，释放回去，标下敢保她必然悔过，不再有诞妄举动。"

只听见云万里拍案，道："这是什么人，什么事，你还敢替她求恩，我可不准。"

那人碰头道："大人宽恩，大人倘必要把朱斌正法，标下也无颜再偷生人世，求大人把标下速速绑赴法场，与该犯一同枭首。"说着，碰头不已。

云万里道："你这么替她求恩，你敢担保她永远谨守本分，不再为非作歹么？"

那人道："我敢力保。"

云万里道："你拿什么来保她？"

那人道："我拿我自己的脑袋来保她。"

云万里道："好，好，你具保状上来，我准你担保。"

朱斌听到这里，知道自己这条性命是无妨了。到底谁呀，有这么的热诚，我跟他无一面之缘，竟然拼性命保我，我倒要瞧瞧这一位好义的英雄。睁开凤目一瞧，是个火眼金睛、尖嘴狭腮的英雄，不是擒拿我的云杰还有谁？一阵感激，几乎双泪交流，暗忖：此人不愧为小剑侠，可知剑侠是不错的。

只见云杰当堂写书保状，画了押，印上指模，呈与云万里。云万里命把朱斌推回来，众兵弁推回朱斌。云万里问道："朱斌，你行刺本道，本该斩首示众。今有云杰一再求恩，力保你痛改前非。本道姑念你是个女英雄，很是个不可多得的人才，格外加恩，准他担保。从今而后，你可要悔过自新，力行为善，庶不负本道释放之恩、云杰担保之义。你可是甘心愿意？"

朱斌到了此时，傲气雄心早已消磨尽净，百炼钢化为绕指柔矣，俯首低言道："大人宽恩，我朱斌人非草木，岂无心肝。云侠既然具状作保，何忍累及于他。大人释放了我，我回去定当痛改前非，不负大人恩典。"

云万里喜道："这才是性情中人，不愧英雄豪杰。"遂命松绑。左右答应一声，立刻松去大绑。

看官，这就是封棣华定的妙计，大绑喝斩，都是假的。倘然真个要她性命，云万里不曾接印，哪里有办案之权，早把朱斌发交地方官按律办理了。原来封棣华正为凤池来信，要他做还一个媒，没法可想，踌躇异常。现在见擒来刺客，是个绝妙少女，年龄恰与甘虎儿相仿，不禁大发媒兴，想出这一条妙计。先把朱斌收服了，再议他事。朱斌强煞，究竟是个女子，一上手就中了计，俯首低言，甘心改悔。云万里自然大喜，当下叫把朱斌松了绑，云杰就过来与朱斌相见。朱斌再三称谢，云杰道："咱们都是侠义上人，这也是分所当然。"

此时万里已退了堂，小了头子出来，说："太太请见朱小姐。"

朱斌见有人称自己小姐，想到行刺的事，一个没意思，不禁双脸通红起来。小了头子催道："朱小姐，咱们太太候在上房呢。"

云杰也道："太太人极和善，朱小姐，你进去见一见就知道了。"朱斌没法，只得随了小了头入内。

才进得房间，云太太早笑盈盈迎出来了。相见之下，云太太就打开镜奁，先替朱斌梳头，一面问长问短，刺探她已否许配婆婆家。一是有心，一是无意，不到半天，早都探听明白。云太太又留朱斌一同吃饭。

饭毕起程，朱斌就跟随护送，直送到福州地界，方才作别。在途中时光，封棣华时时谈起甘虎儿兄妹，朱斌也很心折。临别当儿，云杰、封仪又都说一俟云大人接了任，我们定来舟山给尊堂请安。朱斌未知是有意，不过说："我在那里恭候是了。"

不言朱斌回家，且说云万里到了福州省城，安顿下家眷，就上督辕禀到禀见。督院一见云程手本，立刻传见。

问了几句话，督院笑道："厦门不及温州多多，我奏调老哥到来，真对不起。但是我为的也是国家，这几年来，海面上很不平靖，闽省人员要像老哥这么干练，这么可靠的，一个也没有。没法奈何，只得把你调来暂时冤屈。"

云万里应了几个是，说了好一会子闲话。督院又问："老哥哥打算几时到任？"

云万里道："既然海上不平靖，职道明天拜一天客，后天休息一天，大后天就动身是了。"

督院大喜。云万里在福州住了两天，随即起程赴任。在路无话。

不则一日，早到厦门。厦门同知、思明县知县都来迎接。云万里接过印，就传见厦门同知，询问海上情形。同知道："巡海兵船出口，好多回遭着盗劫，枪械炮药都被劫光。在海盗也知兵船上无多银物，他的劫掠不过要给官兵知道一点子厉害，但是官兵的面子却已撕毁无余了。"

云万里道："此外劫掠商船的事多么？"

同知道："倒也不多，因为本国商船大半都已保过镖。荷兰船、红毛船，又都是外国船，遭了事，例不报官请缉。所以劫掠商船的事，倒很不多。"

万里心下明白，送过同知之后，就与封棣华商议。

封棣华道："这件事只要一个人答应，就易办了。"

万里道："可就是那释放去的朱斌？"

棣华道："除了她还有谁配得上这个资格？"

云万里道："我想叫云杰前去走遭。"

封棣华道："我也同去，就向她请庚帖，给甘虎儿做媒了。"

云万里道："几时动身呢？"

封棣华道："那总要与杰先生商量起来。门生想此番出门，一不行水程，二不走陆路，能够乘着杰先生剑气飞行，那才来去迅速。"

欲知后事如何，且听下回分解。

第二十回

两对夫妻同谐花烛
双半剑侠结束全书

话说云万里听了封仪的话，自然极端赞成。当下封仪就把此意告知云杰，云杰颇有难色。封仪问他缘故，云杰道："封师爷，你老人家不是吾道中人，自然不知我们的难处。要知我们挟剑飞行，也是件很难的事，不到万不得已时光，轻易是不肯行使的。所以我们寻常出门，总走水陆大道。至于带人飞行，虽也偶一为之，也不过十里八里，从不曾有过这么的长途。究竟剑术不比缩地法，可以随便行使，那是全靠本身的精气神作用，叫我如何好应允你呢？"

封棣华道："既然如此，我们还是按站而行吧。"

云杰道："很可不必。这里海船到舟山的很多，乘风行驶，很是迅速。咱们搭乘海船，不多几天就到了。"

封仪听了，就叫当差的出去打听海船开行日期。一时回报："杨家船择定明日祭天后，后天就要开行。师老爷要搭乘，明日就要下行李的。"

封仪道："这可巧极了，此行必然顺利。"

这夜，云杰又与万里谈了好一会子的话。

到了开船这日，云、封两人一下船，就启碇开行，扬帆出海。恰遇着顺风，突浪冲波，舟行如马，不多几天就到了。

登岸寻访，按照朱斌所说住址，一访就访着。只见很大一所大宅子，叠石为墙，门前都是合抱粗大树，浓荫匝地，映得石墙都成了绿色。大门洞开，门内是一条甬道，是石皮铺成的。甬道两旁都植着松树，宛如列队的将弁，拱卫中军大帐似的。行完甬道，就有几个庄丁上来拦住，问："来客找谁?"云杰说明来意，庄丁飞报进去。

霎时，朱斌亲自出迎。迎入大厅坐定，云杰先把兵船遇劫的事说了一遍。朱斌道："云大人到任以前的事不必讲，从今日起，海面上倘有一丝一粟的损失，唯我朱斌是问。不瞒二位说，我此番回来，早已传令各舰，叫他们对于海上官兵船只，不准有无礼举动。云侠士尽管回去回复大人是了。"云杰大喜。

谈了一会儿闲话，云杰起身道："我们还要请见令堂太太请请安。"

朱斌道："这个可不敢当，我代二位致意就是。"

云杰笑道："我们此来，封师爷还有一件要事，必得与令堂面谈，就烦小姐引见。"

朱斌道："如此请少待，我进去先回一声。"

二人都说："我们恭候在此。"

朱斌起身入内，良久才出来，道："家母请二位内堂相见。"

云、封二人跟随了朱斌，曲折转弯，行了好一会子，才到内堂。只见一个五十来岁的老太太，靠窗坐着，四个小丫头两旁侍立。朱斌疾步叫道："妈，云侠士、封师爷进来了。"朱太太连忙起立，云、封两人打恭见礼，朱太太还了万福，彼此归座，小丫头子献上了茶。

朱太太先向云杰致谢保救女儿之恩，云杰谦逊了两句。朱太太又问："听说二位有要事面谈，不知果系何事?"

封仪道："晚生此来，专为令爱千金做媒。"

朱斌听得谈到本身亲事，借一个因，就避了出去。朱太太却高兴异常，叫丫头吩咐厨房，赶快备办酒席，一面问是谁家孩子，年几岁了，面貌长得如何。

封仪道："讲起这一家人家，太太大概也总知道。松江甘家，八大剑侠里的甘凤池就是这孩子的父亲，女侠吕四娘就是这孩子的师父。此人名叫甘虎儿，他妹子甘小蝶就是这位云侠士的夫人。"

朱太太道："甘虎儿可就是人称小剑侠的不是?"

封仪道："是的，甘家兄妹与这位云侠士都是女侠吕四娘徒弟，江湖上都称他们作小剑侠。"

朱太太道："家世本领，都不必讲，那总不错的，但不知品貌如何?"

封仪道："甘虎儿的品貌，剑眉星眼，白脸红唇，真是没得批评。"

朱太太道："果然品貌不错，那就好了。"

封仪道："我封仪从来不会说谎，就是云侠士与甘女侠的媒，也是我做的。"

朱太太道："封师爷隔了这么远的路程，巴巴奔来说一个谎，那是从来没有的事，我很知道。大远地到此，自然盘桓几天，待老身请人写好了庚帖，再行知照。"

封仪喜不自胜，在舟山耽搁下，无非是喝酒游玩。

一日，朱太太请封仪入内，双手将朱斌年庚交与封仪。封仪立刻告辞，朱太太办酒钱行，十分尽礼。

云杰问封仪是否同回厦门，封仪道："我与你可要分道扬镳，各走各路了。我打算搭船赴江南，径投松江，你自回厦门复命吧。"

云杰道："我也这么想呢。"

于是二人辞别了朱太太母女，云杰自回厦门去，封仪搭船北行。

偏偏遇着风色不顺，走了一个多月，才抵金山。换乘小船到松江，恰好虎儿兄妹新从他处回来，在路上遇见，彼此招呼。

甘虎儿道："封师爷几时到松江的?"

封仪道："才登岸，还未造府呢。"

甘小蝶道："封师爷是从厦门来?"

封仪道："不是，我是从浙江舟山来，专替令虎兄做媒呢。"说着，已进了高家巷。

凤池恰在门口闲望，一见虎儿兄妹，快活得飞迎出来。

封仪道："凤池先生。"

凤池抬头，见是封仪，就问："封师爷与儿辈一路来的么？"

封仪道："在松江偶遇同行的。"

接到里面坐定，甘小蝶就问："封师爷，你们云观察已经到任，接过印了？"

封仪道："接过印了。"

甘小蝶道："入闽的当儿，一径平安无事么？"

封仪道："没什么事。"

甘小蝶道："经过浦城县青龙山没什么乱子么？"

封仪听到这句话，陡然想起一事，遂问："那一张方子是谁弄来的？弄这方子来的人，女侠敢是知道的？"

甘小蝶笑道："大概我总知道么。"

封仪道："那人是谁？有这么的心思，总是极聪明的。女侠既然知道，何妨告诉我呢？"

此时陈美娘也已闻声走出，彼此起立相见，打断了话。美娘偏拖了儿子女儿的手，问长问短。

凤池道："别谈家常吧，我听他们问答，都像天外飞来的一般，一句也不懂，到底怎么一回事？"

封仪便把在旅馆中如何接到方子，如何参详莫解，后来云观察如何醒悟，如何防备，如何拿住刺客，如何审问及如何定计招降，朱斌如何中计，自己现在如何前往做媒，请到庚帖，与云杰如何分路的话，细细说了一遍。

陈美娘听说给虎儿做媒，快活得忘了形，忙问："这小姐长得俊么？"

甘小蝶插口道："妈可不必问，模样儿是没批评的。再不道这位小姐，就是我的嫂子。"

甘凤池道："这是说梦话了，你又没有见过，怎么知道她人品没批评呢？"小蝶只是笑，一声儿也不言语。

封仪又问这弄方子透消息的英雄是谁，甘小蝶道："英雄可不敢

232

当，是我一时高兴闹的玩意儿。"

封仪大骇道："女侠也解药性的么？"

小蝶道："不敢说解药性。我们师父的吕先生，是做郎中的，我们跟着玩玩，不过晓得几个药名儿罢了。"

原来甘小蝶自从领到解药之后，巡行各处，救治中蛊病人，忙了好几个月，有救得好的，也有根深蒂固，不尽可救的，因与正文无关，不去逐细描写。事毕回家，耽搁了几天，又出外行侠作义。那日在客店里无意中撞见了朱斌，因见她行踪诡秘，一念好奇，细心侦探。侦得她秘密之后，因自己与云杰定了亲，云万里是大伯，云杰又同在一处，未便抛头露面，遂想出一个暗透机密的法子，写成一方，趁夜里送往公馆，这便是奇怪方子的由来。

现在甘小蝶自行宣布，封仪既才明白。封仪当下恭恭敬敬取出朱斌年庚，双手交甘凤池。凤池连声称谢，遂留封仪在家，一面立请星家，替虎儿合婚。星家合算出来，乾造是火局，坤造是水局，恰好是水火既济。凤池、美娘大喜，询问虎儿，虎儿也极满意，于是立请封仪知照坤宅。不过距离太远，往返稍形跋涉，难为了大媒。偏偏坤宅具有条件，朱太太因只生朱斌一人，女婿要两姓兼祧的，甘凤池也应下了。两家始行文定典礼。

此时云万里得着督院保奏，得加二品顶戴，调任台湾道。这台湾道是通国道中最阔的阔缺，遇着非常大故，得以专章奏事，差不多就是个小小巡抚。万里接到谕旨，自然非常荣幸。又因云杰须跟随到任，将来迎娶，诸多不便，替他提前婚娶。

大媒到甘家关照，陈美娘道："小蝶被人家娶了去，咱们就少了一个人，未免冷静，咱们也须给虎儿娶亲，要求封大媒到朱家去知照。"

俗话说得好，"不做媒人不做保，一生一世不烦恼"。现在封仪不合做了两个大媒，往返奔波，忙到个不得开交，好容易三家都应允了。

这年三月十九日，是云杰与甘小蝶参天拜地，洞房花烛。四月初八日，是甘虎儿与朱斌参天拜地，洞房花烛。男女四位豪杰，结成两对夫妻。那朱斌也身有侠骨，跟虎儿做了夫妻，耳濡目染，日子久了，倒也略解剑法。从此之后，世界上又增添出了半个剑侠，就是朱斌。因此直到如今，江湖上都说还有三个半剑侠存留在世。他们每年相会一次，相会的地方，不是峨眉，就是天台，岁岁年年，都是如此。

看官，你们不信，只消乘着飞艇，到峨眉、天台两处一探，就能知晓。

跋

　　陆君士谔精于医，治病有奇效，而诊余之暇，偏喜谈，喜为小说家言。而访其寓庐，则见批阅均医籍，案头无一杂书也。夫业于是，精于是，而刊行于世者，偏又非是。陆君得非犹龙，不然，乌能如是神化莫测。余与君大有夙因，病非君之方不服，健非君之书不读。以君之方足愈吾疾，君书足快余心也。今因《小剑侠》书成，得先睹为快，故跋之于此。

　　　　　　　　　　　　癸亥三月泗滨李淑君谨跋

陆 士 谔 年 谱

（1878—1944）

田若虹

1878 年（清光绪四年　戊寅）一岁

是年，先生出生于江苏青浦珠街阁镇（今上海市青浦区朱家角镇）。先生名守先，字云翔，号士谔，别署云间龙、沁梅子、云间天赘生、儒林医隐等。

《云间珠溪陆氏世系考》曰：

> 考吾陆，自元侯通食采于齐之陆乡，始受姓为陆氏。自康公失国，宗人逼于田氏，南奔楚，始为楚人。入汉而后，代有名贤，遂为江东大族。自元侯通六十三传而文伯卜居松江郡城德丰里，吾宗始为松人。自文伯九传而笏田公避明末乱，迁居青浦珠街阁镇，而吾族始有珠街阁支。

清代诗人蔡珑《珠街阁散步》述曰：

> 行过长桥复短桥，爱寻曲径避尘嚣。
>
> 隔堤一叶轻如驶，人指吴船趁早潮。
>
> 胜地曾经几度过，千家烟火酿熙和。

朱家角古镇水木清华，文儒辈出。仅在清代，就出了举人、进士三十余名。文人雅士创作的诗词、编著的文集，及专家撰写的医书、农书等各类著作达一百二十余种，名医、名儒、名家，层出不穷。

祖父传：寿鋑（1815—1878），字仁生，号稼夫，捐附贡生，直隶候补，府经历敕受修。生嘉庆乙亥十一月初四申时，殁光绪戊寅十一月二十二日午时，享年六十四岁。葬青县十一图，月字圩长春河人和里主穴。配沈氏，子三：世淮、世湘、世沣。

祖母传：沈氏（1814—1889），享年七十六岁。

《云间珠溪陆氏谱牒》曰：

> 洪杨乱起，遍地兵氛分，相挈仓皇避乱。乱事定而故居半成瓦砾，于是艰苦经营，省衣节食，以维持家业，及今已逾二代尤未复归。观然守先等得以有今日，则沈孺人维持之力也。

父传：世沣（1854—1913），字景平，号兰垞，邑禀生，生咸丰甲寅十一月二十日寅时，殁民癸丑二月二十七日戌时，享年六十岁。配徐氏，子三：守先（嗣世淮）、守经、守坚。《云间珠溪谱牒·世系考》记曰："吾父兰垞公讳世沣，字景平，号兰垞，邑禀生。聘温氏，生咸丰甲寅十一月二十四日寅时，殁同治癸酉六月十三日。配徐氏，生咸丰乙卯八月三十日。"

守先谨按：徐孺人系名医山涛徐公之女。性温恭，行勤俭，兰垞公家贫力学，仰事俯育悉孺人是赖，得以无内顾之忧。一志于学，成一邑名儒，寒窗宵静，公之读声与孺人之牙尺、剪声，每相呼应，往往鸡唱始息。今年逾七十，勤俭不异少时。常戒子孙毋习时尚，染奢侈俗，可法也。

兰垞公生子三人：守先居长；次即大弟守经，字达权；三即小弟守坚，字保权。

守先谨按：公性孝友，事母敬兄家庭温暖如春。母沈孺人病，亲侍汤药，衣不解带，旬日未尝有惰；容兄竹君公殁，出私财经纪其丧，抚其子如己子。艰苦力学，文名著一邑。于制艺尤精。应课书院，辄冠其曹而屡困。秋闱荐而未售，新学乍兴，科会犹未罢，即命儿辈入校肄业，其见识之明达如此。其次子，守先之弟守经，清华学堂毕业，留学美国政治学博士，司法部主事、厦门公审会堂堂长、江苏地方审判厅厅长、淞沪护军使秘书长；其幼子守坚，毕业于南洋公学铁路专科，沪杭铁路沪嘉段长。"皆驰声军政界，为世所重。"兰垞公为其后代定辈名为："世""守""清""贞"。

嗣父传：世淮（1850—1890），字同元，号清士，同治癸酉举人，大挑教谕，内阁中书。生道光庚戌七月二十一日，殁光绪庚寅十月初十日，得年四十一岁。

《陆氏谱牒·河南世系》记载："寿铣长子世淮，字同元，号清士，同治癸酉举人，大挑教渝，内阁中书。生道光庚戌七月二十一日，殁光绪庚寅十月初十日，得年四十有一。"

《青浦县续志》卷十六（人物二·文苑传）曰："钱炯福，字少怀，居珠里。为文拗折，喜学半山。同治庚午副贡。癸酉与同里陆世淮同领乡荐。世淮字清士，亦工文。"

《云间珠溪陆氏谱牒》曰：

> 公刚正不阿，任事不避劳怨，终身未尝二色。应礼部试，过沪江，同年某公邀公同游曲院，公秉烛危坐，观书达旦，竟无所染。角里路灯，系公所发起，行人至今便之。市河淤塞，公聚金开浚，今已越四十年，执政者无复计议及此。

嗣母传：石氏（1851—1914），生咸丰辛亥八月十一日亥时，殁于民国三年旧历甲寅三月十七日卯时，享年六十四岁。子三，守仁、守义、守礼，俱殇。

1881 年（清光绪七年　辛巳）三岁

其弟守经（1881—1946）诞生。守经，字鼎生，号达权。守经曾先后赴日、美留学。后历任厦门公审会堂堂长、江苏及上海审判厅厅长等职，亦曾任清华、燕京、南京等大学教授。

1883 年（清光绪九年　癸未）五岁

其妹陆灵素（1883—1957）诞生。陆灵素，原名守民（一作秀民），字恢权，号灵素，别署繁霜。南社社友。自幼聪慧好学，喜吟咏，善儒曲。陆灵素在黄炎培所办广明师范毕业后，于光绪三十二年（1906）去安徽芜湖皖江女校任教，与同校任教的苏曼殊、陈独秀相识。宣统二年（1910）与上海华泾刘季平（刘三）结婚。季平在北京大学任教时，灵素亦在北京，与陈独秀、沈尹默等有来往；季平在南京任教时，灵素也与黄炎培、柳亚子有往返。民国二十七年（1938）秋刘季平病逝，陆灵素悉心整理遗著，辑为《黄叶楼诗稿尺牍》。寄柳亚子校正，不幸遗失于战火，直至民国三十五年（1946）才以副本油印分赠亲友。新中国成立前夕，柳亚子在北京写诗怀旧："交谊生平难说尽，人才眼底敢较量。刘三不作繁霜老，影事当年忆皖江。"[1]

陆灵素是个女诗人，擅昆曲。每逢宴客，季平吹箫，陆唱曲，人皆比之为赵明诚与李清照。1903 年，邹容从日本回国，因撰写《革命军》号召推翻满清统治，建立中华共和国，被捕入狱，于1905 年瘐死狱中。季平为之葬于华泾自己家宅的附近。章太炎在《邹容墓志》中云："……于是海内无不知义士刘三其人。"

1887 年（清光绪十三年　丁亥）九岁

是年，先生从朱家角名医唐纯斋学医，先后共五年。世居江苏省的青浦。

唐纯斋曾以"同学兄唐念勋纯斋氏"为之《医学南针》初集和二集写序，极力赞其"好学深思""积学富""学尤粹""每发前人所未发""青邑望族代有闻人，而以医学名世则自君始"。并赞曰："角里地灵人杰，王述庵以经著名，陈莲舫以医术行世。惜莲舫之道

---

① 参见《上海妇女志·人物》。

行未有述，述庵之学之博而未曾知医。君今以经生之笔，释仲景之书，明经络之分治，导后学以准绳，湖山增色。"

1890 年（清光绪十六年　庚寅）十二岁

10 月 10 日，嗣父世淮殁。

是年，弟守坚（1890—1950.10）诞生。守坚，字禄生，号保权。毕业于南洋公学铁路专科。毕业后，又赴美国旧金山大学留学，专攻土木学，回国后，任沪杭铁路沪嘉段段长等职。

1892 年（清光绪十八年　壬辰）十四岁

是年，先生到上海谋生：

> 在下十四岁到上海，十七岁回青浦，二十岁再到上海，到如今又是十多年了。①

> 少年时曾为典当学徒，不久辞退回里。

1894 年（清光绪二十年　甲午）十六岁

8 月 1 日，中日甲午战争爆发。这一史实，在其历史小说《孽海花续编》中作了详尽而深刻的描述：

> 却说中国国势虽然软弱，甲午以前纸老虎还没有戳破，还可虚张声势。自从甲午战败而后，无能的状态尽行宣布了出来，差不多登了个大广告，几乎野心国不免就跃跃欲试……究竟都立了约，都定了租期。我为鱼肉，人为刀俎，国势不强，真也无可奈何的事。②

---

① 陆士谔：《新上海》第一回。
② 陆士谔：《孽海花续编》第三十六回。

1895 年（清光绪二十一年　乙未）十七岁

4 月，本县始有机动船航班，载运客货通往外埠。

是年，先生回青浦。在青浦行医的同时，亦在家阅读了大量的稗官野史和医书。

1898 年（清光绪二十四年　戊戌）二十岁

是年，先生再次来到上海。先是以默默无闻的穷小子悬壶做医生。弃医改业图书出租，"收入尚还不差"，继而又潜心钻研小说，渐悟其中要领。大胆投稿，竟获刊登，由短篇而中篇，由中篇而长篇。那时还有几家书局收购了他好几种小说稿刊成单行本，风行一时。先生走上小说创作道路，与孙玉声先生很有关系。陆士谔来上海后认识了世界书局的经理沈知方，以及孙玉声。孙玉声这时在福州路麦家圈口开设上海图书馆，知道陆士谔学过医，就劝他一方面写小说，一方面行医，且允许他在上海图书馆设一诊所。在创作小说的同时，先生亦从事租书业务。

是年，青浦青龙镇十九世中医陈秉钧（莲舫），经两广总督刘坤一等保荐，从是年起，先后五次受召进京为光绪帝、孝钦后治病。

1899 年（清光绪二十五年　己亥）二十一岁

娶浙江镇海茶叶商人之女李友琴为妻。夫妻感情甚笃。李友琴曾多次为其小说写序、跋及总评，如《新孽海花》《新上海》《新水浒》《新野叟曝言》等。

《云间珠溪陆氏谱牒》记载：先生配李氏，镇海李兰孙次女；继李氏，泗泾李凤楼长女。

1900 年（清光绪二十六年　庚子）二十二岁

是年，先生长女敏吟（1900—1991）诞生。其与丈夫张远斋一起创办了华龙小学和山河书店。张远斋任校长，敏吟任教员。

1902 年（清光绪二十八年　壬寅）二十四岁

是年，先生次女陆清曼（1902—1992）诞生。其丈夫徐祖同（1901—1993），青浦镇人。

1904 年（清光绪三十年　甲辰）二十六岁

刘三与《警钟日报》主编陈去病在沪创办《世纪大舞台》杂志，提倡戏剧改良。同年，又与堂兄刘东海等于家乡华泾宅院西楼创办丽泽学院，并购置图书一万五千余册。在该院任教的有陆守经、朱少屏、黄炎培、费公直、钱葆权等。

1906 年（清光绪三十二年　丙午）二十八岁

是年，先生作《精禽填海记》发表，署"沁梅子"，由愈愚书社刊行。阿英《晚清小说史》提及此书，并称其为"水平线上的著作"。

8 月，作《卫生小说》，后改为《医界镜》，由同源祥书庄发行。吴云江活版印刷再版时，先生以"儒林医隐"之笔名在书前小引中曰：

> 此书原名《卫生小说》，前年已印过一千部。某公见之，谓其于某医有碍，特与鄙人商酌给刊资，将一千部购去，故未曾发行。某公爰于前年八月下旬用鄙人出名，将缘由登在《中外日报·申报论》前各三天（某公广告，鄙人所著《卫生小说》已印就一千部，因中有未尽善之处，尚欲酌改，暂不发行。如有他人私自印行及改头换面发行者，定当禀究云云），是版权仍在鄙人也。今遵某公前年登报之命，已将未尽善及有碍某医之处全行改去。因急于需用，现将版权出售。

儒林医隐主人谨志

在《医界镜》中，先生曾论述过中西医孰长的问题，他指出：

> 西人全体之学，自谓独精，不知中国古时之书已早具精要。不过于藏府之体间有考核，未精详之处，在西书未到中华以前，虽未尽合机宜，而考验全体之功，其精核之处自不可没也。

是年，作《滔天浪》，古今小说本。先生用笔名"沁梅子"。阿英提及此书曰：

> 沁梅子著，光绪丙午年俞愚书社刊。

又道：

> 沁梅子不知何许人，据可考者，彼尚有《滔天浪》一种，亦是历史小说。唯纪实性较弱，是如他自己所说，凭自己高兴张长李短地混说。①

是年，作《初学论说新范》共四卷，由文盛书局出版发行。该书由末代状元张謇题写书名。

1907 年（清光绪三十三年　丁未）二十九岁

先生所著之《新补天石》《滑头世界》《滑头补义》及《上海滑头》写成。在《新上海》中，陆士谔借主人公梅伯之口提及其书：

> 梅伯道："你这《新中国》说得中国怎样强、怎样富，人格怎样高尚，器物怎样的精良，不是同从前编的什么

---

① 阿英：《晚清小说史》第十二章。

《新补天石》一般的用意吗？"我道："一是纠正其过去，一是希望其未来，这里头稍有不同。"梅伯道："同是快文快事，我还记得你《新补天石》几个回目是'杀骊姬申生复位，破匈奴李广封侯''经邦莫国贾谊施才，金马玉堂刘洊及第''奉特诏淮阴遇赦，悟良言文种出亡''霸江东项王重建国，诛永乐惠帝再临朝''岳武穆黄龙痛饮，文山南郡兴师''精忠贯日少保再相英宗，至诚格天崇祯帝力平闯贼'。"一帆道："我这几天没事拿小说来消遣。翻着一册《滑头世界》里头载着金表社的事，他的标题叫《滑头金表社》，你何不回去作一篇《滑头补义》？"我道："不劳费心，我已作过的了，停日出了版，送给你瞧就是了。"①

是年，在《神州日报》上发表了《清史演义》一、二集。先生所撰《清史演义》始披露于《神州日报》，陆续登载。发刊未久，阅者争购，报价因之一增。有目共赏，数月以来，风行日远，尤有引人入胜之妙，而爱读诸君经以未窥全貌为憾。或索观全集，或购定预卷，无不介绍于神州报社，冀速遂其先睹之。社友于是商之，陆君即将一、二集先付剞劂，其余稿本修定遂加校雠，不久可陆续出版。

是年，江剑秋先生于《鬼世界》（1907）序中提及先生所作另外几部小说：《东西伟人传》《文明花》《鸳鸯剑》等。上述几种应为先生 1907 年之前所作。

1908 年（清光绪三十四年 戊申）三十岁

元月，作《公治短》，载《月月小说》十三号，署名"沁梅子"，为短篇寓言故事。译《英雄之肝胆》，标"法国乌伊奇脱由刚著，青浦云翔氏陆士谔"译。亦作《官场真面目》《新三角》《日俄

---

① 陆士谔：《新上海》第四十二回。

战史》三种。

《新孽海花》序录李友琴与陆士谔关于《官场真面目》等书之问答云：

> 今秋复以《新孽海花》稿相示。余读云翔书，此为第十八种矣。评竟问之曰：君前所著，意多在惩恶；此书意独在劝善，然乎？云翔笑曰：唯，子何由知之？余曰：君前著之《官场真面目》《风流道台》等，其中无一完人，嬉笑怒骂，几无不至。①

夏，作《残明余影》，李友琴女士于《新孽海花》载宣统元年（1909）冬十月序中曰：

> 友人以陆君云翔所著之《残明余影》稿示余，余亦视为寻常小说未之奇也，乃展卷细读，见字里行间皆有情义，而笔情细致，口吻如生，古今小说界实鲜其匹，循环默诵，弗胜心折。九月重阳，《医界镜》修改后再次出版发行。吴云记活版部印，同源祥书庄出版。

1909 年（宣统元年　己酉）三十一岁

是年，作《新水浒》《新野叟曝言》《风流道台》《改良济公传》《军界风流史》《骗术翻新》《绿林变相》《女嫖客》《女界风流史》《绘图新上海》《新孽海花》《苏州现形记》和《新三国》十三种。

2 月，作《风流道台》，此书在《新上海》及《晚清小说史》中均提到：

---

① 陆士谔：《新孽海花》序。

当下梅伯到我书房里坐下，见了案上的两部小说稿子《风流道台》《新孽海花》，略一翻阅笑道："笔阵纵横，到处生灵遭荼毒。云翔，你这孽也作得不浅呢！"我道："现在的人面皮厚得很，凭你怎样冷嘲热讽、毒诮狂讥，他总是不瞅不睬。不要说是我，就使孔子再生，重运他如椽大笔，笔则笔，削则削，褒贬与夺，再作起一部现世《春秋》来，也没中用呢。"

梅伯抽了两袋烟问我道："你的新著《风流道台》笔墨很是生动，我给你题一个跋语如何？"我道："那我求之不得，你就题吧。"……只见他题的是：《风流道台》，以军界之统帅效英皇之韵事，未始非官界中佳话。第以惜玉怜香之故，竟至拔刀操戈，殊怪其太煞风景。乃未会巫山云雨，顿兴官海风波。于以叹红颜未得，功名以误，峨眉白简旋登，声望全归狼籍，可恨亦可怜矣。①

阿英《晚清小说史》亦云：

陆士谔著，六回，宣统元年（1909）改良小说社刊。

是年，作《新野叟曝言》，为国内最早之科学幻想小说，谈文素臣全家至月球事。全书共六册，约四十万字，宣统元年五月初版，同年同月发行，由上海小说进步社印行。此书亦另有磊珂山房主人撰的《新野叟曝言》一种。

7月，作《鬼国史》，改良小说社刊行，阿英评曰：

维新运动是失败了，立宪运动不过是一种欺骗，各地的革命潮，在如火如荼地起来。中国的前途将必然地走向

---

① 陆士谔：《新上海》第一回。

怎样的路呢？这是不需要加以任何解释就能以知道的。把握得这社会的阴影，是更易于了解晚清小说。其他类此的作品尚多，或不完，或不足称，只能从略。就所见有报癖《新舞台鸿雪记》、石儆山民《新乾坤》、抽斧《新鼠史》……陆士谔《新中国》……也有用鬼话写的，如陆士谔《鬼国史》（改良小说社，1909年）……专写某一地方的，也有陆士谔《新上海》、佚名《断肠草》（一名《苏州现形记》）等。①

阿英《晚清小说目录》称：

《女嫖客》，陆士谔著，五回，宣统年刊本。

陆士谔《龙华会之怪现状》中谈及《女界风流史》：

秋星道，你也是个笨伯了，书是人，人就是书，有了人才有书呢。即如《女界风流史》何尝不是书。试翻开瞧瞧，你我的相好怕不有好多在里头么。穷形极相，描写得什么似的……这符姨太小报上曾载过，她是磨镜党首领呢，像《女界风流史》上也有着她的事情。②

11月，李友琴为其《新上海》序于上海之春风学馆，序中进行了评述：

盖云翔之用笔与他小说异，他小说多用渲染笔墨，虽尽力铺张扬厉，观之终漠然无情；云翔独用白描笔墨。写

① 郑逸梅：《艺林散叶续篇》。
② 阿英：《晚清小说史》。

一人必尽一人之体态、一人之口吻，且必描出其性情，描出其行景。生龙活虎，跳脱而出，此其所以事事必真，言之尽当也。云翔在小说界推倒群侪，独标巨帜。有以夫，余读云翔新著二十三种矣，而用笔尖冷峭隽，无过此编。云翔告余曰，与其狂肆毒詈，取憎于人，孰若冷讥隐刺之犹存忠厚也。故此编于上海之社会、上海之风俗、上海之新事业、上海之新人物以及大人先生之种种举动，虽竭力描写淋漓尽致，而曾无片词只语褒贬其间，俾读者自于音外得悟其意。此即史公《项羽本纪》《高祖本记》《淮阴列传》诸篇遗意欤。

第六十回，镇海李友琴女士评曰：

> 书中描摹上海各社会种种状态，无不惟妙惟肖，铸鼎像奸、燃犀烛怪，使五虫万怪，无所遁影。平淡无奇之事一运以妙笔，率足以令人捧腹，是真文字之光芒而世道之功臣也。若夫词隐而意彰，言简而味永，按而不断，弦外有声，《儒林外史》外鲜足匹矣。

是年5月4日至次年3月6日，作《也是西游记》（注：十七期上署名"陆士谔"），在《华商联合报》连载。后又结集出版。

1910 年（宣统二年　庚戌）三十二岁

是年，长子清洁（1910.6—1959.12）诞生。1927—1937 年间，清洁悬壶杭州。十七岁起在杭州创办医报《清洁报》，并历任浙江省国医馆顾问、中医院院长、疗养院院长等职。1937 年抗日战争全面爆发后回沪，先于白克路行医，后又迁往吕班路。1944 年先生病逝后，又迁回汕头路 82 号行医，直至 1958 年。清洁先生亦著有多种医书，如：《备急千金方疏证》十二册、《金匮类方疏证》三册、

《伤寒卒病论疏证》三册、《伤寒类方疏证》二册、《评注王孟英医案》二册、《评注本草纲目疏证》七册等。

是年，其妹守民与刘三相识，经南社诗人苏曼殊撮合而结为伉俪。

是年，作《乌龟变相》《新中国》《最近官场秘密史》《六路财神》《逍遥魂》《玉楼春》《最近上海秘密史》七种。

3月，作《官场新笑柄》，在《华商联合报》连载。

腊月，《六路财神》刊行，版底云：

> 大小说家陆士谔先生健著十一种。先生著书不下五十余种，此十一种均系本社出版者：《新上海》《新鬼话连篇》《新三国》《风流道台》《新水浒》《六路财神》《新野叟曝言》《骗术翻新》《新中国》《改良济公传》《新孽海花》。

是年，在《新上海》中，他曾借主人公之口评述《逍魂窟》和《玉楼春》两种：

> 我道："这月里通只编得两三种，一种《新中国》，一种《逍魂窟》，一种《玉楼春》，稿子幸都在这里。"说着，把稿本检了出来。梅伯逐一翻阅，他是一目十行的，何消片刻，全都瞧毕。指着《逍魂窟》《玉楼春》两种道："这两种笔墨过于香艳，未免有伤大雅。"①

1911 年（宣统三年　辛亥）三十三岁

是年，先生弟守经被录取在美国威斯康新大学学习政治。与之

---

① 陆士谔：《新上海》第五十九回。

同往的还有竺可桢、胡适、李平等。

是年，作《龙华会之怪现状》《女子骗述奇谈》《商界现形记》《官场怪现状》《官场艳史》《官场新笑柄》《十尾龟》《血泪黄花》八种。

4月，作《商界现形记》，由上海商业会社印行。

《商界现形记》共二集（上下卷），十六回。于宣统三年三月付印，宣统三年四月发行。著作者百业公，编辑者云间天赘生，校字者湖上寄耕氏。在《商界现形记》初集上卷，书前署曰：“作者真实姓名和生平事迹，则无从考察。”此书与姬文的《市声》、吴趼人的《发财秘诀》及托名大桥式羽著的《胡雪岩外传》皆为晚清反映商界活动的力作。阿英均收入《晚清小说丛抄·卷四》。现据本人考，该书为陆士谔先生所撰。①

长篇小说《十尾龟》共四十回，由上海新新小说社印行。

是月，《龙华会之怪现状》标时事小说。上海时事小说社发行，共六回。

《女子骗术奇谈》二册共八回，古今小说图书社刊行。“是指摘当时所谓新女子的作品，对撷拾一二新名词即胡作非为的女子加以讽刺，间有一、二宣扬之作。所见到的有吕侠《中国女侦探》……陆士谔《女子骗术奇谈》。”②

9月，《绘图官场怪现状》大声小说社版，初集十回。

在《最近上海秘密史》中，陆士谔借书中人物之口，介绍他的另外几部小说时道：“他的小说像《官场艳史》《官场新笑柄》《官场真面目》都是阐发官场的病源。《商界现形记》就阐发商界病源了，《新上海》《上海滑头》等就阐发一般社会病源了。我读了他三十一种小说，偏颇的话倒一句没有见过。”

---

① 可参见田若虹《陆士谔小说考论》第六章第一节：《〈商界现形记〉著者探佚》。

② 阿英：《晚清小说史》第九章。

10 月 10 日，晚九时，武昌新军起义，辛亥革命爆发。11 月，起义军攻陷总督衙门，占领武昌全城。革命党人成立中华民国湖北军政府，推新军协统黎元洪为都督。12 日，革命军占领汉口，湖北军政府通电全国，宣告武昌光复。

11 月，先生创作讴歌武昌起义的《血泪黄花》，又名《鄂州血》。这部小说出版于 1911 年 11 月，距武昌起义仅一个月。作者满腔热情地歌颂辛亥革命，描写了起义军民的英勇奋战，表达了他对旧民主主义革命的向往之情。

1912 年（民国元年　壬子）三十四岁

是年，《孽海花续编》由上海启新图书局、国民小说社、大声图书局出版，续编共有二十一至六十一回。在《十日新》封底的小说广告中登有陆士谔所出小说数种：

《历代才鬼史》二册（洋八角）、《清史演义》（初集）四册、《清史演义》（二集）四册、《清史演义》（三集）四册、《清史演义》（四集）四册、《孽海花》（初集）各一册、《孽海花》（续编）四册、《女界风流史》二册、《女嫖客》二册、《末代老爷大笑话》二册、《也是西游记》二册、《雍正剑侠》（奇案）三册、《血泪黄花》二册。

1913 年（民国二年　癸丑）三十五岁

8 月，先生次子陆清廉（1913.8—1958.8）诞生。陆清廉，字凤翔，号介人。

《青浦县志·人物》记曰：

陆凤翔原名清廉，朱家角镇人，中国共产党员，革命烈士，陆士谔次子。1958 年 8 月 20 日，在北京开会返宁途

254

中，因飞机失事不幸遇难，时年四十五岁。后经江苏省人民委员会追认为革命烈士。

《青浦文史》亦记曰：

陆凤翔（1913—1958），原名清廉，青浦朱家角人，为通俗小说家、名医陆士谔次子。早年毕业于苏州高中，后在胡绳等的影响下，接受共产主义思想，创办社会科学研究会。1936 年 9 月加入中国共产党①。

是年，创作《宫闱秘辛》、《朝野珍闻》、《清史演义》第一部、《清朝演义》第二部四种。

8 月，《清史演义》第一部由大声局发行，标历史小说。

民国二年至十三年（1913—1924），陆士谔完成了《清史演义》一至四部的撰写：

余撰《清史演义》，此为第四部。第一部大声局之《清史演义》，第二部江东书局之《清史演义》，第三部世界书局之《清史演义》。第大声本书有一百四十回，长至七十万言。而江东本只三十万言，世界本只二十万言。

同时，他阐明了"演义"之缘由：

夫小说之长，全在表演。何为表？叙述治乱兴衰及典章文物、一切制度。何为演？将书中人之性情、谈吐、举动逐细描写，绘形绘声，呼之欲出。故旧著三书，唯大声

---

① 《青浦文史》第五期。政协青浦委员会、文史资料委员会编，1990 年 10 月。

本尽意发挥，或可当包罗万象；江东本与世界本为篇幅所限，未免蹈表而不演之弊。然而一代之功勋以开国为最伟大，一代之人物以开国为最英雄。与其歌咏升平，浪费无荣无辱之笔墨，孰若记载据乱，发为可歌可泣之文章。此开国演义所由作也。

10月10日，先生生父世沣殁，得年四十有一。

1914年（民国三年　甲寅）三十六岁

元月，《清史演义》三集共四册出版。

是月，《十日新》第一至四期连载言情小说《泖湖双艳记》。

2月，《孽海花续编》再版，大声图书局出版。又，上海民国第一图书馆版本，标历史小说。本书从第二十一回写起，至六十二回止。回目全用曾朴、金松岑原拟。

10月，《清史演义》四集初版，继而出版五集。

是月，《也是西游记》题"铁沙奚冕周起发，青浦陆士谔编述"。在第八回回末，先生述曰：

> 《也是西游记》八回，奚冕周先生遗著也。笔飞墨舞，飘飘欲仙，士谔驽下，奚敢续貂。第主人谲谏，旨在醒迷，涉笔诙谐，岂徒骂世。既有意激扬，吾又何妨游戏。魂而有灵，默为呵者欤！

己酉十月青浦陆士谔识

在上海望平街改良新小说社广告中登有特约发行所改良新小说社启：

> 新出《也是西游记》，是书系铁沙奚冕周、青浦陆士谔

合著。登华商联合会月报，海内外函索全书纷纷如雪片，盖不仅妙词逸意、文彩动人，而远大之眼光、华严之健笔，实足振颓风、挽末俗。或病其文过艳冶、意近诲淫，则失作者救世苦心矣。

12 月 10 日，在《十日新》第一期发表短篇小说《德宗大婚记》《新娘！恭献！哈哈》《贼知府》《泖湖双艳记》①。

是月 20 日，在《十日新》第二期发表逸事短篇小说《赵南洲》。

是月 30 日，在《十日新》第三期发表滑稽短篇小说《花圈》《徐凤萧》《英雄得路》。

是年，其文言笔记《蕉窗雨话》由上海时务图书馆出版。《蕉窗雨话》（共九种），记乾隆间吏部郎中郝云士谄事和珅事，记杜文秀踞大理事，记石达开老鸦被擒异闻，记董琬欲从张申伯不果事，记张申伯为太平天国朝解元事，记王渔洋宋牧仲逸事，记说降洪承畴事，记岳大将军平青海事，记准噶尔与俄人战事②。

1915 年（民国四年　乙卯）三十七岁

是年，先生妻李友琴病故，终年三十五岁。先生悲痛不已。常以医术不精、未能挽爱妻为憾，遂更发奋钻研医学。又创作几种笔记体文言短篇小说，如《顺娘》《冯婉贞》《陈锦心》《顾珏》等，皆散刊于上海《申报》。

3 月 14 日，作笔记小说《顺娘》，在《申报》"自由谈"、"红树山庄笔记"栏目发表。

3 月 15 日，继续连载《顺娘》。《顺娘》以庚子事变之后"罢科举"，选派留学生到西方留学的这段历史为背景。其中又穿插了男女

---

① 陆士谔：《泖湖双艳记》第一至四期连载，标艳情小说。
② 收于《清代野史丛书》。

主人公雁秋和顺娘悲欢离合的故事。故事虽未脱俗套，但情节曲折，人物个性鲜明，其中不无对世俗的道德观和封建习俗的批判。

3 月 19 日，作笔记小说《冯婉贞》，在《申报》"自由谈"、"爱国丛谈"栏目发表，亦见于《虞初广记》。写咸丰十年英法联军火烧圆明园时事，当时有圆明园附近的平民女子冯婉贞率少年数十人以近战搏击的战法，避开敌人的枪炮，击溃了敌军数百人，杀死百余人。文章的结尾陆士谔曰："救亡之道，舍武力又有奚策？谢庄一区区小村落，婉贞一纤纤弱女子，投袂起，而抗欧洲两大雄狮，竟得无恙，引什百于谢庄，什百于婉贞者乎？呜呼！可以兴矣！"①其书在 1916 年被徐珂收编入《清稗类钞》，修改了原文。亦被列入中学范文读本。

4 月，《清史演义》五集再版。

8 月，作《顺治太后外纪》，由上海进步书局出版。1928 年 2 月五版。

提要曰："是书叙顺治太后一生事实。夫有清以朔方，夷族入住中原，论者多归之天而不知兴亡盛衰之故乃操之于一女子手。盖佐太宗之侵掠，说洪氏之投降与有力焉，然而深宫秘事史官既讳而不书，远代茫然罔识，是编记载最为尽，诚足广异闻而资谈助也。"

1916 年（民国五年 丙辰）三十八岁

4 月 7 日，作笔记小说《顾珏》在《申报·自由谈》发表。

《顾钰》刻画了一位身怀绝技、武力超群，而又恃强踞傲、强不能而为之的"勇"者形象。顾钰，亭林先生八世孙。其躯干彪伟，孔武有力，一乡推为健士。他夜不卧床榻，巨竹两端而剖其中，"卧则以两臂撑之。竹席如弓，身卧其内。醒则疾跃而出，竹合如故"。"稍迟延，臂竹猛夹裂颅破脑，巨竹之张合，常在百斤左右"，其两臂之力可谓巨矣。然山外有山，人外有人，顾终因"耻受人嘲"而

---

① 陆士谔：《冯婉贞》，《申报·自由谈》1915 年。

不自量力，在比斗中惨败。

4月10日，作笔记小说《陈锦心》，在《申报·自由谈》发表。《陈锦心》以"义和团运动，洋兵入京"之时代为背景，描写了男女主人公国华和锦心的悲欢离合。国华就读于武备学校，他与锦心约"俟武校毕业始结婚"。不料被"匪"掳，"迫为司帐"。荡析流离，积二年之久，始得归。而锦心虽误以其为死，却"死生不渝"，"矢志柏舟"。小说终为大团圆之结局。作者将国华与锦心之婚姻悲剧归罪于"红巾"之乱，无疑体现了其封建思想之局限性，但小说中又通过叙事主人公的视角简要地描述了庚子事变联军入京后之情况：

> 国华被匪掳去，迫为司帐，不一月而大沽失守，洋兵
> 入京，匪众分队四散。国华被众拥出山海关迁流至奉天，
> 又至黑龙江，积二年之久，始得归。

这篇笔记小说，与吴趼人的《恨海》和忧患余生的《邻女语》皆为反映庚子事变之题材。虽不能与之媲美，但亦有异曲同工之妙。

是年，作《帐中语》，上海进步书局印行，署"云间龙撰"，标家庭小说。首语云："留作世间荡子的当头棒喝。"

提要曰："夜半私语恒于帐中为多，此书叙夫妇二人帐中问答。语言温柔旖旎，有时为诙谐之谈笑，有时为正当之箴规，亦风流亦蕴藉，是小说别开生面之作。"

是年秋，作《初学论说新范》，张謇题书名。弁首编辑大意共八条，如第一、二条阐明编辑题旨："本书论说各题皆自初等教科书中选来，即文中曲引泛论用典、用句均不越教科书范围。""本书条文词句务求浅近，立意务取明晰、务期初学易于开悟。"

1917年（民国六年　丁巳）三十九岁

是年，娶松江泗泾李氏素贞为续室。

6月，作《八大剑仙》，一名《清雍正朝八大剑仙传》。共十九回，约七万余字。现存民国六年（1917）六月，上海交通图书馆铅印本一册。该本至民国十二年（1923）十月，已出至十版。

是年，作《剑声花影》。1926年3月，五版。其提要曰：

> 女中豪杰载清史籍者，令人阅之心深向往。本书所述杀身成仁之侠女韩宝英，更属巾帼中所罕见者。宝英本桂阳士人女，逊清洪杨之役为贼所掳，几至辱身。幸遇翼王石达开援救脱险，并为杀贼报仇扶为义女。宝英感恩知遇，卒以死报，脱翼王于难。全书自始至终叙事曲折详尽，文笔亦简明雅洁，堪称有声有色、可歌可泣之作。

1918年（民国七年　戊午）四十岁

是年，"岁戊午，揿术游松江"。① 在松江西门外阔街悬壶。行医中将十多年来对医学研究的心得，写成医书十余种。

7月，先生作《中国黑幕大观·政界之黑幕》共一百零一则，由上海博物院路8号鲁威洋行发行。编辑者路滨生，发行者葡商马也，由蔡元培等人作序。陆士谔所写"政界之黑幕"有别于当时鸳鸯蝴蝶派小报所津津乐道的秘事丑闻，与其社会小说宗旨一致。他的此类小品文皆以社会现实和时事新闻为描写题材，广泛而深入地触及当时社会、经济、军事、文化、外交、政治的各个层面，其揭露和讽刺之深刻与时代的节奏深相吻合。其文或庄或谐，或正或奇，嬉笑怒骂皆成文章。

其中《民国两现大皇帝》调侃了政体之变更竟同儿戏；《五百金租一翎项》写民国以来，红顶花翎已抛去不用了，不意复辟之举突如其来，某司长知翎项为必需之物，遍搜箱匣，竟无所获，遂租

---

① 陆士谔：《医学南针》自序。

一优伶之花翎代之；《闽神之门联》描写了张勋复辟后之民俗；《二本新审刺客》写民国二年三月，前农林总长宋教仁，拟由上海搭火车北上，方欲上车，突被刺客击中腰部，越再日逝世之事件；《新南北剧之黑幕》《新南北剧之第一幕》揭露了袁项城篡位总统和北洋军权之丑闻；《洪述祖之大枪花一》述中法和约告成，刘遣洪诣法军；《杜撰之灾祸与谶语》叙蔡锷起师护国，北军屡北，不得已取消帝制；《失败之大原公子》写洪宪帝既颁称帝之令，乃亟兴土木。在《疑而集诗》中，陆士谔曰：

> 政界之黑幕不外吹牛、拍马、利诱、威逼种种伎俩。此四者尽之……不意自民国以来，政治界幕中偏又添新色料，一曰阴谋，一曰暗杀。如总统之突然称作皇帝，浙江之忽然伪号独立，此均属于暗杀者。人心愈变愈阴，国势愈变愈弱。

10月，作《薛生白医案》，神州医学社新编，上海世界书局出版，1923年8月三版。序曰：

> 薛生白君，名雪，字生白，自号一瓢子。生白因母文夫人多病，始究心医术。其医与叶香严齐名，当时号称叶、薛。吾国医学，自明季以来，学者大半沉醉于薛院，使张景岳之说，喜用温补，所误甚多，独生白与香严大声疾呼，发明温热治法，民到如今受其赐……薛氏医案如凤毛麟角，弥见珍贵。临证之暇，特将先生医案分类校订，并附录香严案以资对照，使读薛案者得于薛案外，更有所益也。

民国八年十月后学珠街阁陆士谔谨序于松江医寓

1919 年（民国八年　己未）四十一岁

从 1919—1924 年间，陆士谔在松江医寓先后写了十多种医书。至 1941 年止，先生共创作医著、医文四十多种：《叶天士幼科医案》、《陆评王氏医案》、《薛生白医案》、《叶天士手集秘方》、《医学南针初集》、《医学南针二集》、《王孟英医案》、《丸散膏丹自制法》、《增注古方新解》、《温热新解》、《奇疝》、《国医新话》、《士谔医话》、《叶香严外感温热病篇》、《李士材医宗必读》、《邹注伤寒论》、《陆评王氏医案》、《陆评温病条辨》、《医经节要》、《诊余随笔》、《基本医书集成》（主编）、《家庭医术》、《增注徐洄溪古方新解》、《内经伤寒》、《新注汤头歌诀》、《寒窗医话》、《医药顾问大全》、《论医》、《国医与西医之评议》、《中西医评议》、《小闲话》。医学论文多在《金刚钻》报发表。

元月，先生幼子清源（1919—1981）诞生，笔名海岑。毕业于立达学院。清源幼承庭训，博闻强识，其医学和文学皆颇有造诣。抗战期间，他辗转于福建长汀、泉洲、永安各地从事翻译、教学、编辑及行医等工作。并以行医所得创办了《十日谈》出版社，印行了不少文艺书籍，如德国苏特曼的戏剧集《戴亚王》（施蛰存译）等，行销于东南五省。抗战胜利后，清源回沪。其时陆士谔去世不久，他继承父业，挂起了"陆士谔授男清源医寓"的招牌，正式悬壶行医。新中国成立后，清源曾先后任平明出版社、新文艺出版社和上海文艺出版社编辑，从事英、俄文学翻译。主要译著有屠格涅夫的《三肖像》《两朋友》《多余人日记》、卡拉维洛夫的《归日的保加利亚人》、米克沙特的《英雄们》等。1979 年，他与施蛰存合作，根据西方独幕剧的发展历史编了一套《外国独幕剧选》（六册）。由于精通俄语，他负责选编苏联及东欧诸国的剧本。当第一集于 1981 年 6 月出版时，清源已于同年 4 月病故，未能见到此书的出版。

元月，作《叶天士幼科医案》，上海世界书局出版。陆士谔序曰：

叶香严先生，幼科专家也。而其名反为大方所掩。世之攻幼科者，鲜有读其书，是何异为方圆而不由规矩、为曲直而不从准绳。吴江徐洄溪，素好讥评，而独于先生之幼科，崇拜以至于极。一则特之曰名家，再则曰不仅名家而且大家。敬佩之情溢于言表。今观其方案，圆机活泼，细腻清灵，夫岂死执发表攻裏之板法者，所得同年而语耶？《冷庐医话》载先生始为幼科，虚心求学，身历十七师而学始大进，则如灵秘术其来固有自也。

民国八年十月后学珠街阁陆士谔谨序于松江医寓

是年，作《叶天士女科医案》。

1920 年（民国九年　庚申）四十二岁

元月，作《增注徐洄溪古方新解》共八卷。上海世界书局石印本 1922 年 6 月再版。

2 月，《叶天士手集秘方》，上海世界书局出版。陆士谔序曰：

秘方者师徒相授，从未著之简策者也。顾未著之简策，后之人从何纂集成书？曰，秘方之源，非人不授，非时不授，故名之曰秘。岁月既久，私家各本所传各自记述。然方之秘难泄，而纂秘方者，大都不知医之人，所以秘方之书虽多，而合用者甚鲜也。叶天士为清名医，其手集秘方，大抵本诸平日之心得，较之《验方新编》等自可同年而得。顾其书虽善，体例已颇可议……因系先辈手译，未便擅自更张；方有重出者，亦未敢留就删节致损本来面目。唯逐

263

细校雠，勘明豕亥，使穷乡僻壤有不便延医者按书救治，不致谬误，是则校者之苦心也。

7月，作《医学南针》初集，上海世界书局石印本。1931年七版。其师唐念勋纯斋氏序曰：

> 陆士谔，好学深思之士也。其于《灵》《素》《伤寒》《金匮》等书极深研几，历十余年如一日。昼之所思，夜竟成梦。夜有所得，旦即手录，专致之勤，不啻张隐庵氏之注《伤寒》也。顾积学虽富，性太刚直。每值庸工论治，谓金元四大家之方药重难用，叶香严、王潜斋之方药轻易使，陆子辄面呵其谬，斥为外道之言。夫病重药轻，无补治道；病轻药重，诛伐无辜。论药不论证，斥之诚是。然此辈碌碌，何能受教，徒费意气，结怨群小，在陆子亦甚不值也。余尝以此规陆子，而劝其出所学，以撰一便于初学之书，俾后之学者。得由此阶而进读《灵》《素》《伤寒》，得造成为中工以上之士，则子之功也。夫医工之力，不过能治病人之病；医书之力，则能治医工之病，于其勉之，陆子深韪余言，操笔撰述，及一载而书始成。其网罗之富，选才之精，立论之透，初学之书所未有也。较之《必读》《心悟》等，相去奚啻霄壤。余因名之曰《医学南针》，陆子谦让未遑。余曰，无谦也，子之书不偏一人，不阿一人，唯求适用，大中至正，实无愧为吾道之南针也，因草数言弁之于首。

民国九年庚申夏历二月唐念勋纯斋氏序于珠溪医室

是年夏，作《孽海情波》，由上海沈鹤记书局出版。

1921 年（民国十年　辛酉）四十三岁

4 月，作《增评温病条辨》，（清）吴塘原著，先生增评。

5 月，作《王孟英医案》，上海世界书局出版。哈守梅序曰：

青浦陆君士谔，名医也。其治症，闻声望色，察脉问证，洞见藏府，烛照弥遗。就诊者无不叹为神技，而不知君固苦心得之也。余以善病喜读医籍，去年冬，购得《医学南针》，读之大好，因想见陆君之为人。与君畅谈医学并及近代名流，君于王孟英氏最为推服……因出其自编之孟英医案，分类排比，眉目朗然，余不禁狂喜，劝之发刊。君曰，孟英原案，犹《资治通鉴》，余此编，犹纪事本末，不过自备检查尔，何足问世。余曰初学得此，因证检方得见孟英之手眼，未始非君之功也。陆君颇韪余言，余因草其缘起，即为之序。

民国十年五月金陵哈守梅拜序

陆士谔自序曰：

《王孟英医案》有初编、续编、三编之分，编者不一其人，而《归砚录》则孟英自编者也。余性钝，读古人书，苦难记忆，而原书编年纪录检查又甚感不便，因于诊余之暇，分类于录，籍与同学讲解。外感统属六淫故，风温、湿温间有编入外感门者。夫孟英之学得力于枢机气化，故其为方于升降出入，手眼颇有独到；而治伏气诸病，从里外逗，尤为特长。大抵用轻清流动之品，疏动其气要，微助其升降，而邪已解矣。其法虽宗香严叶氏，而灵巧锐捷，竟有叶氏所未逮者。余尝谓孟英于仲夏伤寒论、小柴胡汤、

265

麻黄附子细、辛汤诸方必极深穷研，深有所得。故师其意不泥其迹，投无不效。捷若桴鼓，读者须识其认证之确、立方之巧，勿徒赏其用药之轻，庶有获乎！

民国十年五月青浦陆士谔序于松江医室

农历六月，作《丸散膏丹自制法》。1932 年 5 月再版，由陆士谔审订。先生自序曰：

客有问此书何为而作也，告之曰，神农辨药，黄帝制方，圣王创制为拯万民疾苦。伊尹、仲景后先继起，孙邈有《千金》之著，王涛有《外台》之集，《圣济》《圣惠》各方选出，无非本斯旨而发未发光大之。自世风日下，业此者唯知骛利，罔识济人，辄以己意擅改古方药名，虽是药性全非。医师循名用辄有误，良可慨也，本书之作意在使制药之辈知药方定自古贤，药品之配合分量之轻重、制法之精粗，丝毫不能移易。各弃家技一秉成规，庶几中国有统一制药之一日，按病撰药无不利药病有桴鼓应之，斯民尽仁寿之堂，是所愿也。有同道者盍兴乎，来客悦而退，因讹笔记之以叙本书。

民国十年夏历六月陆士谔序

全书分为内科门四十一类、女科门九类、幼科门十一类、外科门十类、眼科门六类、喉科门七类、伤科门、医药酒门……

是年，增补重编《叶天士医案》，上海世界书局出版。

是年，作武侠小说《血滴子》，又名《清室暗杀团》，二十回，六万多字。现存民国十年（1921）六月上海时还书局铅印本一册。卷首有民国十五年（1926）长沙张慕机序。此书在当时尤为风行，还改编成京剧在沪上演。

1922 年（民国十一年　壬戌）四十四岁

元月，《绣像清史演义》序，写于松江医寓。

是月，《七剑三奇》，上海中华新教育社出版，共四十回。现存民国十一年（1922）上海中华新教育社平装铅印本二册，二万多字，首有作者序，卷后有李惠珍识语。

6月，编《增注古方新解》。

约是年，撰侠义小说《七剑八侠》，共二十四回，由上海时还书局出版发行。第二十四回中写道："种种热闹节目都在续编之中，俟稍停时日，当再与看官们相会。《七剑八侠》正篇终，编辑者陆士谔告别。"

1923 年（民国十二年　癸亥）四十五岁

10月，《薛生白医案》第三版。

是月，《八大剑仙》第十版。

是月，《金刚钻》报创刊，陆士谔曾协助孙玉声编撰《小金刚钻》报。

1924 年（民国十三年　甲子）四十六岁

4月，作《医学南针》二集，上海世界书局出版。首有先生自序题："民国十三年甲子夏历四月青浦陆守先士谔甫序于松江医寓"；亦有唐纯斋序曰：

> 陆君士谔名守先，医之行以字不以名，故名反为字掩。而君于著述自著，辄字而不名，故君之名，舍亲戚故旧外，鲜有知者。角里陆氏系名医陆文定公嫡系，为青邑望族，代有闻人。而以医学名世者，则自君始。君为午邑名儒兰坨先生哲嗣。先生学问经济名重一邑，而屡困场屋，以一

明经终，未得施展于世。有子三人，俱著名当世。君其伯也，仲守经，字达权；季守坚，字保权，均驰声军政界，为世所重。而君之学尤粹。君以预防为主医学，极深研几，每发前人所未发，于五运六气、司天在泉，则悟地绕日晌。以新说释古义，语透而理确；于伤寒温热、古方今方，则以经病络病，一语解前贤之纠纷。盖君喜与经生家友，每借经生之释经以自课所学，故所见回绝恒蹊也。角里在松郡之西，青溪环绕，九峰远拥，地灵人杰。王述庵以经著名，陈莲舫以医术行世，惜莲舫之道、之行而未有著述；述庵之学、之博而未曾知医。君今以经生之笔，释仲景之书，明经络之分治，导后学以准绳，湖山增色。吾闻君之《医学南针》共有四集，此其第二集也。以辨证用药读法为三大纲，较之初集进一步矣。其三集则专以外感内伤立论，四集则专释伤寒金匮，甚望其早日杀青也，是为序。

是月，清明节，刘绣、刘曼君、刘缙、刘尨《先父刘三收葬邹容遗骸的史迹》一文中曰：

　　1924年清明节，章太炎、于右任、张溥泉、章士钊、李印泉、马君武、冯自由、赵铁桥诸先生来华泾祭扫先烈邹容茔墓时，吾父权作主人，于黄叶楼设宴招待。章太炎先生与吾父所吟今尚能背诵。太炎先生诗云："落泊江湖久不归，故人生死总相违。至今重过威丹墓，尚伴刘三醉一回。"吾父缅怀亡友，追念往事，悲慨遥深地吟曰："杂花生树乱莺飞，又是江南春暮时。生死不渝盟誓在，几人寻冢哭要离。"

7月，《女皇秘史》由时还书局出版。此为《清史演义》之第四部。作者自序称于民国十三年（1924）七月，青浦陆士谔甫序于松江医寓。是月 24 日，江苏督军齐燮元、浙江督军卢永祥为争夺上海地盘酝酿战争。本县局势紧张。驻松浙军封船百余艘供军用，居民纷纷避迁。县议会及各法团电致北京及江浙当局，呼吁和平。

是月中旬，先生先遣其妻避上海，与长子清洁看守家门。

是月 29 日，先生避难第二次来沪。

9 月 30 日，江浙战争爆发，史称齐卢之战。县城学校停学，商店多半歇业。

10 月 12 日，浙江督军卢永祥兵败下野，江浙战争结束。松江防守司令王宾等弃城潜逃。先生第三次赴沪。在《战血余腥录》中先生叙述了他第三次来沪悬壶之情形。

先生避难来沪后，聊假书局应诊。民国十四年（1925）六月，他先是在英界四马路画锦里口老紫阳观融壁上海图书馆行医，民国十四年十一月十二日，后又迁移到英租界跑马厅汕头路 23 号新层；民国二十二年（1933）九月，他再次迁移到公共租界中央区，汕头路 82 号。

一日，有广东富商路过上海图书馆，恰巧看到士谔正为病家诊脉开方，就上去攀谈。一交谈，就觉得陆士谔精通医学，请陆出诊，为其妻治病。士谔在病榻边坐下，一看病人骨瘦如柴，气若游丝。原来已卧床一月有余，遍请名家诊治，奈何无灵。病情日见沉重，饮食不思，气息奄奄。富商请陆士谔来看病，也是"死马当活马医"。诊脉后，士谔开好药方说："先吃一帖。"第二天，富商又到诊所邀请，说病人服药后就安然熟睡，醒来要吃粥了。这样经过半个月的诊治，病人霍然而愈。富商感激不尽，登报鸣谢一月，陆士谔的医名由此大振。不久就定居于汕头路 82 号挂牌行医，每日门诊一百号。

12 月 27 日，在《金刚钻》报"诊余随笔"，先生撰文谈小儿虚脱症及其疗法。

是年，先生修《云间珠溪陆氏谱牒》（不分卷），署"陆守先修"，其侄陆纯熙在《云间珠溪陆氏谱牒》中曰："士谔叔父就珠街阁近支先行编纂校雠，即竣，付诸石印，分给同宗俾珠街阁近支世系。已可按世稽查。"

关于《云间珠溪陆氏世系考》陆纯熙述曰：

> 守先谨按：吾宗谱牒世甚少，刊本相沿至今，即抄本亦复罕购，浸久散佚，世系将未由稽考，滋可惧也。此百数十年中急需修入者不知凡几。屡拟评加修订，而宗支散处，调查綦难，因商之，士谔叔父就珠街阁近支先行编撰。校竣，即付之石印，分给同宗，俾珠街阁近支世系已可按世稽查。

中华民国十三年十一月十八日纯熙谨识

1925 年（民国十四年　乙丑）四十七岁

1—6 月，《金刚钻》报连载其短篇小说《环游人身记》。

在其科幻短篇小说《寒魔自述记》和《环游人身记》中，作者通篇运用了生动贴切的比拟和比喻来说明病毒侵入人体之途径。如《寒魔自述记》叙述了"途"之六兄弟：风魔、寒魔、暑魔、湿魔、燥魔、火魔漫游人体之经历，从而感受到"此为世界风景之最"。在《环游人身记》中则记述了"余"挟暑风二伴"登女郎玉体"分道从"寒府"，人之汗毛孔和"樱唇"通过咽窍（食管）、喉窍、颃颡舌本、脾脏（少阴脉）、肾脏（阳阴脉）、胃府进入人之膏粱之体，它们环游人身一周。文中穿插了"余"与暑伴等之对话，辛辣地讽刺了那种不学无术的庸医，同时倍加推崇名医之医术医德。上述两篇，皆具有较强的故事性和情节化的特点，语言亦幽默风趣，读来引人入胜。

是年，作《今古义侠奇观》，该书演历代十四位男女义侠的故事。出版广告启曰："当行出色撰著武侠说部之老手陆士谔君，收集古今英雄侠义之事迹，仿今古奇观之体例，编成《今古义侠奇观》一书，以为配世化俗之工具。情节离奇，文笔紧凑，聚数千年来之侠义于一堂，汇数十百件之佳话为一编，前后合串，热闹异常……写英雄之除暴，则威风凛凛；写义侠之诛奸，则杀气腾腾，可以寒奸人之胆，可以摄强徒之魂……洵足以励末俗，而挽颓风。"①

在《留学生现形记》封底，亦将其列为最新出版之小说名著：

吴趼人：《二十年目睹之怪现状》《九命奇冤》《电术奇谈》

李涵秋：《近十年目睹之怪现状》《自由花》

海上说梦人：《歇浦潮》《新歇浦潮》

徐卓呆：《人肉市场》

不肖生：《江湖义侠传》

陆士谔：《今古义侠奇观》《剑声花影》

以及名家译著：《十五小豪杰》等共二十二种。

是年，作《续小剑侠》，由上海时还书局出版。

4月，作《小闲话》连载。另有医学杂论《治病之事》《治病日记》。

8—12月，作《义友记》，连载于《金刚钻》报。

是年，《金刚钻》报登载《内科陆士谔诊例》一个月。

3月，《金刚钻》报记曰：

世界书局管门巡捕某甲，于正月二十一日晨正洗脸间，忽然仆倒，就此一蹶不醒，不及医治而死。及后该局经理沈知方叙之于先生，并研究其致死之由。先生曰，此则唯有"脱"与"闭"两症。"脱"则原气溃散，"闭"由经络闭塞，闭则有害其生，脱则虽有神丹，难挽回也。沈君曰，死者全身青紫。越日，两医解剖其尸，则肺脏已经失去其

① 见于《红玫瑰》杂志第三十二期广告。

半。先生曰，该捕平日必酷嗜辛辣而好之饮烧酒，不然肺何得烂，然其致死之因，虽由肺烂，而致死之果，实系气闭。因仆侧肺之烂叶遮住气管，呼吸不通，故遂死也。询之果然。

是月，《金刚钻》报载有一病人家属严寿铭感谢他的信曰："舍亲俞幼甫谈及避难来申之陆士谔，姑往一试，至四马路画锦里口上海图书馆陆寓，延之来诊。不意药甫下咽，胸闷既解，囊缩即宽。二诊而唇焦去、身热退。三诊而能饮半汤，四诊而粥知饥矣。"

是月，先生著《温热新解》。先是《金刚钻》报发表，1933年9月又在《金刚钻月刊》重版。

5月，先生在《金刚钻》报"读书之法"中曰：

先父兰垞公以余喜涉猎古史，训之曰，读书贵精不贵博，汝日尽数卷书，聊记事迹耳，其实了无所得。因出《纲鉴正史》曰，何如……余遂以刘三（小学家）读经之法，读秦汉唐各医书，而学始大进。辨论撰方，自谓稍易着手，未始非读书之益也。

5月27日，先生曰："余自《医学南针》出版而后，虚声日著。远客搭车来松者，旬必有数起，均系久来杂病，费尽心机，效否仅得其余。及避难来沪，沪地交通便利，百倍松江。囊时远客，仅沿沪杭线各城镇，今则有由海道来者，有由沪宁线各站来者。"

6月12日，《金刚钻》报《陆士谔名医诊例》：

所治科目：伤寒、湿热、咳嗽、妇科、产后、调经各种杂病。

时间：上午十时至下午三时门诊，午后三时出诊。

地址：英界四马路画锦里口上海图书馆。

11 月 12 日，先生迁移到英租界跑马厅汕头路 23 号新层。

1926 年（民国十五年　丙寅）四十八岁

3 月，《剑声花影》第五版刊行。

是月 31 日，在《金刚钻》报上登载《修谱余沈》曰：

> 今吾家新谱告成，自元侯通至士谔凡七十九世……原原本本，一脉相承，各支宗贤亦均分载明白。扬洲别驾分类，为吾二十六世祖，娄王逊为吾五十八世祖……

4 月 14 日，先生作《寒魔自述记》连载于《金刚钻》报。

12 月，《家庭医术》初版，上海文明书局印行。1930 年再版，署"辑选者陆士谔"。

1928 年（民国十七年　戊辰）五十岁

2 月，《顺治太后外纪》五版，由上海进步书局印行。

4 月，《绘图新上海》五版。

4 月，由范剑啸著、先生参与润文的小说《双蝶怨》由上海大声图书局出版。

9 月，《古今百侠英雄传》由上海时还书局出版发行，标绘图古今侠义小说。先生自序曰：

> 余嗜小说，尤喜小说之剑侠类者。所读既多，未免技痒。缘于诊病之余，摇笔舒纸，作剑侠小说。在当时不过偶尔动兴，聊以自遣，不意出版之后，竟尔风行，实出余意料之外。意者下里巴人，属和遍国中耶？

中华民国十七年八月十五日

青浦陆士谔序于上海汕头路医寓

是年，出版《北派剑侠全书》与《南派剑侠全书》。在《古今百侠英雄传》之末页，附南北两派剑侠全书总目：

北派：《红侠》、《黑侠》、《白侠》、《三剑客》（二册）。

南派：《八大剑侠传》、《血滴子》、《七剑八侠》（二册）、《七剑三奇》（二册）、《小剑侠》（二册）、《新剑侠》（二册）。

10月，作《新红楼梦》，由上海亚华书局出版。

是年，《金刚钻》报登载《内科陆士谔诊例》一个月。

1929年（民国十八年 己巳）五十一岁

元月，作短篇《记平湖之游》①，作者于冬至日作平湖之游，其记曰：

平湖多陆氏古迹，此行得与二千年前同祖之宗人相聚，意颇得也……盖平湖支为唐宰相宣公系。宣公系三国东吴华亭候补丞相逊之后，而吾宗为选尚书王昌之后，王昌与逊在当时已为同曾祖姜昆，故吾宗与平湖陆氏，为二千年前一家。考诸家乘，信而有征也。此次邀余往诊者，为平湖巨绅陆纪宣君。甲子秋，余避难来沪，纪宣亦携眷来沪。其夫人患病颇剧，邀余往诊，遂相认识。由是通信，如旧识焉。

是年，作武侠长篇小说《江湖剑侠》，共四十回，由国华书局出版。回目前写有"陆士谔著、蔡陆仙评"。并有云间吴晚香之序言，写于上海。其序文称：

---

① 于1929年1月6—12日连载于《金刚钻》报。

青浦陆士谔先生精"活人术"，复长于写武侠小说。形其形状，其状惟妙惟肖，可骇可惊。历次所作，阅者无不击节。盖先生于乱世触目伤心、愤激之余，发为奇文，非以投世俗之所好也，聊以鸣方寸之不平耳。

蔡陆仙先生第一回评曰：

叙武侠本旨如水清石出，历历可见。所谓探骊得珠，已白占足身份，况描写官吏之嚚顽、社会之黑暗、胥吏之残酷，无不细心若发，洞若观火，笔墨酣畅，尤有单刀直入之妙。

1930年（民国十九年　庚午）五十二岁

2月，作《龙套心语》，共三册，书末标社会小说。以龙公名义发表。由上海竞智图书馆出版。此书先是在《时报》连载，现上海图书馆存有《时报》版剪贴本和竞智图书版本两种。书前有龙公自序、答邨人书（代序），又有马二先生序。序曰：

《龙套心语》著者署名"龙公"，不知其何许人也。全书二十四回。著者自云"记载南方掌故，网罗江左侠文"。语虽自负，正复非虚。

篇末曰：

著者必为文章识见绝人之士，而沉沦于末寮者，故能巨细靡遗，滔滔不尽，若数家珍。虽曰诙谐以出之，而言外余音，固含有无限感慨，殆所谓伤心人别有怀抱者耶？

1984 年，文化艺术出版社在"中国史料丛书"中再版推出此书，更名为"江左十年目睹记"，并认为本书的作者是姚鹓雏，首页为柳亚子题序，1954 年 7 月 20 日写于首都。（是年 6 月 25 日姚鹓雏先生卒。）又增加了出版说明和常任侠序，并将其置于马二先生原序之前，同时亦保留了龙公自序。书后附吴次藩、杨纪璋增补的《龙套心语·人名证略》。《龙》书首页及封底皆为云间龙在空中飞舞，与陆士谔之《商界现形记》同。其书之目录"一士谔谔有闻必录"，作者自己充当书中之人物，亦与其小说风格一致。故据本人考证，此书作者应为陆士谔。①

3 月，陆清洁编辑、陆士谔校订的《万病险方大全》由上海国医学社印行，国医学社出版，中央书店发行。次年 7 月再版。夏绍庭序曰：

青浦陆士谔先生邃于医学，莅沪行道有年，囊尝闻其声欤。审知为医学士，平生撰述甚富。著有《医学南针》一书，精确明晰，足为后学津梁。今其哲嗣清洁英台秉性聪慧，为后起秀。既承家学之渊源，又竭毕生之心力，广摭博采，罗致历年经验良方汇成一书。

民国十有九年暮春之初夏绍庭序于九芝山馆

陆清洁自序：

智者千虑，必有一失。愚者千虑，必有一得。故名医之处方，有时而穷，村妪之单方，适当则效，非偶然矣。谚称"单方一味，气死名医"。夫单方非能气死名医也，必

① 可参见田若虹《陆士谔小说考论》第六章第二节：《〈江左十年目睹记〉著者考》。

单方神效，如鼓应桴始足当之无愧。本书各方，苦心搜访，南及闽粤，北至燕晋，风雨晦明，十易寒暑。而异僧奇士，秘而不宣人之方药，必有百计以求之。一方之得，必先自试用，试而有验，珍同拱璧。有历数月不得一方，有一日间连获数方。积之既久，乃编为十有三种。包罗有系，或谓余篇有仲景之验、千金之富、外台之博，则余岂敢。余编是篇，聊供乡僻之处，医士寥落、药铺未计所需耳。初无意问世也，平君襟亚热情殷殷，坚请付印，盛情难却，始从其议。然自审所编，挂一漏万，在所不免，知我罪我，唯在博雅君子。

中华民国十九年三月陆清洁序于沪寓

4 月 15—30 日，《小闲话》中以王孟英医书为题，论及当时医林之风尚：

> 海宁王孟英，为清咸同间名医。近世医者多宗医说，喜以凉药撰方，或谓近日医家之弊，孟英创之也，欲振兴古学，非废孟英书不可。余颇不然之。孟英当日大声疾呼，立说著书，无非为救弊补偏之计。源当时医者不认病症，不究病源，唯以温补药为立方不二法门，故孟英不得已而有作也。试观孟英医案，救逆之法为多，亦可见当时医林风尚之一斑。

1924—1936 年，先生在《新闻夜报》副刊《国医周刊》上主笔介绍医药知识，亦公开为病家咨询。

6 月，先生《家庭医术》再版。

是年，先生在如皋医学报五周汇选撰《中西医评议》，就中西医之汇通问题与余云岫展开论辩，双方交锋数月。先生认为："中西医

277

学说，大判天渊。中医主张六气，西医倡言微菌；一持经验为武器，一仗科学为壁垒，旗帜鲜明，各不首屈。"然而两相比较，则"形式上比较，西医为优；治疗上比较，中医为优。器械中比较，西医为胜；药效上比较，中医为胜。为迎合世界潮流，应用西医；为配合国人体质，应用中医"。

是年，《金刚钻》报登载《内科陆士谔诊例》一个月。

1931 年（民国二十年　辛未）五十三岁

是年，清廉考入江苏省苏州中学高中部。"九一八"时，他积极参加请愿团宣传抗日，并与同学胡绳一起创办了社会科学研究会，宣传马列主义。

先生仍在上海行医，又任华龙小学校董。先生女婿张远斋任校长，女儿敏吟和清婉皆任教员。先生之剑侠小说约写于1916—1931年间，大多由时还书局出版。其历史小说以历史事件为基础，而根据稗官野史、民间传闻加以敷衍虚构而成，故曰："书中事迹大半皆有根据，向壁虚造，自信绝无仅有。"当时他曾摘诸家笔记中剑侠百人，别录成册，以备异时兴至，推演成书。后老友郑君彝梅见之，劝之付梓，先生辞不获，因草其摘取之。其剑侠小说为《英雄得路》、《顾珏》、《红侠》、《黑侠》、《白侠》、《七剑八侠》、《七剑三奇》、《雍正游侠传》、《剑侠》、《新剑侠》、《今古义侠奇观》、《小剑侠》、《江湖剑侠》、《古今百侠英雄传》、《新三国义侠》、《新梁山英雄传》、《八剑十六侠》、《剑声花影》、《飞行剑侠》、《八大剑仙》（又名《八大剑侠传》）、《三剑客》、《血滴子》、《北派剑侠全书》、《南派剑侠全书》二十四种。此外有评点《双雏记》和《明宫十六朝演义》两种。

11 月，先生在《金刚钻》报撰《说部杙谈》曰：

他人作小说，而我为之评注，非易事也。下笔之初，必先研究作者之布局如何、用意如何，首尾如何呼应，前

278

后如何贯穿，何为伏笔，何为补笔，何为明笔，何为暗笔，探微索隐，真知灼见，而后其评注乃不悖于本义。圣叹评《水浒》《西厢》，虽未都尽餍人意，要其心思之缜密，笔锋之犀利，能发人所未发，则似亦不可没也。仆才不逮圣叹万一，更乌评注当代名小说家之杰作，而平江向恺然先生，即别署不肖生者，著《近代侠义英雄传》说部，乃由老友济群以函来嘱余为评，辞意颖颖，弗能却也。谬以己意为之评注，漏疏忽略无当大雅，固于《侦探世界》之辑余赘墨中，言之数矣。

是年，借《侦探世界》半月刊，在其杂文《说部杖谈》中提及：

> 他人作小说，而我为之评注，非易事……固于《侦探世界》之辑余赘墨中，言之数矣。

是年，《金刚钻》报登载《内科陆士谔诊例》一个月。

1932 年（民国二十一年　壬申）五十四岁

5 月，其医书《丸散膏丹自制法》再版。

是年，《金刚钻》报登载《内科陆士谔诊例》一个月。

1933 年（民国二十二年　癸酉）五十五岁

元月，作杂文《说小说》曰："近年小说之辈出，提及姓名妇孺皆知者，意有十余人之多。革新以来，各界均叹才难，只小说界人才独盛，此其中一个极大之原因在……"指出了小说之所以不同于诗赋等文学体裁之五种原因。

是月，作散文《雪夜》。作者在风雪之夜，斗室寂居，颇有感慨：

斗室之中，有一寂然之我也。由既往以识将来，百阅百年，此间更不知成何景象。是否变为崇楼杰阁、灯红酒绿之场，荒烟衰草、鬼泣鸦鸣之地，虽尚未能预测，而此日此时此地，未必恰有此风雪，可以决定，即使百年后之此日此时此地，未必恰有此风雪，无论如何，此斗室总已不复存在，此斗室中之我总已不复存在，可断言也。夫然则我之为我，原属甚暂，夫我之为我，即属甚暂，则此甚暂之我，对此甚暂之时光，何等宝贵①。

是月，作散文《快之问题》，慨叹时光之流逝曰："吾诚惧者，老死而犹未闻道，未免始终有失此时光耳。"

是月，在"民众医学常识"栏目谈医说药。从2月至8月连载。

2月，另作小品文《白话教本》《新文学》二种。

是月，作散文《春意》曰："春风嘘佛，春气融和，春色碧色，春水绿波，春花之开如笑，春鸟之鸣似歌，凡此种种，风也，气也，草也，水也，花也，鸟也，皆可名之曰春意……"②

是月，《金刚钻》报"全年订户之利益"栏目（二）推介《金刚钻小说集》一册曰：

小说集中所刊字文，俱夏戞戞独造之作。短篇数十种各有精彩，长篇三种尤为名贵。长篇一，程瞻庐之《说海蠡测》、海上漱石生之《退醒庐著书谈》……短篇，漱六山房《西征笔记》、陆士谔《猫之自序》……

3月，在"医紧商榷""春病之危机"栏目连载医文。

4月，作《温病之治法》《我之读书一得》《洄溪书质疑》等医

---

① 《金刚钻》报1933年1月2日。
② 《金刚钻》报1933年2月14日。

学小品文。其曰："辨药唯求实用，读书唯在求知，知之为知之，不知为不知，如武进、邹闰阉之疏证，斯为得矣。"①

是月，"月刊启事"栏目编者曰："某人略谙医药，便自诩神仙。陆君擅歧黄术，将医药常识尽量贡献，神仙之道，完全拆穿；养生之道，十得八九。是医生应该多读读，可以祛病延年；不是医生也可以增进学识。"②

5月，作《清郎中门槛》《医海观潮》《钟馗嫁妹》等小品文。

9月，谈"人参之功用""脚湿气方"，在"医经节要""答言"栏目谈医说药。

是月，作小品文《马桶》《四库全书》《僵先生（二）》等。

是月，编辑《青浦医史》。

是月，迁移到公共租界中央区汕头路82号。

10月，先生续汪仲贤的小品文《僵先生》第一集，载于《金刚钻月刊》。全书共三集：其一《僵先生》汪仲贤著；其二《僵先生打开僵局》陆士谔续；其三《僵先生—僵再僵》汪仲贤著。

11月，先生连载在《金刚钻》报上的短篇小说《寒魔自述记》与《环游人身记》结集重版于《金刚钻报月刊》。

是月，作笔记体小品文《鉴古》。

是年，《绣像清史演义》五版。撰医书《奇虐》等。

是年，《金刚钻》报登载《内科陆士谔诊例》一个月。

1934 年（民国二十三年 甲戌）五十六岁

是年，作《国医新话》，并继续在公共租界英法租界出诊。

公共租界：中央区西至卡德路、同孚路，东至黄浦滩，北至苏州路，南至洋泾浜。

法租界：西至白尔部路、横林山路、方浜桥路，南至民国路，

---

① 《洄溪书质疑》，《金刚钻》报 1933 年 4 月 15 日。
② 《诊余随笔》，《金刚钻》报 1933 年 4 月 24 日。

北至洋泾浜，东至黄浦滩。在"陆士谔论医"栏目中提及《国医新话》及其所著有关医书：

> 丞曰：士翁先生通鉴，久仰鸿名，恨未瞻韩，晚滥竽商途，公余，常求医学。然以才短理奥，毫无所得。数年前得大著《医学南针》，指示之深如获至宝。余力诵读，只得一知半解，先贤入门之作，均无此中明显，初学宝筏真为稀有。三、四两集屡询津中世界书局分局，出书无期，去岁秋得公著《国医新话》及《医话》，理论精微，断诊明确，并指示种种法门，开医药之问答，能于百忙之中行此人所难能者。仁心济世，景慕益殷，夫邪说乱政，自古已然，海通以还，西术东来，尤甚于古。当此国人遭医劫之秋、后学失南针之日，吾公雄才大辩，融会今古，绍先圣之正脉，开启后进；障邪说之狂流，挽救生民，天心仁爱，降大衍公也……而敬读尊著，几无一日可离，然除得见者外，如《钻》报之发行所《医经节要》《邹注伤寒论》《新注汤头歌诀》《寒窗医话》未知何家代印发行，统希赐示，俾得购读，使自学得明真理。

> 民国二十六年五月十九日

是年至次年，由陆清洁编辑、陆士谔校订的《医药顾问大全》（共十六册），由上海世界书局陆续印行。

此书有八篇他序（夏序、丁序、戴序、贺序、蔡序、汪序、杨序、俞序）和一篇作者自序。

俞序曰：

> 陆君清洁，性谨厚，工厚文。其尊翁士谔先生，为青浦珠街阁名医，精岐黄术。为人治病，常切中病情十全八

九，又擅长文学。所著《医学南针》，传诵医林，实天土灵
胎第一人也。清洁幼承庭训，学有渊源，而于医学造诣尤
深。处方论病，广博精湛，深得其尊翁医学之精髓。

是年，组织中医友声社，在电台轮值演讲中医常识，先生主讲
"医学顾问大全"。

3月，在"谈谈医经""小言"栏目谈医说药。

10月，谈中医研究院问题曰：

> 缘眼前医界，有伪学者，有真学者。所谓伪学者，乃
> 是说嘴郎中，全无根底，摇笔弄墨，居然千言立就，反复
> 盘问则瞠目不能答一语，此等人何能与之群？此一难也。
> 真学者中又有内经派、伤寒派之分……①

是年，先生于《杏林医学月报》发表《国医与西医之评议》，
此文针对当时中医改良思潮而发。

是年，先生发表《国医之历史》《释郎中》两种医书。

是年，《金刚钻》报登载《内科陆士谔诊例》一个月。

1935 年（民国二十四年　乙亥）五十七岁

《金刚钻月刊》记曰：

> 青浦陆士谔先生，来沪已有十载，凡伤寒、温热、妇
> 科各症，经先生治愈者，不知凡几。且素抱宏志，开拓吾
> 学，治愈之各种奇症。自撰医话，刊布《钻》报，方案原
> 原本本，足供《医学南针》。唯手撰医书十种在世界书局出
> 版者，均系十年前旧作。近来因忙于酬应，反无暇著书，

---

① 《金刚钻》报 1934 年 10 月 9 日。

未竟之稿，未能继续，徒劳读者责问耳。先生常寓公共租界中央区汕头路82号，门牌、电话九一八一一。①

该期还刊登了先生《著作界之今昔观》。此文揭露和抨击了古今那种喜出风头，贯于剽窃成文、据为己有，或以本人名微，辄托前代名人"学者"之不正文风。

元月，先生的《七剑八侠》续编十三版，由上海时还书局出版发行。正、续编二册，定价二元六角，续编共二十回。

4月，先生的《八大剑侠传》亦由上海时还书局出版发行。第二十一版篇末曰："是书草创之始，原拟撰稿二十回，不意撰述至此，文义已完。增书一字，便成蛇足。陡然终止，阅者谅之。"

1936年（民国二十五年　丙子）五十八岁

1—10月，先生在《金刚钻》报连载《按王孟英医案》。

2月26—27日，先生在《金刚钻》报"医林"栏目发表《论藏结》上、下篇。

4月28—30日，陆清源在《金刚钻》报发表《伤寒结胸与痞之研究》一至三篇。

7月，作《士谔医话》曰："自撰医话，刊布《钻》报，方案原原本本，足供《医学南针》。"由世界书局发行。在1924—1936年间，先生常在《金刚钻》报的"诊余随笔"及"管见录"上撰文。《金刚钻》报编辑济公（施济群）曰："陆士谔先生在本报撰'诊余随笔'颇得读者欢迎，后因诊务日忙而辍，近先生复以'管见录'见贻，发挥心得，足为后学津梁。"②

7月8—15日，先生在"医药问答"栏目解疑答难。

7月19—20日，作《黑热病中医亦有治法吗》，发表于《金刚

---

① 《金刚钻月刊》第二卷第一集。
② 《金刚钻》报1925年5月18日。

284

钻》报。

8月20—21日，作医学论文《微菌》上、下篇，发表于《金刚钻》报。

8月31日—9月1日，先生在《金刚钻》报发表《论学术之出发点》上、下篇。

10月，《清史演义》第四部《女皇秘史》重版。

《清史演义·题词》丹徒左酉山曰："金匮前朝尚未修，鸿篇海内已传流。编年一隼温公体，杂说原非野乘俦。笔挟霜天柱下握，版同地编枕中收。吾家曾作《春秋》传，愿附先生文选楼。"

10月1—6日，先生长子陆清洁发表《驳章太炎先生伤寒论讲词》1—7篇。

10月2—7日，在《金刚钻》报"医林"栏目发表《江西热疫之讨论》1—6篇。

1936年11月13日—1937年1月19日，作杂文《南窗随笔》一、二、三、四集。

11月15日，在《金刚钻》报"医林"栏目发表《经验》上、下篇。

12月1—2日，作杂文《南窗随笔》上、下篇。

12月13日，先生之子陆清源在《金刚钻》报登载启事：

> 清源秉承庭训研读伤寒，一得之愚，未敢自信，刊诸"医林"，广求磋切。正在学务之年，未届开诊之日，辱荷厚爱，有愧知音。自当奋勉研攻，以期不负知我，图报之日，请俟他年。现在，尊处贵恙，期驾临汕头路82号诊室就治可也。

12月17日，在《金刚钻》报发表《中西医之辨证法（一）》。

1936年12月—1937年1月27日，陆清源在《金刚钻》报连载《伤寒小柴胡汤之研究》。

12 月 20—23 日，在《金刚钻》报发表《再论辨证》谈中医问题。

1937 年（民国二十六年　丁丑）五十九岁

1 月 11—12 日，在《金刚钻》报发表论文《落叶下胎辨》上、下集。

1 月 13 日，在《金刚钻》报"医林"栏目发表医学论文《中医之学术》道："做了三十年来中医，看过百数十种医书，觉得中医的短处，就在理论的话头太多。虽然中医书也有不少罗列证据的，拿它归纳比较，终觉理论占据到十分之六七，证据只有十分之三四，断断争辩，公说公有理，婆说婆有理……究其实在，有何用处？"

1 月 15—16 日，在《金刚钻》报发表医学论文《研读叶氏温热篇》上、下集。

1 月 18 日，在《金刚钻》报发表中医理论文章《辨证》。

1 月 19 日，在《金刚钻》报发表短文《邹氏书之销数》。

1 月—3 月 24 日，先生在《金刚钻》报连载《叶香严温热病篇》。

1 月 23—24 日，先生作杂文《中医要自力更生》曰：

> 要知道自己的长，先要知道自己的短。中医的短处就好似古代传流的理论，叫作医者意也，讲的都是空话。说长道短，口若悬河，嘴唇两爿皮，遇到病症，便如云中捉月、雾里看花地胡猜乱道，一个病都用医者意也的法子诊治。……中医的长处，也就是古代传流的辨证法，叫作症者证也……

1 月 26—28 日，先生作杂文《医者意也之谬》在《金刚钻》报连载。

2—3月，陆清源在《金刚钻》报连载《伤寒阐疑》。

3月，由陆清洁编辑、陆士谔校订的《大众万病顾问》，于是年三月初版。民国三十五年（1946）十一月新三版，编者自云："是书也，四易其稿，历三寒暑。约二十万言，以疗治虽不言尽美，然比较完备，可断言也。……民国二十四年（1935）六月，青浦陆清洁序于杭州板桥路医庐。"

戴达夫为其序曰：

　　陆君守先，青邑人也。为明文定公嫡裔。博通经籍，妙用刀圭。二十四番风遍栽杏树，八千里余纸抄录奇书。女子亦识韩康，士夫群推秦缓。哲嗣清洁，毓灵毓秀，肯构肯堂，飘飘乎横海之鱼龙，乎缑山之鸾鹤。况能志勤学道，训禀经畲，勉受青囊。精言白石，待膳侍寝之暇，博极群书。闻诗礼之余，耽窥奥衍。餐花梦里，贮锦胸中。摇虎毫而成文，不愧云间才调。喜龟蒙之继德，依然郁石清风。爰著万病验方大全，而丐序于余……

　　　　岁次上章敦牂春莫馀干戴达夫序于上海医学会

汪寄严先生序：

　　清洁同志，英敏多才，国医先进陆士谔先生哲嗣也。幼承庭训，家学渊源，宜乎头角峥嵘，矫然特异。其编撰是书，都二百万言，阅十寒暑始成。浸馈功深，洵巨制也。伏而读之，内外兼备，妇幼不遗。其于病理之叙述推阐靡遗，而于诊断治疗，则多发人所未发。骎骎乎摩仲圣之垒，驾诸家而上之。附方分解，以明方药效能，绝非掇拾者所可比。特开辟调养一门，俾病者于新愈时，知所避忌。其

287

努力以发挥国医功效，谶微备至，是开医学之新纪元，尤足为本书生色。国医当此存亡绝续之交，得是书而振起之。同道可精作他山石，后进得奉为指南针，岂仅社会群众之顾问而已哉。

民国二十三年十月新安汪寄严寄于沪江医寓

4月1—31日，先生在公共租界（中央区西至卡德路、同孚路，东至黄浦滩，北至苏州路，南至洋泾浜）、法租界（西至白尔部路、横林山路、方浜桥路，南至民国路，北至洋泾浜，东至黄浦滩一带）出诊行医。时间：下午二时至六时。每日上午在上海英租界跑马厅，汕头路82号寓所看门诊，时间上午十时至下午二时。

《金刚钻》报继续登载《内科陆士谔诊例》一个月。

4月20日，在"医书疑问"栏目中，病友王道存君提出疑问数点，请陆先生解答。先生次子陆清洁先生一一代为解答。

4月22—23日，上海医界春秋社请杭州光圭君回答"痹节痛风"之疑问，沈君转请陆清洁君回答。

4月26日，湖南湘潭李佩吾君，为其夫人之病函曰：

> 先生出版《国医新话》《医学南针》，指明应读各种方书，佩吾皆一一购备……感将贱内病状敬为先生详陈之。

4月29—30日，作《叶香严外感温热病篇》，刊载于《金刚钻》报。

5月4—24日，《小金刚钻》继续报载《内科陆士谔诊例》。

5月19日，在"论医"栏目，天津景晨君曰："敬读尊著，几无一日可离。然除得见者外，如《金刚钻》报之发行所《医经节要》《新注伤寒论》《新注汤头歌诀》《寒窗医话》，未知何家代印发行，统希示，俾得读。"

5月21日，先生在《南窗随笔》中谈读书体会曰：

　　读古人书须要放出自己眼光，不可盲从，始能得益。
倘心无主宰，听了公公说，就认为公有理；听了婆婆说，
就认为婆有理，纵读破万卷书，绝无用处。如柯韵伯之为
伤寒大家、吴鞠通之为温热大家，任何人不能否认，但柯
韵伯心为太阳之说，吴鞠通温邪处在于太阴经之说，不可
盲从也。

5月25日，在"论病"栏目答李佩吾君第二次求医信。

5月28—29日，继续在"论医"栏目中答医解难。

5月30日，在"论医"中提到："南针三、四集，现方在撰
述中。"

是月，先生主编《李士材医宗必读》，由上海世界书局出版。

6月1日，先生在《小金刚钻·南窗随笔》撰文，为捍卫祖国
医学不遗余力。

6月3—30日，继续在《金刚钻》报登载《内科陆士谔诊例》。

6月8日，在"南窗随笔"中先生阐明中西医之所长曰：

　　中医重的是形，形易见而神难知，此世俗所以称西医
为实在欤。

7月2—30日，在《金刚钻》报继续刊登《内科陆士谔诊例》。

7月16日，先生三子清源在《金刚钻·国医三话》自序中曰：

　　清源待诊以来，亲承庭训，研读古书，每遇一方，必

289

究其组织之法。为开为合，疗治之道，为正为反。趋时者则笑源为守旧。源亦知假借他人门阀，足以增光蓬荜……所以守草庐，不愿阀阅，奉久命编辑《国医三话》毕，因述其意为述。

7月20—22日，先生在《金刚钻报·论病》中答李佩吾君第三次来函。

7月25日，先生在《中医教育之我见》中谈中医教育曰：

中医之学术，重实验，不重理论；中医之教育，现代都有两途：一是各别教育，一是集团教育。中医学校是集团教育，师徒授受是个别教育。个别教育重在实验，集团教育重在理论。

7月26日，续曰："据余之经验，中医之教育，以个别为适，集团为不适，敢贡献于主持中医教育者。"

8月1日，陆清源在《金刚钻》报上写《国医三话》后序。

8月3日，先生在"论病"栏目中答程君、宝君致函求医。

8月9—13日，陆清源以《桂枝人参汤》为题谈医说药。

1938年（民国二十七年　戊寅）六十岁

秋，刘三病故。陆灵素整理刘三遗稿编成《黄叶楼诗稿尺牍》多卷，交给柳亚子校正刊印，不料太平洋战争爆发，文稿遗失于战火。灵素在痛惜之余，又以惊人毅力收集残稿，刊印出油印本分赠亲友。

是年，撰《内经伤寒》。

1938—1943年，先生悉心行医，整理医学著作。以其医术精湛，医德高尚，而被誉为上海十大名医之一。

1939 年（民国二十八年　己卯）六十一岁

1—10 月，先生次子清廉任中共晋城县委书记。发动群众减租、减息，组织反扫荡，完成扩军任务。

1940 年（民国二十九年　庚辰）六十二岁

3 月，清廉下太行山开展平原游击战争。至冀鲁豫区留在党委机关工作，后又担任地委宣传部长、清风县委书记、地委书记、区党委副秘书长等职。1949 年，随刘邓大军南下，8 月任西南服务团第一支队队长……1955 年 8 月，在中央高级党校学习，结业后任冶金工业部华东矿山管理局局长。1958 年 8 月 20 日，在北京开会返宁途中，因飞机失事不幸遇难，时年四十五岁。后经江苏省人民委员会追认为革命烈士。①

1941 年（民国三十年　辛巳）六十三岁

是年，《金刚钻》报主编施济群编辑《医药年刊》，在其中"中医改进论"栏目中有先生两篇医学论文：《病名宜浅显说》《陆氏谈医》。后者包括：《病家最忌性急》《说病与认证》《中医之药方》《中医之用药》《膜原之病》《脑膜炎》《小白菜戒白面瘾》《鼠疫治法之贡献》《睡眠病之研究》《黑死病之探讨》。在《医药年刊》之"国医名录"中记载：

　　陆士谔：内科，跑马厅汕头路 82 号，（电话）九一八一一。
　　陆清洁：内科，吕班路蒲柏坊 35 号，（电话）八六一四二（杭州迁沪）。

---

① 参见《青浦县志·人物》第三十四篇。

1943 年（民国三十二年　癸未）六十五岁

是年冬，先生中风。

1944 年（民国三十三年　甲申）六十六岁

3 月，先生因中风卒于汕头路 82 号寓所。据传先生中风当日，全家人正共进晚餐，忽闻汕头路 82 号（先生诊所）起火，并见其西厢房上空红光闪烁，原来并非起火，而是一颗陨石坠落。先生亦于是时中风。其长子清洁为其致"哀启"，所叙述的都是关于医药方面之事，于历年来所撰小说只字不提。《金刚钻》报副总编辑朱大可先生为陆士谔写挽词赞曰：

> 堂堂是翁，吾乡之雄。气吞湖海，节劲柏松。稗史风人，医经济世。抵掌高谈，便便腹笥。仆也不敏，忝在忘年。式瞻造像，曷禁泫然。

先生在中医学上的卓越贡献和在通俗小说创作方面的建树不可磨灭，树立了发愤图强的样板，并以"稗史风人，医经济世"为后人所崇敬。

图书在版编目(CIP)数据

小剑侠／陆士谔著. — 北京：中国文史出版社，
2019.3

（民国武侠小说典藏文库·陆士谔卷）

ISBN 978 - 7 - 5205 - 0931 - 2

Ⅰ. ①小… Ⅱ. ①陆… Ⅲ. ①侠义小说 – 中国 – 现代
Ⅳ. ①I246.5

中国版本图书馆 CIP 数据核字（2018）第 276218 号

点　　校：张　楠
责任编辑：薛媛媛

出版发行：**中国文史出版社**

社　　址：北京市海淀区西八里庄 69 号院　邮编：100142

电　　话：010 - 81136606　81136602　81136603（发行部）

传　　真：010 - 81136655

印　　装：廊坊市海涛印刷有限公司

经　　销：全国新华书店

开　　本：720 × 1020　1/16

印　　张：19.25　　　字数：236 千字

版　　次：2019 年 3 月第 1 版

印　　次：2019 年 3 月第 1 次印刷

定　　价：67.80 元